신명이 이끈 자기실현의 길

– 김승희 시 연구

# 신명이 이끈 자기실현의 길
## – 김승희 시 연구

김 채 운

국학자료원

## 1. 변명

학위논문의 주제를 현존하는 시인을 대상으로 삼았습니다. 못할 것도 없지만, 겁도 없이 또 무모하게, 정작 당사자인 시인께는 사전 양해도 구하지 않은 채. 보잘 것 없는 논문에 애정을 갖고 읽어 줄 독자도 거의 없을 것이라 예상하면서도 혹여 시인께 누가 되지 않을까, 뭔가 잘못된 것이 아닐까 회의가 든 것은 논문 작성이 중반 즈음에 이르러서였습니다. 이처럼 진퇴양난의 상황을 자초한 것은 짐짓 외면하며 앞만 보며 달려온 데 연유할 터. 어쩌겠습니까? 회의와 고민은 접어두고 일단 들어선 길은 마저 가는 게 최선의 방책이라 부단히 합리화하면서.

## 2. 접점

"이상", 시인 고은은 이상 평전에서 그의 탄생은 하나의 사건이었다고 말한 바 있습니다. 그의 삶은 경이로운 일이었다고! 유난히 김승희 시에 끌렸던 이유는 바로 젊어서 죽은 작가 이상과의 접점에 기인합니다. 필자의 석사학위 논문의 주제가 이상 연구였고, 또한 김승희 시인의 박사학위 논문 주제 또한 이상이었습니다. 「이상 시에 나타난 아이러니와 부정적 아니마 양상」이 그것인데, 연구자의 입장에서 같은 대상을 선택하고 천착하였다는 것은 이미 부지불식간에 내통하고 있었다는 방증이 아니었을까? 물론 이상이라는 대양의 본류에 닿기에는 필자의 논문은 턱없이 부족한 수준이었음을 자백하며.

## 3. 다짐

학위논문 감사의 글에 정작 언급해야 할 누군가를 누락하였습니다. 그분을 가장 먼저 떠올렸던 것은 사실이나, 논문집이 나오고 나서야 미처 그 귀한 이름 하나 담지 못했음을 확인하고 한동안 착잡한 심정이었습니다. 단 한 번도 만나보지 못한 누군가의 분신 같은 작품들을 제 멋대로 헤집어놓고는 가타부타 미안한 기색도 없이 입을 닫아버린 형국이 된 것입니다. 하여 기회가 된다면 반드시 그때 못다 한 감사의 인사를 전해야겠다고 굳게 다짐하며.

손을 꼽아보니 논문이 나온 지 어느새 7여 년의 세월이 흘렀습니다. 어쭙잖은 글을 다듬어 다시 출간할 수 있도록 배려해 준 국학자료원에 고맙습니다. 논문이 책으로 다시 태어날 수 있도록 채근하고 마음 써 준 김영산 시인과의 귀한 인연도 고맙습니다. 물심양면으로 응원하고 지지해 주는 우리 가족(이금용·이섬진·이어진)에게 고맙고 늘 사랑한다는 말을 전합니다. 그리고 아주 특별한 두 존재, 이상 시인과 참 스승 김승희 시인께 무한한 존경과 애정을 가득 담아 늦은 감사의 인사를 보냅니다.


2022년 4월 봄날
채운詩공방에서 김채운

## 제 1 부

# 김승희 시세계의 이정표

나는 감히 상상하도다,
영원의 궤도 위에서 나의 불이
태양으로 회귀하는 것을.
그리하여 *存在*의 실패를 태양에 감으며
신비스런 미립자의 햇빛 파장이
나의 生을 태양에 귀의시킬 것을.
— 첫 시집, 「태양미사」 가운데

# 1. 출발

여성주의 비평가인 일레인 쇼월터가 제시한 여성문학의 세 단계[1], 즉 여성적 문학(Feminine Literature), 여성주의적 문학(Feminist Literature), 여성의 문학(Female Literature)은 여성문학사의 전개양상을 파악하는 데 유용한 지침이 된다. '여성적' 문학의 단계는 남성중심의 사회 문화적 규범에 충실한 것에 비해 '여성주의적' 문학은 기존의 규범을 의심하고 부정하면서 여성 자신의 시각을 정립하려고 한다. 그리고 '여성의' 문학은 기존 문화와의 관계에서 여성으로서의 정체성을 추구하는 단계를 가리킨다. 이러한 기준에 근거하여 한국 여성시사의 흐름을 살펴보면, 1960년대까지의 '여성적 문학'의 단계를 지나 1970년대에는 과도기를 거친다. 그 후 1980년대부터는 본격적인 '여성주의적 문학'의 양상을 보이면서, 1990년대 이후에는 '여성의 문학'이 안착하여 전개되어 온 것으로 정리할 수 있다.

그 가운데 시인 김승희(金勝熙)는 1970년대에서 1980년대로 이어지

---

1  일레인 쇼월터 엮음, 신경숙 외 옮김, 『페미니스트 비평과 여성 문학』, 이화여자대학교출판부, 2004, 174쪽.

는 한국의 여성문학사에서 중요한 위치를 점하였을 뿐만 아니라 현재에 이르기까지 그녀는 장르를 넘나드는 폭넓은 문학적 소양과 부단한 작품 활동을 통해 여성의식의 변모의 과정을 다각적으로 보여주고 있다.[2] 김승희는 시집 『태양미사』(1979)를 필두로 지금까지 시선집을 제외하고 9권의 시집을[3] 상재하였다. 또한 소설집 『산타페로 가는 사람』(1997)과 장편소설, 그리고 다수의 수필집과 문학연구서에 이르기까지 그녀의 전방위적 글쓰기는 강한 개성을 바탕으로 문학과 생(生)에 대한 끊임없는 열정과 탐색을 보여주고 있다.

한편 남성 중심적 지배 안에서 여성이 받는 억압에 저항하는 전략으로써 자신의 존재와 경험을 표현하는 모든 언술 행위는 여성의 자기 진술이라는 더 포괄적인 개념에서 이해할 필요가 있다. 그러므로 김승희

---

**2** 김승희 시의 개성이 더욱 확연해지고 여성의식이 강화되는 것은 1980년대 이후이다. 1970년대 시사에서는 고정희와 함께 전통적이며 소극적이고 보수적인 여성 시인과 전혀 다른 파격과 반란과 모험의 시인으로 평가된다. 1980년대에는 긴장된 역사의식과 현실인식을 보이며, 여성 해방의 내용을 의도적으로 담아내기 시작한 점을 거론한다. 1990년대에는 문제적인 시인의 지위를 차지하면서 대중적 호응도 얻은 것으로 파악한다. 덧붙여 2000년대 이후 김승희는 여성을 둘러싼 제국주의적 현실에 대한 보다 심도 있는 각성과 함께 여성들이 형성하는 공감의 연대를 긍정하며 여성의식의 확산을 꾀하고 있다. 이혜원, 『자유를 향한 자유의 시학―김승희론』, 소명출판, 2012, 158쪽.

**3** 김승희의 시집은 『태양미사』(1979), 『왼손을 위한 협주곡』(1983), 『미완성을 위한 연가』(1987), 『달걀 속의 생(生)』(1989), 『어떻게 밖으로 나갈까』(1993), 『세상에서 가장 무거운 싸움』(1995), 『빗자루를 타고 달리는 웃음』(2000), 『냄비는 둥둥』(2006), 『희망은 외롭다』(2012) 등 시선집을 제외하고 현재까지 총 9권이다. 소설집으로는 『산타페로 가는 사람』(1997), 장편소설 『왼쪽 날개가 약간 무거운 새』(1999) 등을 출간하였으며, 산문집으로 『고독을 가리키는 시계바늘』(1976), 70년대 작가와의 대화집 『영혼은 외로운 소금밭』(1980), 이상 평전으로 『제13의 아해도 위독하오』(1982)가 있고, 『벼랑의 노래』(1984), 『33세의 팡세』(1985), 『단 한 번의 노래 단 한 번의 사랑』(1988), 『사랑이라는 이름의 수선공』(1993), 『너를 만나고 싶다』(2000), 『남자들은 모른다』(2001), 『김승희 · 윤석남의 여성이야기』(2003), 『그래도라는 섬이 있다』(2007) 등이 있다.

시세계를 살피는 것은 곧 우리 여성시를 추동해온 의식의 진보를 추적하고, 여성적 시 쓰기의 다양한 가능성을 점검하는 과정으로서 의미 있는 일이다. 이러한 점에서 김승희가 문단에 데뷔한 1973년 이후 40여 년이라는 시간 동안 발표한 작품들의 양상에 대한 전반적인 분석과 고찰은 물론 그의 시세계를 조명할 일관되고 포괄적인 논의가 필요한 시점이다.

시인은 작품을 통해서 자신의 사유방식과 가치관 등을 드러내며 은연중에 의식의 변모와 더불어 그 여정을 드러낸다. 독자는 또한 텍스트를 통해 시인의 시세계를 분석하고, 시적 삶의 발견과 실현의 과정까지를 미루어 짐작할 수 있는 것이다. 따라서 시 속에 드러난 의식의 변모 양상을 파악하는 일은 시인을 이해하는 데 중요한 역할을 담당한다.

김승희가 주제나 기법 면에서 다양한 글쓰기의 방식을 적용해왔기 때문에 페미니즘 이론에 국한하여 그의 시를 분석하고 문학적 특징을 규정짓는 것은 바람직하지 않다. 그러므로 이 글에서는 페미니즘과 분석심리학의 두 가지 이론을 접목시켜 논지를 진행하고자 한다. 즉, 이제까지 발표된 김승희의 시 텍스트들을 페미니즘적 시각에 입각하여 분석하는 방식과 칼 융의 분석심리학 이론에 근거하여 '자기발견'에서 시작하여 '자기실현4'에 이르기까지 김승희의 문학적 여정을 살펴보는 방식을 병행하여 적용하고자 한다. 그럼으로써 궁극적으로는 김승희

---

**4** '개성화' 또는 '자기실현'은 융 학설의 핵심이다. 무의식은 의식에서 억압된 것만으로 이루어진 것이 아니고 그 자체로 존재하며 자율적으로 정신기능을 조정하여 전체가 되도록 한다는 학설이다. 인간심성의 중심에 그러한 조절자가 있으며 인간은 누구나 의식의 표층에서 살지 않고 의식과 무의식을 포괄하는 전체 정신을 실현함으로써 전체 인격의 중심에 도달하고자 하는 성향을 가지고 있다. 그러한 성향은 후천적으로 만들어진 것이라기보다 선험적으로 무의식에 내재하고 있다. 칼 융, 한국융연구원 C. G 융 저작 번역위원회 옮김, 『꿈에 나타난 개성화 과정의 상징』, 솔출판사, 2002, 5쪽.

시인의 문학적 성과와 가치의 발견을 통해 시인의 시세계를 깊이 이해하는 데 목적을 둘 것이다.

## 2. 여정

그 동안 다양한 방식으로 김승희에 대한 연구가 이루어져왔는데, 크게 네 가지의 관점으로 나누어 볼 수 있다. 첫째, 모성신화를 새롭게 접근하고 '여성'으로서의 자기 인식에 주목하는 페미니즘적 연구. 둘째, 현대 문명적 삶에 대한 비판과 탈주에 의한 자유의식에 초점을 맞춘 연구. 셋째, 일상성을 부정하고 제도로부터의 저항과 반항의 표출에 주목한 연구. 넷째, 김승희 시인의 광기와 신명에 대한 강렬하고 개성 있는 문체에 주목한 연구 등이 그것이다.

첫째, 전통적 여성신화를 새롭게 접근하고 '여성'으로서의 자기 인식에 초점을 맞춘 연구로, 김미정의 경우 김승희 시에 풍부하게 나타나는 신화적 상상력을 집중적으로 탐구하여 초기 시에 나타나는 신화적 상상력을 영웅 신화 모티프를 중심으로 살핀다.[5] 그는 이를 다시 '존재를 향한 내면적 모험'과 '충만한 삶을 위한 사회적 모험'으로 나누고 있는데, '내면적 모험' 부분에서는 영웅 신화, 통과제의, 속죄양 모티프 등 신화적 요소에 대한 언급이 나타나지만, '사회적 모험' 부분에서는 신화적 모티프와의 관련성이 잘 드러나지 않은 점이 아쉽다. 유사한 주제에 초점을 맞춘 김은회도 김승희 시에 나타난 여성 신화를 고찰한다. 그는 김승희 시에서 '심청'과 '선녀' 이미지가 맹목적인 희생의 신이 아니라

---

5 김미정, 「김승희 시 연구」, 인제대학교 교육대학원 석사학위논문, 2006.

주체적이고 독립적인 신격을 나타내고, '짐승', '마녀', '날개'의 이미지가 저항하는 여성이미지를 구체화한다고 분석했다.[6] 또한 '웅녀'를 신화적으로 재해석하여 전복과 탈출의 이미지를 형상화한 점이 주목된다. 김승희 시에서 여성신화가 새롭게 해석되면서 여성의 주체성을 적극적으로 표출하고 있다는 점을 규명하고 있다.

이명희는 1980년대 이후 여성담론을 적극적으로 펼쳐가며 여성의 자의식을 시 속에 구현하고 있는 김승희와 김혜순 시인을 중심으로 살피고 있다.[7] 그들의 텍스트를 통해 현대시에서 여전히 나타나고 있는 전통적 모성신화의 특징을 분석하고 이의 해체와 재구성을 통한 탈식민주의적 모성신화 양상을 고찰한다. 그에 따르면 김승희는 여성신화를 수용하는 과정에서 가부장적 질서 안에서 타자화된 여성을 제자리로 돌려놓기 위해 전복적이고 반성적인 어조로 여성들의 삶을 재구성(다시―쓰기)하였다고 주장한다.

김경수의 경우, 김승희 시의 특징을 잃어버린 신화세계로의 회귀 욕구에 초점을 맞추어 세계와 정신의 조화원리를 살피고 있다는 점에서 찾는다.[8] 또한 모성에의 확인이나 여성성의 자각과 관련하여 여성의 출산이나 육아의 과정 속에서 넘치는 생명력의 원리를 발견한다는 점도 강조한다. 한편으로는 김승희의 시가 일상에 대한 반추 행위를 하는 근간으로 다분히 논리적인 담화에 근접해 있다고 지적한다. 김승희 시의 요체는 신화적 세계에 대한 낙관적 믿음에 근거하면서도 현실적 삶의

6  김은희, 「강은교, 김승희 시의 여성 신화적 이미지 연구」, 이화여자대학교 대학원 석사학위논문, 2007.

7  이명희, 「한국 현대시에 나타난 탈식민주의적 모성 신화―김혜순, 김승희 시를 중심으로」, 『국제어문학회』 권2호, 건국대학교, 2011, 72~93쪽.

8  김경수, 「현대세계와 神話的 투시」, 『문학의 편견』, 세계사, 1994.

병적 징후를 통해서, 자신의 시의 문제 상황을 파악한다는 것이다. 김승희의 시세계는 결국 인간의 보편적이면서 원초적인 삶의 조건에 대한 탐구를 지향하고 있는 데서 발견한 것이다.

둘째, 현대 문명적 삶에 대한 비판과 탈주에 의한 자유의식에 초점을 맞춘 연구로 이지원의 경우, '탈주'가 유목주의를 드러내는 핵심적 기제로서, 김승희의 시가 이끄는 광기, 파괴 및 자유로운 삶의 방식이 이 유목주의에 있음을 전제한다.[9] 그리고 김승희 시의 분석을 통해 죽음과 일상 및 제도로부터의 탈주의 양상을 살피면서, '탈주'가 단순한 도피나 파괴가 아니라 생성의 공간을 만들어가는 과정이라는 점을 부각시킨다. 그런데 정주하지 않고 변화하는 김승희 시의 전체적 면모를 유목의식이라는 일관된 틀로 포착해낸 점은 주목할 만하지만, 죽음, 일상, 제도로부터의 탈주 사이의 결락부분이나 변화의 동기에 대한 설명이 부족한 점은 좀 더 보완이 필요하다고 생각한다.

김승희 시에서 나타난 비상(飛上)의 의지에 따른 수직적 상상력에 초점을 맞춘 서진영은 솟구쳐 오르고자 하는 주체의 욕망과 일상(특히 '벽'이라는 유폐된 공간)으로 인한, 상상적 추락의 관계를 조명한다.[10] 그는 김승희 문학에서 '상상적 추락'과 '비상의 의지'는 맞물려 나타나고 있으며, 시인이 지향하는 '존재의 고양'은 추락으로부터 비상하려는 의지로 드러난다고 분석한다. 따라서 김승희 문학의 가장 중요한 축을 아래로 끌어당기는 일상적 현실의 힘과 솟구쳐 오르고자 하는 주체의 욕망 사이의 힘겨루기에서 찾은 점이 주목된다.

---

9  이지원, 「김승희 시에 나타난 유목의식」, 『개신어문연구』 23집, 개신어문학회, 2005, 289~328쪽.

10  서진영, 「김승희 시에 나타난 수직적 상상력 연구」, 『여성문학연구』 제26권, 한국여성문학학회, 2011, 195~224쪽.

최동호의 경우, 김승희 시가 지닌 파괴적 폭력이 오히려 독자에게 일종의 해방감을 선사하는 것이라고 주장한다.[11] 일상에 대한 통렬한 풍자와 노골적인 자기고백 또한 김승희 시의 매력으로 꼽는다. 한편『어떻게 밖으로 나갈까』를 도덕성이나 윤리감각이 사라져버린 자동화된 인간들의 삶을 폭로하는 시집이라고 평가한다. 김승희의 시는 닫힌 출구로 인해 상처를 받는 데 그치지 않고 대신에 수많은 삶의 길을 찾아내고 있다. 그것이 결국 하나의 길로 통한다는 깨달음을 얻음으로써 김승희의 시가 인간적 성숙미를 느끼게 한다고 분석한다.

정영자는 김승희를 1970년대의 새로운 시문학의 반란자이고 지성적 논리와 예리한 감수성을 겸비한 존재로 파악하며 "데뷔 이래 슬픔과 고통의 미학을 통하여 절망과 죽음 속에서 탈출과 부활을 꿈꾸는 시인"이라고 말한다.[12] 김승희의 현실비판의 날카로운 투시는 객관적 거리를 유지하며 냉정하면서도 일상적인 삶에 맞닿아 있다고 본 것이다. 이러한 단단한 '지성적인 면모에 가장 현실적인 도시감각의 전율'이 김승희 시가 지닌 강점임을 피력하고 있다.

정효구는『세상에서 가장 무거운 싸움』에서 <늑대와 함께 달리는 여인>처럼 김승희는 타고난 그대로의 야성 혹은 거친 창조적 생명력을 잘 보존하고 실현시켜 나가는 시인이라고 평한다.[13] 온순한 토끼보다 울부짖는 늑대를 선호하고, 체제순응적인 곰보다 동굴에서 뛰쳐나온 호랑이의 반역과 자유분방한 모습을 선호한다고 언급하고 있다. 따라서 그에 따르면, 김승희는 '아웃사이더로서 불공평한 현실적 대결을 감내하면서 생명력과 자존심을 지켜나가는 시인'이라는 것이다.

---

11  최동호, 「해체된 출구를 찾아가는 길」, 『어떻게 밖으로 나갈까』, 세계사, 1991.

12  정영자, 『한국 여성시인 연구』, 평민사, 1996.

13  정효구, 「늑대와 함께 달리는 여인」, 『세상에서 가장 무거운 싸움』, 세계사, 1995.

셋째, 일상성을 부정하고 제도로부터의 저항과 반항의 표출에 주목한 연구로서, 금동철은 김승희의 시가 본질적으로 현실과 이상향이라는 두 세계의 이항대립을 기반으로 형성되었다고 파악한다.14 부끄러움과 욕망으로 가득 찬 추한 현실세계에서 시인은 자학과 광기에 매몰된 자아로서 고통의 축제를 행하고, 일상성의 감옥을 '달걀'이미지로 전이하면서 일상의 껍질에서 깨어나 존재의 자유를 얻고자 하는 갈망을 드러내 보인다고 분석하였다.

진순애의 경우, 김승희 시는 타자로서 여성의 사회적 현존성에 반기를 강력히 휘두르는 아니무스의 언어이며, 공격적이고 거친 칼날과 같은 언어로 작용한다고 분석한다.15 여성을 타자로 억압하는 구조적 모순을 향하여 복수의 방식을 취하며 강력하게 반항한다고 본 것이다. 어둠에 대한 김승희의 시적 태도는 외재적이며, 어둠의 존재에 대한 인식론을 토대로 하고 있으며, 부정적으로 의식된 어둠, 즉 그림자를 뚫고 나오는 방법론에 천착하고 있다고 언급한다. 그러나 칼 융의 아니무스 이론에 초점을 맞추어 범위를 너무 협소하게 잡은 탓에 김승희 시인의 깊이 있는 시세계를 보여주지 못한 한계를 지닌다.

양애경은 김승희 시에 대해 위장된 평화와 습관에의 함몰, 부당한 인습을 강력히 거부하며 불행을 초래하는 갈등 요인들을 자신의 내부에 끌어들여 격렬한 싸움을 벌인다고 지적한다.16 그런데 중요한 점은 불행이 참을 만한 것이어서가 아니라 '삶이란 으레 그런 것'이라는 비극적 인식에서 비롯된 의지라는 것이다. 한편 그는 김승희 작품의 결점을 완결성의 부족에서 찾고 있다. 즉 반복적인 요설의 부담스러움이나 시

---

14 금동철, 「일상성의 감옥과 날개의 꿈」, 『현대시』제6집, 한국문연, 1995. 6.

15 진순애, 「아니무스의 칼날」, 『아니무스를 위한 변명』, 새미, 2001.

16 양애경, 「달걀 속의 悲鳴 — 金勝熙論」, 『木園語文學』제12집, 1993.

형식상의 풀어짐은 지나치게 강한 시인의 개성과 주관성에 기인하는 것으로 독자의 개성을 압도해 버리는 역효과를 초래하고 있다고 본 것이다.

마지막으로, 김승희 시인의 강렬하고 개성 있는 문체에 주목한 연구들을 살펴보면 오탁번의 경우, 『미완성을 위한 연가』를 해설하면서 김승희를 '천재와 광기를 분별 있게 소유한 시인'이라고 명명한다.[17] 김승희의 서술적인 어법이 시의 긴장과 압축을 저해하는 일상적이고 퇴영적인 방법으로 전락하지 않고 우리 시단에서 보지 못했던 새로운 시풍(詩風)으로까지 정립하고 있다고 높이 평가한다. 한편 최동호의 경우는 김승희의 시들은 풍자적·고발적·폭로적·자학적으로 시적 진술은 산문적이며, 시적 감정은 비판적이라고 지적한다.[18] 또한 김승희의 시적 풍자의 출발점을 비판적 자기고백은 물신주의의 야만성에 저항하는 한 가지 방법으로 실체가 사라져버린 일회용 삶의 무의미성에 대한 반문으로 보고 있다.

유성호는 김승희 시가 혼돈의 세계에 대한 열애의 감각으로 생의 율동을 재현하고 심미화함으로써 역설적 구원에 이르는 방법을 줄곧 택해 왔으며, 『냄비는 둥둥』에 이르러 음악적 율동의 감각에 이르고 있다고 분석한다.[19] 이 시집에 흐르는 복선율의 다성악이 '야성'의 상상력을 물질적 구체성으로 보여주고 들려준다고 하였다. 또한 다른 시인들(이상, 김수영)과의 텍스트성, 선행텍스트와 접속하면서 보여주는 변형과 그것을 넘어서려는 미학적 모험이 역동적으로 구현되어 있다는 점을 가치 있게 평가한다.

---

17  오탁번, 「천재와 광기를 분별 있게 소유한 시인」, 『미완성을 위한 연가』, 나남, 1987.
18  최동호, 『平定의 詩學을 위하여』, 민음사, 1991.
19  유성호, 「다성악으로 울리는 야성의 상상력」, 『냄비는 둥둥』, 창비, 2006.

김현의 경우, 김승희의 『태양미사』는 화려한 수사를 늘어놓은 것에 그친다고 혹평한다.[20] 김승희의 수사는 대체로 유럽의 문화적 이미지의 도움을 받고 있어, 유럽 문화에 낯선 독자들에게는 수사 자체가 하나의 압력으로 느껴질 정도로 압도적이라고 언급한다. 김승희를 '말(馬 또는 言)'에 대하여 뛰어난 감수성을 가진 시인이라고 평가하는 한편, 수사적인 멋냄과 장식미의 시 세계에서 벗어나려는 진지한 노력이 필요하다고 지적한다.

지금까지의 김승희 시에 대한 연구는 모성성에 입각한 전통적 여성 신화에 주목하고, 가부장적 이데올로기에 대한 저항의식, 유목의식(탈주), 강렬하고 개성 있는 문체에의 주목 등이 주를 이루었다. 그간 김승희에 대한 해석의 지평이 다양한 측면에서 이루어진 것이 사실이지만, 대체로 주제에 대한 접근에 치우쳐 있으며, 서평이나 소논문에 그치는 등 지엽적인 연구 수준에 머물고 있음을 알 수 있다. 달리 말하면, 학위논문을 비롯한 시인에 대한 본격적이고 포괄적인 연구는 거의 진척되지 않은 상황이다. 필자의 견해로는 김승희 시인이 문학에 대한 열정을 가지고 현재까지도 작품 활동을 활발하게 이어가고 있기 때문이라 분석되며, 본격적인 논문연구에 집중하고 완성하기까지는 충분한 시간적 여유가 요구된다고 본다. 나아가 지금까지 이루어진 김승희 시인의 문학적 토대에서 타 학문영역과의 연계를 통해 연구의 범위를 폭넓게 확장시키는 방안의 검토가 지속적으로 필요하다고 생각한다.

---

20  김현, 「좋은 꿈속의 시」, 『젊은 시인들의 상상세계/말들의 풍경』, 문학과지성사, 1992.

# 3. 지향

한 시인의 시의 전모를 파악하고 그의 시세계를 이해하기 위해서는 작품이 발표된 시기별로 변모된 양상을 파악하는 방법이 어떤 면에서는 수월하다고 할 수 있다. 그렇지만 비평가가 임의로 설정한 시기에 따라, 작가로부터 일관성과 통일성을 갖춘, 또한 동일한 성향의 작품만을 얻어낸다는 것은 불가능한 일이다.

필자는 김승희 시가 지닌 개성과 이미지의 강렬함이 특히 광기어린 그림자와 강인한 아니무스의 발현에서 촉발되었으며, 그것은 자유에 대한 시인의 의지와 주체적 여성으로서의 삶을 지향한다는 점에 주목하였다. 그러므로 이 글에서는 시인의 내면세계에 초점을 맞추어 시적 자아의 발견과 자기실현이라는 측면에서의 성장과정을 중심 과제로 삼고자 한다. 따라서 그 여정에 맞추어 주제에 부합되는 시들을 선정하고 칼 융의 '자기실현 혹은 개성화과정'에 접목시켜 분석함으로써, 김승희 시인이 문학적 자아의 변모 양상을 살펴보는 데 주력할 것이다.

분석심리학자인 칼 융은 사람들이 인식을 거부하고 억압해 놓은 열등한 특성들로 구성되어 있는 또 다른 인격이라 할 수 있는 '그림자'의 인식을 중요시하였다. 왜냐하면 개성화과정은 자신의 내면에 있는 그림자를 각성하는 것으로부터 시작된다고 보기 때문이다. 그러나 이 요소들은 억압되어 있어서 그 존재를 깨닫고 인식하기가 결코 쉽지 않다. 한편 아니마 · 아니무스란 무의식에 있는 내적 인격의 특성을 말하는 것으로 남성의 무의식 속에 있는 여성적 요소를 아니마, 여성의 무의식 속에 있는 남성적 요소를 아니무스라고 부른다.[21] 그런데 이러한 무의식

---

21 아니마와 아니무스는 고도의 자율성을 지닌 요소로서 신성성(Numinosum)을 지니

적 심상이 남성과 여성에 따라서 서로 다를 뿐만 아니라 의식의 외적 인격으로서의 남성과 여성은 각기 다른 내적 인격의 특성을 갖추게 된다. 이것이 전 인격에 보충됨으로써 하나의 개체를 이루는 것이다. 그와 관련하여 칼 융이 주장하는 자기실현의 과정[22]을 요약하면, 사회적 인격인 페르조나[23]에서 자아를 분리하는 것이 선행되어야 하고, 그 다음으로 무의식의 의식화단계를 거쳐야 한다. 그동안 의식하지 못하고 있던 그림자를 인식하고 아니무스를 의식화하며 자기 전체로서의 삶을 구현해나가야 한다. 따라서 김승희의 시 세계를 분석하고 시적 의식의 변모양상을 살피는 데 있어, 전체를 아우를 수 있는 얼개로서 칼 융이 제시하는 '자기실현' 과정과 연관시켜 살펴보는 작업은 타당하다고 본다.

---

고 있다. 이러한 내적 인격은 외적 인격으로 생겨난 산물이 아니고 인류가 조상 대대로 이성에 관하여 경험한 모든 것에 침전물, 원초적인 조건, 즉 원형이다. 아니무스는 숨겨진 성스러운 확신의 형태를 취하는 경향이 있다. 이는 영웅적, 지적, 예술적 또는 운동가다운 명성이 있는 남성과 동일화하려고 한다. 아니마의 최초의 투사가 어머니에 대해 행해지듯이 여성에게 있어 아니무스의 최초의 투사는 아버지에 대해 행해진다. 이부영,『아니마와 아니무스』, 한길사, 2001, 34~36쪽.

22 이부영,『자기와 자기실현』, 한길사, 2002, 120~150쪽.

23 '페르조나'는 자아로 하여금 외계와 관계를 맺게 해주는 하나의 관계기능(Beziehungs-funktion)이다. 인간이 집단속에서 살아가는 데 있어서 여러 개의 가면을 썼다가 벗었다가 하면서 살고 있다는 뜻으로 인간이 사회의 인습과 전통의 요청과 그 자신의 내적 원형의 요구에 부응해서 채택한 가면이다. 이것은 사회가 자신에게 부과하는 역할이며 사회가 인간에게 생활에서 담당하기를 바라는 배역이다. 엄밀히 말해 페르조나는 참다운 것이 아니다. 그것은 개인과 사회가 '어떤 사람이 무엇으로 보이는 것에 대하여 서로 타협하여 얻은 결과이다.' 그는 어떤 이름을 받아들이고 칭호를 얻고 지위라든가 또 이것저것을 남에게 내보인다. 이것이 어떤 의미에서는 현실이기는 하나 그 사람의 개성에 비추어 보아서는 2차적인 현실, 그 사람보다는 다른 사람이 더 많이 참여한 타협형성에 불과한 것이다. 또한 페르조나는 가상이지만 없애야 할 것이기보다는 구별되어야 할 것으로 맹목적으로 동일시해서는 안 된다. 이부영,『분석심리학―C. G. Jung의 인간심성론』, 일조각, 1998, 81~86쪽.

또한 김승희는 여성시인이면서 자신의 경험과 인식을 바탕으로 시를 전개해 나가고 있다. 그렇기에 김승희가 주목한 모성성과 주체적 여성성의 측면에 집중하고, 그간 시를 통해 보여 준 여성의식의 변모과정을 살피기 위해서는 페미니즘의 관점에서의 분석도 병행될 필요가 있다. 그러므로 본고는 김승희의 시세계에 대해 큰 틀에서는 융의 자기실현 즉, 개성화 과정의 이론에 기반하고, 세부적으로, 특히 3부에서는 아드리안느 리치를 비롯한 페미니스트들의 이론을 바탕으로 연구를 진행해 나갈 것이다.

김승희가 광범위한 분야에서 다양한 방식의 글쓰기를 펼치고 있기 때문에 그의 모든 작품을 연구대상으로 삼기에는 한계가 있다. 그래서 시 분석 텍스트의 범위는 그간 발간된 9권의 김승희 시집[24]에 한정하였다. 또한 여성주의적 입장에서 김승희의 시 의식의 변모양상에 좀 더 초점을 맞추기 위해 발표순보다는 주제를 우선적으로 고려하고 면밀히 살핀 뒤 텍스트의 항목을 선별·선정하였음을 밝힌다. 본문에 인용된 시나 글의 맞춤법과 띄어쓰기는 원전에서 벗어나지 않도록 노력하고 출처를 명시하였다. 글의 진행 과정을 세부적으로 제시하면 아래와 같다.

2부에서는 김승희 시인의 초기시를 중심으로 자기발견의 양상을 짚어보고자 한다. 자기실현을 위해서는 무의식의 의식화 과정이 요구되는데, 그 첫 번째 단계로 자신의 그림자의 인식이 선행되어야 한다. 따라서 우선 시인의 내면에서 뿜어져 나오는 강한 에너지의 근원이 아니

---

24 『태양미사』(1979), 『왼손을 위한 협주곡』(1983), 『미완성을 위한 연가』(1987), 『달걀 속의 생(生)』(1989), 『어떻게 밖으로 나갈까』(1993), 『세상에서 가장 무거운 싸움』(1995), 『빗자루를 타고 달리는 웃음』(2000), 『냄비는 둥둥』(2006), 『희망은 외롭다』(2012) 등이다.

무스에서 비롯되었음을 전제하고, 그에 따라 주요 모티프인 '태양 숭배 의식'을 중점적으로 살필 것이다. 그리고 샤먼의 이니시에이션과 그림자로서의 '광기와 야성성'을 통해 김승희 시세계에서 '자기발견'의 단서를 찾고자 한다. 또한 파자놀이를 중심으로 김승희의 자유분방한 사유에 따른 언어 유희적 글쓰기의 양상을 살펴보고 차용과 풍자의 수사를 통한 자기 표출 방식이 시인의 작품 속에 어떻게 반영되었으며 어떤 영향력을 나타내는지도 확인해 보도록 하겠다.

3부에서는 김승희 시인의 내적 인격, 즉 아니무스가 발현되는 양상에 주목하여 모성성과 소외된 여성성의 극복에 초점을 맞추어 김승희의 여성의식의 변모양상을 살펴볼 것이다. 페미니즘 이론에 입각하여 가부장제 속에서 신화화된 모성성의 허구와 모순점을 지적하고, 여성성과 남성 중심적·가부장적 이데올로기로 인해 훼손된 여성성의 회복에 중점을 둘 것이다. 또한 '어머니'의 존재의 고찰을 통해 억압받고 강요받는 여성성의 실태를 파악하면서 강인하고 성숙한 아니무스의 발현을 근거로 하는 것은 물론 딸과의 연대를 통한 새로운 모성성의 발견에 집중할 것이다. 뿐만 아니라 하위주체로서의 여성들이 남성중심 이데올로기에 따른 언어억압체계의 불완전한 언어영역에서 벗어나 제대로 된 제 목소리 내는 것을 계기로 소외된 여성성을 극복하고 주체적 여성의식을 확립하는 과정까지도 모색하고자 한다.

4부에서는 통합된 인격체가 완성된 상태, 즉 '자기실현'의 단계에 중점을 두어 김승희의 시에 나타나는 여성의식의 면모를 분석할 것이다. 이른바 '개성화 과정'은 자기 안의 모순되고 양면적인 인격의 요소들을 하나로 통합하여 즉, 더 이상 우리의 인격이 분열되거나 우리의 정신이 이원화되지 않고 어떤 완성된 상태로 나아가는 것을 뜻한다. 이를 바탕으로 우선 인간존재의 근원적 감정인 슬픔에 초점을 맞추어 김승희가 택한 슬픔의 '놀이'로의 치환과 '웃음'을 토대로 한 탈주의 방식으로 슬픔을 승화시키는 양상을 살펴볼 것이다. 또한 '13월 13일'과 '그래島', '무릉도원' 등 시공간적 배경이 되는 유토피아적(초월적) 상상력을 통해 '사랑'에 담긴 내재적 의미와 자아의 자유의지에 대하여 분석할 것이다. 마지막으로는 교차의 미학에서는 '만남'을 통한 대극합일 및 자기실현의 면모를 발견함으로써 김승희 시인이 궁극적으로 추구하는 시적 지향점을 가늠해 보는 기회로 삼을 것이다.

5부에서는 앞서 2부, 3부, 4부에서 전개한 내용을 토대로 요약과 정리를 통해 김승희 시인의 시세계 전반에 대해 갈무리할 것이다.

그리고 마지막 6부에서는 현실제도에 대한 부정과 비판의식을 부각시킨 시집, 『어떻게 밖으로 나갈까』를 텍스트로 삼는다. 파시즘적 현실로부터 탈주하려는 현대인들의 의지와 소비욕망의 메커니즘에 의거한 환유의 관점에서 김승희의 시세계를 이해하는 데 한걸음 더 깊이 들어가는 계기가 될 것이다.

제 2 부

## 광기와 신명을 통한 자기발견

신명지펴 신명지펴
벌레 같은 한평생
가난도 아니고
죄도 아닌 사람들,
나는 남도의 딸,
징채잽이처럼, 어짜피, 난,
가락과 신명의 혼혈인 걸,
…(중략)…
돌아가 - 돌아가서 -
내 썩은 오장육부를 징재삼아
한바탕 노을을 두들겨 보노니
붉은 햇덩이는 꽃뿌처럼 둥글다가,
문득 스러지면서
가장 진한 남도락을
철전지에 - 뿌리더라 -
- 「남도패」 가운데

김승희 시인이 초기시에서 유난히 태양에 집중한 것은 태양이 가진 강인함, 순수, 자유, 정열, 생명 등의 속성에 기인한다. 그리고 태양을 통해 어둠(현실)을 극복하는 정신과 영원한 생명을 품은 낭만적이고 이상적인 세계에 대한 동경을 드러내기에도 유효하다. 나아가 태양은 지상과 이성의 차원을 넘어서는 유토피아적 영역으로서, 시인이 궁극적으로 도달하고자 하는 영원성을 상징한다. 무엇보다도 태양이 유일무이하다는 점과 무소불위의 힘을 지닌 존재라는 점에서 태양을 향한 김승희의 숭배정신은 가히 절대적이다.

반면에 나의 어두운 면, 즉 무의식적 측면에 있는 나의 분신을 지칭하는 '그림자'는 칼 융의 분석심리학 이론에서 집단적 콤플렉스라고 부르는 모든 원형1 중에서도 가장 강력하며 잠재적으로 가장 위험한 요소

---

1 '원형'을 집단적 콤플렉스라고 부르는데, 이는 집단적 무의식의 층이 많은 원형으로 구성되기 때문이다. 원형은 모든 인간의 정신에 존재하는 인간정신의 보편적이고 근원적인 핵이며, 인간을 인간답게 하는 가장 기본적인 조건 즉, 시간과 공간의 차이, 지리적 조건의 차이, 인종의 차이를 넘어선 보편적인 인간성의 조건인 것이다. 원형은 태곳적부터 현대에 이르는 긴 시간에 수없이 반복되었으며, 또한 반복

라고 할 수 있다[2] 그렇다고 해서 그림자가 본래부터 악하고 부정적이고 열등한 것은 아니다. 다만 무의식 속에 버려져 분화될 기회를 잃었을 뿐이며, 그것이 의식되어 나오는 순간 그 내용들은 곧 창조적이며 긍정적인 역할을 수행하게 된다. 이러한 무의식의 의식화 과정에서 대개 처음 부딪치는 문제는 그림자의 인식이고, 그 뒤에 아니마와 아니무스의 의식화가 진행되어야 비로소 이를 통해 자기와의 대면이 이루어진다.[3] 그렇기에 무의식의 의식화과정에서 그림자를 인식하는 일은 선행되어야 한다. 따라서 김승희 시에서 그림자의 존재를 인식하는 일은 자기발견의 실마리를 찾아내는 중요한 계기가 될 것이다.

## 1. 파격적 제의에 의한 그림자의 인식

태양숭배의식과 관련하여, 김승희가 시를 통해 기획한 희생제의(犧牲祭儀, sacrifice)는 신이나 초자연적 존재에게 제물을 바침으로써 희생제물이 신의 소유가 되게 하고 그로써 거룩하게 만드는 행위를 일컫는다. 종교적 의례라는 점에서 희생제의는 희생제물을 신앙의 대상에게 바치는 의식이며, 그 신앙의 표현이다. 그런데 희생제의를 '개인 혹은 집단이 그(그들)에게 가치 있는 것을 파괴하는 폭력적 방법으로 초월적 존재에게 바치는 일련의 과정'[4]이라고 할 때 이러한 정의는 희생제의에

---

되어 갈 인류의 근원적인 행동유형을 가능하게 하는 선험적 조건이다. 이부영, 『분석심리학―C. G. Jung의 인간심성론』, 앞의 책, 100~101쪽 참조.

2  이부영, 『그림자』, 한길사, 1999, 40~42쪽.

3  이부영, 『자기와 자기실현』, 앞의 책, 124쪽.

4  류성민, 「희생제의 폭력의 종교 윤리적 의미에 대한 연구: 성서종교 전통을 중심으로」, 서울대학교 대학원 박사학위논문, 1991, 5~6쪽.

서 제물들에게 가해지는 '폭력적 방식'이라는 측면이 강조된다. 왜냐하면 희생제의에서 제물을 태우거나 피를 뿌리는 행위 등은 명백히 폭력성을 가시화하기 때문이다. 반면 긍정적 측면에서 보면, 이때 축성된 제물의 생명은 희생제의를 드리는 사람과 받는 신 사이의 유대관계를 확립해주는 거룩한 효력으로 작용한다. 생명은 희생제의를 통해 본래의 신적인 근원으로 되돌아가 그 근원의 생명을 되살리는 역할을 수행하기 때문이다. 따라서 김승희가 도달하고자 하는 영원성은 지상의 차원을 넘어서는 곳에 존재하며 이니시에이션 같은 종교적 체험과의 밀접한 관련성도 유추해 볼 수 있다.

## 1) 태양숭배의식과 광기, 이니시에이션

김승희 초기시의 특징은 주제를 드러내는 방식에서 따라 크게 두 가지로 살펴 볼 수 있다. 그 하나는 첫 시집 『태양미사』의 표제시에서도 짐작할 수 있듯이 태양에 대한 숭배의식이다. 여기서 태양은 어둠과 현실의 부정적인 운행을 막고 생의 질서를 주도하는 절대적인 힘을 상징한다. 또한 태양은 빛나는 천체로서 칼 융이 대극합일의 상징으로 일컫는 '만다라' 속의 황금의 태(胎) 혹은 황금의 구(球)에도 비견된다.[5] 김승희는 절대적 대상으로서의 태양을 향해 무조건적인 숭배의식을 표출하며, 희생제의 및 전체성의 추구에 의한 향일성을 작품을 통해서 드러내고 있다.

또 다른 특징은 일반적으로 용인된 사회 규범을 매우 강하게 벗어나 제도권의 세계를 스스로 극렬하게 거부하는 방식으로서의 '광기'이다. 김승희는 '시를 쓰는 일은 습관과 자동적 인습의 세계를 스스로 언제나

---

5  이부영, 『자기와 자기실현』, 앞의 책, 73~80쪽.

거부하는 것'으로 인식하며,6 제도권 안에서 길들여지는 무서움에 대한 자각을 경험한다. 그러므로 정상에서 벗어난 상태를 '광(狂)'이라고 규정한다면, 김승희는 정상/비정상의 경계를 제도권 안의 인습과 규율에 두고 있음을 짐작할 수 있다.

> 나는 감히 상상하도다,
> 어둠이 태양을 선행하니까
> 그리하여 태양이 어둠을 살해하듯,
> 현실이 꿈을 선행하니까
> 그리하여 꿈이 현실을 살해하기를.
> 나는 감히
> 꿈꾸도다,
> 나의 生이 안개의 먹이로 환원되는 것을
> 나는 바라지 않기에
> 살기 위해 더 많이 사랑할 것을
> 오직 나는 바라기에
> 나는 감히 상상하도다,
> 영원의 궤도 위에서 나의 불이
> 태양으로 회귀하는 것을.
> 그리하여 存在의 실(絲)패를 태양에 감으며
> 신비스런 미립자의 햇빛 파장이
> 나의 生을 태양에 귀의시킬 것을.

> — 「태양미사」 『태양미사』 부분

「태양미사」에서는 태양을 향한 시적화자의 동경과 숭배의 자세 및 향일성의 의지를 보여준다. 또한 동전의 양면과도 같은 '빛(태양)과 어둠', '꿈과 현실'의 불가분의 관계를 조명한다. 태양을 선행하는 어둠은

---

6  김승희, 「시작노트2. 먼지와 음악 사이」, 『달걀속의 생』, 문학사상사, 1989, 213쪽.

곧, 내면의 그림자를 의미한다. 그런데 그러한 어둠을 잠식할 수 있는 것은 태양이 지닌 강력한 힘이자 무소불위의 권력이다. 태양(아니무스)이 어둠(그림자)을 제압할 수 있으므로 어둠과 동격인 현실의 부조리도 또한 '꿈'에 의해 제압될 수 있기를 소망한다. 즉 태양이 '아니무스의 칼날로7' 어둠을 물리칠 것을 소망하며 또한 태양처럼 눈부신 꿈이 부조리한 현실을 이겨낼 것을 상상하고 있다. 더불어 그에 부합하는 대상으로서의 '꿈'과 '현실'을 상정하여 자유롭게 상상의 나래를 펼친다. 시적화자는 '生이 안개의 먹이로 환원되는' 즉 자신의 삶이 죽음(안개)에게 잠식되기를 바라지 않으므로 '살기 위해 더 많이 사랑할 것'을 간절히 기대한다. 결국 삶의 조건은 더 많은 사랑을 갈구하는 것으로 귀결된다.

'存在의 실(絲)패'는 미궁에 들어간 테세우스가 살아서 돌아 나올 수 있도록 들고 간 아리아드네의 실타래를 연상시킨다. 시적화자는 "신비스런 미립자의 햇빛 파장"에 기꺼이 감기는 실패처럼 진정한 삶(살아 돌아옴)을 위해 자신을 절대적이고도 영원한 존재인 태양에게 온전히 귀의하겠다는 의지를 보여주고 있다.

> 오, 그러나, 잠깐만,
> 나에게 모짜르트를 들을 시간을 주세요,
> 산채로 번제를 지피기 위해서는
> 약간의 마취가 필요하지 않을까요?
> 슬로우 비디오처럼, 천천히
> 나는 나의 나체를 불의 제단에
> 눕힙니다

---

7  진순애, 앞의 책, 244쪽.

인육의 촛불이 꽃처럼 타오릅니다
신이여, 이것이 나의 경배,
나의 포만인 것입니다
나의 박애인 것입니다

심령이 불태워진 자는 복이 있나니
뼈에서 새가 솟을 것이오―
심령을 불태우는 자는 무궁하리니
태양이 저의 것이라―
누군가 내 긴 뼈의 맥을 짚으며
건반을 누르듯― 하염없이―
화음의 우주를 쓰다듬고 있읍니다―

―「태양성서」『왼손을 위한 협주곡』부분


　　이른바 '번제(燔祭)'는 희생 제물을 불에 태워 바치는 의식으로 대부분 가축이나 짐승을 잡아서 그 제물로 삼는다. 조지프 캠벨에 따르면 주술적 힘은 희생제의의 강도에 따라 결정된다.8 즉, "제물 가운데 가장 강력한 힘을 갖는 것이 인간 존재인데, 최고의 희생제의는 자기 자신을 제물로 바치는 것"이라고 한다. 위의 시 「태양성서」에서는 태양 앞에서 희생 제물을 번제하는 의식을 다루고 있다. 시인은 '산채로 번제를 지피기 위해서' 자신을 제물로 바치겠다고 당돌한 선언을 한다. 더욱이 여타 동물로서의 희생양이 아닌 인간, 스스로가 자발적 희생제물이 되

---

8　"최고의 희생제의는 자기 자신을 제물로 바치는 것이다. 그러나 자기 자신의 가치마저도 살아 있는 동안 그 자신이 성취한 희생제의와 자신의 장례식에서 후손이 행하는 희생제의의 강도에 의해서 결정된다. 자기 자신을 제외하면, 제물 가운데 가장 강력한 힘을 갖는 것은 또 다른 인간 존재이다. 자신의 아들, 노예, 그리고 전쟁 포로 등이 여기에 속한다. 그 다음으로 가치 있는 것은 자기 자신이 정성스럽게 키운 동물이다. 그 동물은 언제나 신과 신화적으로 관련되어 있는 종이다." 조지프 캠벨, 이진구 옮김, 『신의 가면 1』, 까치, 2003, 507쪽.

겠다며 '나는 나의 나체를 불의 제단에' 눕히고 있다.

'심령이 불태워진 자는 복이 있나니/뼈에서 새가 솟을 것이오'라는 구절에서 알 수 있듯이 생명은 희생제의를 통해 본래의 신적인 근원으로 되돌아가 그 본래의 능력(즉 생명)을 되살린다. 사실상 보통의 인간이 태양이 되는 일은 불가능하다. '심령을 불태우는 자는 무궁하리니/태양이 저의 것이라'라는 전언은 태양에게 자신을 온전히 바침으로써 태양 그 자체가 될 수 있음을 암시하며, 김승희에게는 그 또한 매혹적인 일로 받아들여졌을 것이다. 심령(혼)이 불태워져서 생명이 종말을 고하는 것이 아니라, 타고 남은 뼈에서 새로운 생명, 새가 솟구쳐 오른다. 그러한 번제의식을 통해서 시적화자는 절대적 숭배의 대상이었던 태양이 될 수 있으리라는 강한 신념을 키웠으며, 자신이 꿈꾸는 영원불멸의 세계에 도달하는 길을 택하도록 이끌었을 것으로 파악된다.


　　東녘은 많지만
　　나의 태양은 다만 무등 위에서 떠올라라

　　…(중략)…

　　만장 펄럭이는 꽃상여길 따라
　　넋을 잃고
　　망연자실 따라가다가
　　무등에 서서ㅡ
　　무등에 서서ㅡ

　　…(중략)…

　　신명지펴 신명지펴
　　벌레 같은 한평생

가난도 아니고
죄도 아닌 사람들,
나는 남도의 딸,
징채잽이처럼, 어짜피, 난,
가락과 신명의 혼혈인 걸,

···(중략)···

내 고향사람들의 울음을 모아
지는 해
굽이굽이
서러운 목청

돌아가— 돌아가서—
내 썩은 오장육부를 징채삼아
한바탕 노을을 두들겨 보노니
붉은 햇덩이는 業果처럼 둥글다가
문득 스러지면서
가장 진한 남도唱을
철천지에— 뿌리더라—

— 「남도唱」『왼손을 위한 협주곡』부분

　　남도의 독창적인 창법을 시에 반영한 「남도唱」은 남도 사람들이 지닌 한의 정서를 드러낸다. 특히 무수한 東녘 중에서도 오로지 '무등 위'에 떠오르는 붉은 태양의 이미지를 부각시킴으로써 비록 가난으로 점철된 질곡의 역사를 품은 땅이지만, 그 속에서 이루어낸 1980년 광주항쟁이라는 남도의 정신을 통해 자신의 근원을 자각하기에 이른 것이다. '만장 펄럭이는 꽃상여길 따라/넋을 잃고/망연자실 따라'가는 모습에서 무참한 희생으로 인해 고통 받는 남도 사람들의 애환을 짐작하게 한다.

그리고 '벌레 같은 한평생/가난도 아니고/죄도 아닌 사람들,/나는 남도의 딸'이라는 처절한 외침을 판소리 가락에 실어 저절로 흥을 돋우기까지 한다. 그리고는 어느새 '징채잽이처럼, 어짜피, 난,/가락과 신명의 혼혈인 걸' 하며 목청을 좌우로 크게 젖혀가면서 힘차게 소리 내는 아귀성으로 한데 어우러지는 것이다.

　　시인은 고향으로 돌아가서 '내 썩은 오장육부를 징채삼아/한바탕 노을을 두들겨' 보겠다고 호언한다. 그는 '업과(業果)' 같은, 황혼녘의 더욱 붉고 강렬한 빛을 뿌리는 붉은 햇덩이에 자신의 서러운 신명을 담아 '가장 진한 남도唱을/철천지에— 뿌리'겠다고도 선언한다. 자신을 '남도의 딸'이자 '가난과 태양의 혼혈'이며 '가락과 신명의 혼혈'이라는 당차고 거침없는 비유를 통해 김승희는 「남도唱」에서 향토애와 한 맺힌 남도의 정신을 이어받은 자긍심을 표출하고 있다.

　　한편 김승희는 태양숭배의 모습과 더불어 자신이 의식적으로 추구하는 가치에 반대되는 영역으로서의 어둠, 그림자에도 초점을 맞춘다. 시 속에서 흉측한 짐승들의 처절한 울부짖음을 과격한 어조와, 여과되지 않은 언어를 빌어 광기의 난무를 펼쳐 보이는 것이다. 칼 융에 의하면 그림자는 보통 개인적 무의식의 특징을 나타내는 것으로, 인간의 정신세계 중에서 '내 안의 낯선 나' 혹은 '무의식에서 열등한, 소외된 인격'을 말한다.[9] 따라서 그림자는 우리 자신의 일부이면서도 스스로 거부하거나 억압해온 내면에서 만들어지며 자신이 부정하는 가치관, 현실세계에서 자신의 모습과는 상반된다. 김승희 시인은 '광기'에 대해, '우리의 삶을 제도권 안의 인습과 규율로 꽁꽁 묶은 메마른 기계 운동에 대하여 엄청난 테러의 이름'[10]이라고 정의한 바 있다. 그러한 그림자

---

9　이부영, 『분석심리학— C. G. Jung의 인간심성론』, 앞의 책, 71~80쪽.
10　김승희, 앞의 책, 213쪽.

의 일부이면서 돌출된 행동특징의 하나로서 '광기'에 주목할 필요가 있다. 광기는 사회에서 배척되고 금지된 것, 이성으로 통제되지 않는 폭력성과 잔혹성을 드러내 보인다.


울부짖는 입,
입을 목젖까지 환히 벌리고
거울 속을 들여다본다,
목젖을 밀치고
누군가가, 아니 무엇인가가
힘껏 나오려고 한다,
털복숭이의 손이 보이고
털복숭이의 몸이 보이고
검은 장미꽃이파리 같이
뿌리칠 수 없는 눈동자가 보이고
보이는 것들은 무슨 엄청난 힘으로
오히려 입술을 잠궈버린다,

…(중략)…

자음과 모음과 귀절과 문장들은
오장육부 속에서 꾸룩거리고
아직 무지한 그것들은
온통 소리소리로 난장을 친다,
어떤 죄업을 씻기 위해
피묻은 입들,
나는 조용히 미쳐간다,
배고픈 눈동자에 누군가 자꾸 바늘을
꽂는다……
　　　　　－「魔의 말[言]을 찾아서 2.」『왼손을 위한 협주곡』 부분

현실에서 언행이 다르거나 특출하다는 이유로 일반인으로부터 광인 취급을 받는 사람이 있다. 이들은 '다름'을 인정받지 못하고 집단으로부터 소외당하거나 격리조치11 된다. 그런데 공자는 '논어'에서 '광자 (狂者)는 진취적이며 견자는 근실하다'면서 평범한 사람과 달리 '광자'는 이상이 큰 사람이라고 '광자'에 역설적 의미를 부여하였다. 따라서 '중용의 도를 행사하는 사람과 함께하지 못할 바에는 차라리 뜻이 높은 광자(狂者)나 절조가 굳은 견자를 택하겠다.'12고 언급하였다. 달리 말하면 광자 혹은 광인은 '고집이 세고 생각이 독립적이며 시류에 따르지 않으려는 성품을 가진 사람'으로 여겨졌던 것이다. 그런데 다른 한편, 예를 들면 문학, 예술 분야 등에서 이들이 창조의 원동력이 되어 온 것도 간과할 수 없는 사실이다. 아마도 김승희 시인이 「魔의 말[言]을 찾아서」 5편의 연작시를 쓴 이유는 자신이 '광인' 취급받을 것을 감수하고서라도 온전한 말을 통해 새로운 가치를 얻으려는 의도가 있지 않았을까. 또한 그러한 자유분방하고 호탕한 삶을 옹호하려는 입장에서가 아니었을까.

「魔의 말[言]을 찾아서 2.」에 등장하는 몸속의 괴물이 자신의 정체를 여과 없이 드러내고 있는데, 짐작하다시피 이 또한 시인의 내면에 잠재한 그림자의 모습이다. 그림자는 우리의 인격에 있는 부정적이며 열등

---

11  미셸 푸코는『광기의 역사』를 통해 배제의 대상으로서의 광기를 살폈다. 푸코에게 있어 광기는 이성중심의 서구문화가 포용하지 않고, 배척했던 인간적 의식과 특성의 한 요소일 뿐, 병이 아니다. 광인에 대한 사회적 수용의 변화는 바로 침묵 속으로 억압된 광기의 수난사를 보여주는 것이다. 그것은 결국 이성 중심의 사회가 정신과 의사를 대변자로 만들어 광인을 치료의 대상으로 삼아 정상인들과의 사회로부터 배제한 과정의 역사인 것이다. 미셸 푸코, 이규현 옮김,『광기의 역사』, 나남출판, 2003, 21~34쪽 참조.

12 『논어』자로 21편. "子曰, 不得中行而與之 必也狂狷乎 狂者進取 狷者有所不爲也." 신철원 편저,『논어 · 대학 · 중용』, 은광사, 1987, 146쪽.

한 측면들과 우리가 받아들이기 어려운 부도덕한 요소들로 구성되어 있다. 또한 그림자는 다른 어떤 원형보다도 인간의 기본적이고 동물적인 본성을 많이 포함하고 있으므로, 가장 강하고 암묵적으로 위험성을 내포하고 있다고 할 수 있다.

시적화자는 괴물이 온전한 말을 이루지 못해 처절하게 괴로워하는 모습을 '자음과 모음과 귀절과 문장들은 오장육부 속에서 꾸룩'거린다고 표현하고 있다. 또한 '온통 소리소리로 난장'을 치는 몸 안에 든 괴물 때문에 시인은 뜻하지 않게 광인 취급을 받는다. 물론 기득권 세력에 부응하지 않고 기존 사회질서 체제에 반하는 말을 거침없이 쏟아놓는 시인을 광인으로 치부하는 것은 당연할지도 모른다. 악마의 말, 몸속에 든 괴물이 목구멍으로 튀쳐나오려 하지만, '입술을 잠궈'버려 그마저도 좌절을 겪는다. 또한 몸속에 갇혀버린 말은 광기에 차 있고, 그 갇힌 말로 인하여 '나는 조용히 미쳐간다'거나 '배고픈 눈동자에 누군가 자꾸 바늘을/꽂는' 환시를 겪게 하는 광기에 사로잡힌 괴물 또한 자신 내면의 '그림자'로 인식하고 받아들여야만 한다.

언제부턴가 나는 내 몸속에
한 마리 짐승을 기르고 있읍니다
부어라—마셔라—내 피를 빨아먹고
붉은 혀를 다시며 내 뼈를 발라먹고
아, 맛있어, 심장을 찢어 먹고
배고프다고—배고프다고—
오장육부 속에서 발버둥칩니다

때때로는 더이상 먹일 것이 없어
가자—가자—
낙화암 벼랑으로 뛰어내릴 생각을

해봅니다

…(중략)…

나는 이 짐승을 미워합니다
그러나 의무감이 강한 간호부처럼
매일매일
이것을 거두어 먹입니다,
착취처럼ー姦婦처럼ー나는 빠져나갈 길이 없습니다.
　　　　　　ー「야시장터에서(2)」『왼손을 위한 협주곡』 부분

　「야시장터(2)」에서는 시인의 몸에 얹혀사는 걸신(乞神)들린 짐승에
대해 이야기한다. 이 짐승 또한 칼 융이 말한 페르조나ー자신의 가면인
동시에 김승희 시인의 그림자에 해당한다. 그림자의 이미지가 부정적
인 인상을 주는 까닭에 자아가 처음 그림자를 의식할 때는 자기의 일부
로 받아들여지기를 꺼려하는 것은 당연할 것이다. '내 피를 빨아먹고/
붉은 혀를 다시며 내 뼈를 발라먹'는 짐승은 끊임없이 배고파한다.

　굶주려 음식에 대한 욕심에 사로잡혀 그 욕구를 해소할 수 없게 되면,
그 짐승이 시적화자를 '낙화암 벼랑으로 뛰어내릴 생각'에까지 이르게
한다. 이렇듯 이 짐승은 해소되지 않는 식욕 때문에 숙주의 몸을 죽음
의 상태로 몰아가려 할 정도로 무자비한 광기에 차 있다. 사실상 욕망
의 끝은 죽음이다. 그런데도 시인은 그 아귀(餓鬼) 같은 짐승에 대해 미
움과 간호(돌봄)라는 양가적 감정을 갖는다. '착취처럼ー姦婦처럼ー나
는 빠져나갈 길이 없'음은 그 굶주린 짐승이 시인 자신의 일부이며, 시
인의 무의식 속에 자리 잡은 그림자이자 시인이 세상에 대해 품고 있는
욕망의 또 다른 모습이기 때문일 것이다.

폭양의 고향속으로
나의 영혼은 뼈처럼 희디희게 풍화되면서
음속보다 더 빠른 속도로
사라져 간다
무섭게 고행을 시작하고 싶다—
폭양은 나의
신당이기에—

            —「폭양의 집」『왼손을 위한 협주곡』부분


   한편 샤먼이나 강신무의 입문과정은 자기실현의 원시적 형태를 보여주고 있다는 점에서 주목된다. 이부영은 "고통을 통한 낡은 자아의 죽음, 새로운 신령의 영입과 함께 영력을 갖춘 신성한 몸으로 변하는 과정은 상징적으로 새로운 전체적 인격의 실현과정을 의미한다"고 말한다.13 김승희 시에서 재생제의나 '샤먼 이니시에이션'을 통해 시인 자신이 곧 샤먼임을 자처한다. 한국문화 속에서 무조(巫祖)로 지칭되는 '바리데기'를 비롯해서 무가의 여주인공은 모두 하나같이 씩씩한 영웅형 여성들이다. 즉 아니무스 여성상들이 많이 등장한다. 또한 이부영의 "무속은 남성적 시대의식을 보상하는 아니마의 기능을, 때로는 아니마—남자의 문화에 저항하는 아니무스의 기능을 해왔다"14는 주장처럼,

---

**13** 이부영, 「입무과정의 몇 가지 특징에 관한 분석심리학적 고찰」, 『문화인류학』2집, 1969, 111~122쪽.

**14** 샤머니즘은 토착종교로서 더러는 유교의 영향을 받은 흔적도 있으나, 유교문화와는 가장 대립되는 관계를 유지해왔다. 특히 유교이념이 강화되기 시작한 고려 말에서 유교를 통치 이념으로 수용한 조선왕조에 이르러 무속은 유교의 가부장적·합리적 지성주의를 보상하는 대극의 역할을 해왔다. 그것은 유교가 싫어하는 괴(怪), 력(力), 난(難), 신(神)의 세계를 다루며 공자님이 어렵다고 한 여인들에 의해 남성과의 어울림 속에서, 혼돈과 무질서처럼 보이는 원형상을 체험하고 남녀평등의 구현을 통해서 유교의 지성과 남성중심주의를 끊임없이 자극해왔다. 이부영·

김승희 또한 샤먼으로서 고통을 감내하는 자세를 통해서 성숙한 아니무스의 모습을 보여준다.

「폭양의 집」의 시적화자는 작열하는 태양으로 온통 뜨겁게 달구어진 '폭양'이 자신의 고향임을 자처한다. 태양은 창조적 힘을 지닌, 생성의 어머니 같은 존재이기 때문이다. 그런데 신 · 정령이 아는 인물을 골라서 그 인물이 샤먼화할 때까지의 심신에 여러 가지의 시련을 주는 전형적인 '소명형(召命型)의 이니시에이션'[15]을 겪는다. 즉 샤먼이 되기 이전의 육체가 완전히 해체된 후에 샤먼으로 재생하는데, 이때 육체의 해체와 재생은 환상이나 몽상, 꿈속에서 체험되기 마련이다.

그 폭양 속에서 '뼈처럼 희디희게' 가장 순수하고 고결한 모습으로 '풍화'되고, '음속보다 더 빠른 속도로 사라져'가는 것은 시인 자신의 뼈가 분해되어서 소멸함을 의미한다. 그러나 결국은 사라져간 뼈들은 다시 엮어져 새로 태어날 것이다. 모든 종류의 입사식담이나 통과의례가 함축하고 있는 고난이나 고통을 능가할 만한 것으로써 시적화자의 영혼은 샤먼의 성무식(成巫式)[16]의 연장선에 들어선 것으로 볼 수 있다.

---

분석심리학의 탐구 2, 『아니마와 아니무스』, 앞의 책, 255~256쪽.

15  미래의 샤먼의 수족은 정령이나 조령에 의하여 철의 갈고리에서 풀어지고 관절이 모두 흩어지게 된다. 뼈에서 살은 깨끗이 떼어져서 체액은 버려진다. 또한 안구는 눈구멍에서 뽑아내진다. 이러한 수술의 뒤에 다시 모든 뼈가 모아져서 철로 묶어진다. 이 해체와 재생은 3일에서 7일 계속되고 이 사이 미래의 샤먼은 죽은 자와 같이 거의 숨을 안 쉬고 고독한 곳에 가만히 있다. 이러한 이니시에이션의 사이에 샤먼의 혼이 천상계나 지하계에 이끌려가서 "혼의 여행"의 학습이 된다. 이러한 유형의 이니시에이션은 시베리아 여러 민족, M 에스키모, 아메리칸인디언, 오스트리아 원주민 등에서 보인다. 미래의 샤먼을 해체하고 재생시킨 정령은 이 사이에 미래의 샤먼과 친교를 맺고 이니시에이션이 완료된 후에는 수호신이 되어 그의 활동을 원조하게 된다." 佐佐木宏幹, 김영민 역, 『샤머니즘의 이해』, 박이정, 1999, 117~118쪽.

16  샤먼은 무엇보다도 '고통받은 고통의 치유사', '수난당한 수난의 해결사'이다. 한국

김승희는 스스로를 '태양신의 딸'이라고 칭하며, 그 뜨거운 열기 속에 자신의 영혼을 불태울 것을 소망한다. '신딸'이기에 폭양은 곧 자신의 신당이 되는 것은 당연하다.

> 죽을 힘을 다해
> 나는 돌아눕는다
> 허공에서 거울이 깨어지며
> 나의 모가지를 병마개처럼 따고
> 한송이 吊花를 꽂고 있다
>
> …(중략)…
>
> 나의 골에선 찬란한 단두대의
> 밧줄이 뻗어나와
> 나의 모가지를 향해 달려나간다
>
> ―「난폭」『왼손을 위한 협주곡』부분

「폭양의 집」과 일맥상통하는 위 작품에서도 무병을 앓는 시적화자 의 모습이 나타나 있다. 성무식(成巫式)에 임하는 무녀(巫女)가 감내해 야 할 동통(疼痛)의 처참한 모습을 드러낸다. 시베리아의 옛 신화(神話) 에 따르면 뼈는 영혼의 참다운 집으로서, 살에 비해 영속적이다. 그런

---

무속 신앙에서라면 '원한을 겪은 원한 풀이꾼'이다. 샤먼 후보자의 사대육신이 그 것도 뼈 조각조각, 관절 마디마디가 분단되는 이 고비는 '육신 분해(dismemberment)' 의 주지로서 시베리아 샤머니즘에서는 알려져 있다. 야쿠트 샤먼은 이 고통을 자 그마치 세 번을 겪어야 한다. 몸 조각내기에 겹쳐 뼈 조각내기의 주지는 여러 곳의 시베리아 샤머니즘에서 매우 강조된다. 야쿠트, 퉁구스, 브리야트 등 여러 종족에 서 보고된 사례에 따르면, 이 분신(分身)은 타계 여행의 권능을 누리기 위한 전제 로 치러지는 성무식 절차 중에서도 '환시(幻視)의 성무식'의 절차로서 시행되는 것 이다. 김열규,『동북아시아 샤머니즘과 신화론』, 아카넷, 2003, 43~47쪽 참조.

데 무당 후보자들은 그의 육신이 혼절하고 있는 사이에 육신을 떠난 혼들이, 그들 자신의 뼈가 산산이 부서지고 흩어졌다가 다시 엮어지는 과정을 지켜보는 '환시(幻視)의 성무식'의 절차를 밟는 것이다. 그리고서야 그의 넋은 뼈 속으로 되돌아오게 되고, 뒤이어 그의 뼈에 다시 살이 오르고 목숨을 되돌리는 과정을 거친다. 김열규에 의하면, "육신해체의 아픔 없이 한 여인은 무당이 될 수 없고, 무당은 살아서 여러 번 죽은 유일한 존재"[17]라는 것이다.

한편 동북아시아에 널리 퍼져있는 무당의 '재생제의(再生祭儀)'는 입무식(入巫式)의 핵심적 절차이다. 재생제의는 사자의 재생만을 의미하는 것이 아니라, 살아 있는 자의 생명력의 갱신을 위해서도 행해진다. 이 경우 살아 있는 자가 죽은 것처럼 꾸며 보이고 이어 되살아나는 과정을 나타내 보인다. 이처럼 무당의 재생제의 때는 그 시신(屍身)이 우선 찢어지고는 다시 합해진다. 그로써 무당은 재생된 것으로 믿는 것이다.[18] 「난폭」에서 보여주듯이 온전한 샤먼으로 탄생되기 위해, 시인은 그로테스크하고 참혹한 고통의 난장에서 산 채로 죽음을 경험하고 있다. '죽음의 제의(祭儀)'를 통과해야만 새롭게 다시 태어날 수 있다는 것은 아이러니가 아닐 수 없다.

> 그대에게, 나는 나의 넋을 주고싶다,
> 입을 열면 그냥, 그대로,
> 빛이 쏟아져나온다는,
> 光音天의 사람들,
> 내가 파괴한 시체의 門을 열고

---

**17** 김열규, 「태양의 羊水 속에 타오르는 疼痛의 신명」, 『왼손을 위한 협주곡』, 문학사상사, 1983, 159~160쪽.

**18** 김열규, 『韓國의 神話』, 一潮閣, 1976, 12~13쪽.

나는, 고스란히, 나의 피를 주고싶다,

그리하여

어떤 깡패가 발길로 걷어찬

밥상같은 만물에게

나는, 고요히, 내 피의 문맥을 부여하고 싶은

것이다

—「魔의 말[言]을 찾아서 5. 시인의 노래」

『왼손을 위한 협주곡』 부분

시인의 노래, 즉 말-로고스는 모든 사물의 존재를 규정하는 보편적인 원리이자 각각의 사물을 고유하고 일정한 것이 되게 하는 형식이다. 김승희는 천상의 말을 전하고 새롭게 창조하여 죽은 목숨에 '넋'을 주는 행위, 즉 새 생명을 불어넣고자 한다. 그것이 곧 시인의 사명이기에, 김승희가 샤먼이자 광인이 되려고 하는 것은 지극히 자연스러운 일이다.

「魔의 말[言]을 찾아서 5.」에서 시적화자는 자신이 '파괴한 시체의 門을 열고' 고스란히, 자신의 피를 나누어 주려고 한다. 이는 무생물에게 팔딱이는 심장을 달아주고 피를 돌게 함으로써 생명을 가진 존재로 다시 태어나게 하는 숭고한 일이다. 샤먼이기를 자처한 김승희는 일종의 '부름의 소리' 혹은 '소명(召命)의 징후'로서 고통을 감내하고 마침내 타인의 고통에 대한 적극적 수용과 '고통의 사랑'에까지 다다르는 일이 가능해진다.[19] 사실상 시인에게는 기존의 것들을 무너뜨리고 새롭게 변

---

**19** "학습과 훈련에 의해서 샤먼이 되는 경우는 반드시 그렇지도 않겠으나, 적어도 유리혼 또는 탈혼 및 빙혼을 거쳐서 샤먼이 되는 신참자에게 고통 없이 '부름의 소리' 또는 '소명(召命)의 징후'는 찾아들지 않는다. 이는 '고통의 믿음' 또는 '파토스의 신앙'이라고 규정될 만한 샤머니즘에서 고통이 갖는 '아픔론' 또는 '아픔학'의 비중이 결코 다른 종교에 비해서 뒤질 수 없기 때문이다." 김열규, 『동북아시아 샤

화시키는 혁명의 정신이 요구된다. 따라서 시인은 망설일 여지도 없이 낡은 목숨을 살해한 후에 온전하고 새로운 자신의 피를 수혈하는 일이 불가피하다.

이처럼 김승희는 「魔의 말[言]을 찾아서 5.」에서 다소 충격적인 시어와 이미지의 구사를 통해서 예술의 방식은 늘 새로워야 함을 역설하고 있다. 샤먼의 궁극적인 역할은 고통 받고 수난을 당하는 이들을 위한 치유사이다. 특히 우리나라 무속신앙에서는 원한 맺힌 이들을 한을 풀어주고 살풀이를 해주는 해결사이다. 따라서 모든 종류의 입사식담이나 통과의례가 함축하고 있는 고난이나 고통을 능가할 만한 것이다. 만약 샤먼이 '스스로 치유한, 타인의 치유자로 규정될 수 있다면, 샤먼으로서의 시인의 역할 또한 타인의 고통에 귀 기울여 주고 고통을 대신해 줌으로써 '타인의 고난의 극복자'가 될 수 있음을 의미한다.

## 2) 야성성에 대한 동경

김승희 시인은 길들여지지 않은 야성 그대로의 세계를 꿈꾼다. 그간 여성성은 객관적·의식적·합리적인 것에 가치를 부여하는 남성 중심적 문화에서 열등한 것으로 인지되었음을 부인할 수 없다.[20] 따라서 시인이 야성성을 추구하는 것은 무의식에 잠재한 여성성을 깨우고 기존

---

머니즘과 신화론』, 앞의 책, 70쪽.

**20** "여성에게 있어서 열등감은 자신을 남성보다 약한 쪽의 성으로 생각하는 데서 비롯된다고 본다. 그것은 사회적 인습이나 관념으로 인하여 은연중에 그러한 의식을 지니게 되고, 사회적 현실에 적응하는 가운데 심화된다. 그러나 생물학적인 면에서는 남성과 여성간의 차이는 어쩔 수 없다고 하더라도, 그 우열의 차이는 이미 낡은 관념으로 되고 있다. 그런데도 이 낡은 콤플렉스로부터의 해방은 아직도 종종 도처에서 문제가 되고 있기도 하다." A. 아들러/H. 오글러 지음, 설영환 옮김, 『아들러 심리학 해설』, 선영사, 1996, 350~351쪽.

의 남성 중심이데올로기가 만연된 현실에서 벗어나려는 안간힘이며, 여성의 주체성을 확보하려는 측면에서 비롯된 것임을 미루어 짐작할 수 있다.

원시 야성성의 추구는 일상적 삶이 가하는 유폐와 억압에서 탈주하는 또 하나의 방식이다. 또한 이것은 존재의 본래적 가치와 생명력이 회복되기를 바라는 "시인의 지향을 드러내는"[21] 것이기도 하다. 야성성에 대한 동경은 고정되고 강제된 틀을 깨뜨리고 벗어나려는 시적화자의 열망과 의지를 담고 있다.

한편 칼 융의 학설을 자신의 경험을 통해 표현한 엠마 융은 "여성이 아니무스를 인식하기 위해서는 먼저 여성성의 가치를 회복해야 한다."고[22] 강조한다. 가부장제에서 여성은 타고난 성에 대해서 열등감을 가지게 마련이다. 그러므로 여성은 성 역할의 메시지에 의해 내면화된 여성혐오를 극복하고 여성 자신의 존재감을 높이며 긍정하기 위해서는 아니무스와 적절한 관계맺음을 필요로 한다.

> 믿을 수 없는 높이까지 내가 올라갔어도 믿을 수 없으리만큼 새로운 것은 존재하지 않았다. 넝마 한 벌―하늘과 설거지감―산하. 환멸만큼 정숙한 칼이 또 있을까. 있음을 무자비하게 잘 라버리니까.

> 아아, 난 새로운 것을 보려면
> 그 믿을 수 없는 높이의 옥상 꼭대기에서
> 뛰어내려야 한다는 것을 알았다.

---

21 서진영, 앞의 글, 220쪽.
22 이부영, 「엠마 융의 아니무스론」, 『아니마와 아니무스』, 한길사, 2001, 131쪽.

뛰-어-내-려?

뛰-어-내-려!

　　　　　　　　　　　　－「늑대를 타고 달아난 여인」
　　　　　　　　　　　『세상에서 가장 무거운 싸움』 부분

　　클라리사 에스테스가 야성 여인의 원형으로 제시한 '늑대'는 '여걸 (wild woman)'을 의미한다. 또한 이 야성의 늑대는 원초적이고 신성한 어머니의 원형을 지니고 있다. 이것은 여성의 잠재의식 속에 살아 있는 이른바 '야성적인 자아'이다. 그리고 여걸은 영혼 그 자체이면서 영혼에 대한 지식으로 여성들이 추구하고 실천해야 하는 삶의 방식23으로서도 그 중요성이 부각된다. 이러한 에스테스의 『늑대와 함께 달리는 여인들』에서 착안한 시가 바로 김승희의 「늑대를 타고 달아난 여인」이다.

　　김승희는 세속적 억압에 길들여지기를 거부하는 창조적 야성의 소유자24이다. 「늑대를 타고 달아난 여인」의 시적화자는 일상의 질곡(설거지)에 휘둘려 있던 가운데 '새로운 것'을 보고 싶어 한다. 그렇지만 당장 야성성이 살아 숨 쉬는 원시자연의 공간속으로 뛰쳐나갈 수 없는 상

---

**23** 여걸을 되찾고 싶거든 덫을 피하라. 균형 잡힌 삶을 살 수 있도록 본능을 단련하고, 마음껏 뛰고, 소리치고, 원하는 것을 차지하라. 또 그것에 대해 모든 걸 알아내고, 눈으로 마음을 표현하고, 모든 걸 들여다보고, 관찰하고, 빨간 신을 신고 춤을 추라. 단, 그 빨간 신은 반드시 직접 만든 신발이어야 한다. 클라리사 에스테스, 손영미 옮김, 『늑대와 함께 달리는 여인들 Women Who Run With the Wolves』, 이루, 2013, 17쪽.

**24** '늑대와 함께 달리는 여인'이란 어떤 세속적 억압에도 순응당하거나 길들지 않고 오직 그가 타고난 그대로의 뜨거운 야성 혹은 거친 창조적 생명력을 잘 보존하고 실현시키며 살아가는 여성을 뜻한다. 김승희는 다른 누구보다도 생래적으로 강하게 타고난 늑대의 성질, 곧 창조적 야성을 지금까지 훼손시키지 않고 잘 보존하며 자신의 내면에서 울부짖는 야성의 소리에 귀를 기울이고 동시에 그것을 밖으로 포효하듯 표출해 온 시인이다. 정효구, 「늑대와 함께 달리는 여인」, 앞의 책, 143쪽.

황이기에 아쉬운 대로 엘리베이터를 타고 건물의 끝까지 오르는 방법을 택한다. 여기서 엘리베이터는 야생의 늑대를 대신하는 사물인 셈이다. 늑대에 올라타고 원시자연의 공간으로 내달리는 것과 엘리베이터에 몸을 싣고 옥상으로 힘차게 오르는 것은, 일상의 억압으로부터 탈출을 감행한다는 점에서 동일한 행동으로 간주된다. 이는 김승희 시인이 가속의 수평이동에 상응하는 수직상승에 대한 욕망을 분출한 것으로서, 현실로부터의 탈주이며, 여걸이 되는 과정을 순차적으로 보여주는 것이다.

그런데 시적 화자는 '믿을 수 없는 높이까지 내가 올라갔어도 믿을 수 없으리만큼 새로운 것은 존재하지 않았'고 그저 '넝마 한 벌─하늘과 설거지감─산하'가 고작이었다는 점을 발견하고는 환멸을 느낀다. 진정 새로운 무엇(가치 있는 것)인가를 얻기 위해서는 그에 상당하는 희생(목숨까지도 내려놓아야 하는)을 감수해야 한다. 그러한 결정을 자발적으로 감행할 때 진정한 자아를 갖게 되는 것이고, 삶의 주체자가 될 수 있기 때문이다. 한편 '새로운 것을 보려면 그 믿을 수 없는 높이의 옥상 꼭대기에서 뛰어내'릴 수 있어야 한다. 그러한 깨달음의 순간에 야성적 자아, 즉 아니무스의 명령에 따라 용기 있게 '뛰─어─내─려?/뛰─어─내─려!'가 행동으로 이어질 때 시적화자는 진정한 여걸로서의 삶이 가능해진다.

> 불꽃이 또아리 틀고 있는 한덩어리 얼음을 맨손으로 잡았을 때
> 얼음이 불꽃으로 튕겨지며 척추가 으스러지고
> 피와 살이 튀고
> 뜨거운 뱀 얼굴을 설키설키 거느린
> 검은 메두사의 얼굴이 치렁치렁 눈앞으로 튀어올랐고
> 순간 눈이 멀었고

몸이 굳었고

— 「메두사의 여름」 『냄비는 둥둥』 부분

　신화 속의 메두사는 본래 아름다운 여성의 모습을 지니고 있었으나, 단도직입적으로 메두사를 괴물의 형상으로 만들어 버린 것은 남성중심 이데올로기이다. 그것의 진면목은 '뜨거운 뱀 얼굴을 얼키설키 거느린 검은 메두사의 얼굴'로서 시인의 심연에 자리한 그림자의 다름이 아니다. 한편 엘렌 식수는 "메두사는 여성을 괴물로 만들어 버린 남성 중심주의 사회를 비판하고 그 저변에 깔린 여성에 대한 억압을 형상화한 것"[25]이라고 언급하였다. 식수에 의해 명실공히 메두사는 새롭게 페미니즘의 전략적인 용어로 재탄생하였으며, 메두사는 남성적 권위에 저항하거나 남성적인 힘을 인정하지 않는 여성적인 냉소(冷笑)의 소유자를 의미하게 된 것이다.

　「메두사의 여름」은 그로테스크하고 잔혹한 이미지를 여과 없이 드러낸다. 프로이트에 따르면 "머리를 자르다 = 거세하다"라는 등식이 성립하는데, 이때 잘린 메두사의 머리는 거세공포를 상징한다.[26] 시인은 그 내면에서 뿜어져 나오는 강렬하고 흉측한 모습과 야성의 목소리들을 거침없이 쏟아낸다. 여성 안에 갇힌 채 호시탐탐 탈출을 노리는 야성성 및 불타오르는 자유의지를 '불꽃이 또아리를 틀고 있는 한덩어리 얼음'으로 묘사하고 있다. 불꽃과 얼음의 인상적인 대비를 공감각적 이미지를 사용하여 보다 충격적이고 강렬하게 드러내고 있다.

---

**25**　메두사를 보기 위해서는 정면에서 그녀를 바라보는 것으로 충분하다. 메두사, 그녀는 치명적인 존재가 아니다. 그녀는 아름답다. 그리고 그녀는 웃고 있다. 엘렌 식수, 박혜영 옮김, 『메두사의 웃음/출구』, 동문선, 2004, 29쪽.

**26**　쟝 벨맹 노엘, 최애영 옮김, 「프로이트의 메두사와 한국의 장승 — 『변강쇠전』」, 『충격과 교감』, 문학과지성사, 2010, 230~231쪽.

그리스로마 신화 속 괴물로 지칭되는 메두사는 태양을 닮은 방패에 비친 자기 자신, 즉 끔찍한 자아를 보고 '얼어붙는다'. 이러한 공포를 자아내는 메두사의 모습은 신이 자신의 얼굴을 외면하는 상황으로도 해석할 수 있다.[27] 여기서 페르세우스에게 주어진 메두사의 머리를 베는 임무에 내포된 "수직성과 태양 친화성(solar tropism)"에 주목할 필요가 있다. 페르세우스의 둥근 방패는 태양의 거울로서 칼보다 더 위험한 무기로 작용한다는 점에서이다.[28] 여하튼 우리 여성들은, 우리, 아니 시인 자신은 한시바삐 모순의 틀을 깨고, 얼음덩어리 속에서 메두사를 구출해내야 한다.

> 폭설의 밭 속에서 살고 있는 것들!
> 백설을 뻗치고 올라가는 푸른 청보리들!
> 폭설의 밭 속에서 움직이고 있는 것들!
> 시퍼런 마늘과 꿈틀대는 양파들!
> 다른 색은 말고 그런 색들!
> 다른 말은 말고 그런 소리들!
>
> 하루를 살더라도 그렇게
> 사흘을 나흘을 살더라도 그렇게!
>
> ─「갑자기 그럼에도 불구하고!라는 말이 들렸다」
> 『냄비는 둥둥』 전문

---

**27** "얼굴성은 심오한 변화를 겪는다. 신은 자기 얼굴을 돌리는데, 아무도 그 얼굴을 보아서는 안 된다. 한편 신에 대한 진정한 공포에 사로잡힌 주체도 자기 얼굴을 돌린다. 돌려서 옆얼굴이 된 얼굴들이 빛나는 얼굴의 앞면을 대신한다. 바로 이 이중의 얼굴 돌리기(=외면) 속에서 긍정하는 도주선이 그려진다." 질 들뢰즈 · 가타리, 김재인 역, 『천 개의 고원』, 새물결, 2003, 238~239쪽 참조.

**28** 벵자맹 주아노 저, 신혜연 옮김, 『얼굴, 감출 수 없는 내면의 지도』, 21세기북스 2014, 44쪽.

「갑자기 그럼에도 불구하고!라는 말이 들렸다」에서 시인은 '갑자기 (생각할 겨를도 없이 빨리)'와 '그럼에도(앞 내용에서 예상되는 결과와 다르거나 상반되는 내용이 뒤에 나타날 때 앞뒤 문장을 이어주는 말)' 라는 두 개의 부사어를 연이어 씀으로써 긴장감을 유발하고 시적인 효과를 극대화시키고 있다.

한편으로 시적화자는 동물(성)과는 반대로 복종과 온순함의 이미지로 각인된 식물(성)에게서 발견한 야성성을 통해 아니무스의 강인한 면모를 극명하게 드러낸다. "폭설의 밭 속에서 살고 있는 것들!/백설을 뻗치고 올라가는 푸른 청보리들!/폭설의 밭 속에서 움직이고 있는 것들!"에서 감탄부호는 '청보리'나 '움직이는 것들'을 호명하는 순간의 가파른 호흡과 그것을 발견하는 순간의 경이로움을 동시에 환기시키는 역할을 한다. '시퍼런 마늘과 꿈틀대는 양파들'을 통해서는 '흰색과 푸른색' 색채의 분명한 대비, '정과 동'의 대비 및 '수평과 수직'의 교차를 보여준다.

'폭설의 밭'이라는 외부적 횡포와 부조리한 현실이 가하는 시련에도 불구하고 청보리, 마늘, 양파는 그 속에서 생명을 키운다. 더불어 '뻗치고 올라가는', '움직이고 있는' '꿈틀대는' 등의 현재진행형 동사들과 결합하여 단순히 살아 있음에 그치지 않은, 더욱 강인한 생명력을 드러낸다. 그래서 시인은 이 고유한 생명의 빛깔과 소리를 두고 "다른 색은 말고 그런 색들!"이라고, '다른 말은 말고 그런 소리들!'처럼 당차게 살아야 한다고 외치고 있다.

> 시퍼런 수박의 냉혹한 살결이
> 그 아래 이글거리는 숫사자 머리의
> 붉은 태양을 감추고 있었다는 것은

무서운 일이다,
정말이지 무서운 일이다

…(중략)…

푸른 잎사귀 아래 무시무시한 황금빛 사과가
숨어서, 아무도 몰래 숨어서,
태양처럼 불타는 표정으로 익고 있는 것을
마주친다는 것은 무서운 일이다,
정말이지 무서운 일이다

그렇게 사는 것이다,
어느 곳에 숨어 있든지 버려져 있든지
죄 짓지 말고
나에게 알맞은 생명의 제목을 하나 골라
그렇게 태양의 형식으로
익어가는 것이다,
남몰래 익고 있는 것이다

　　　　　　　　－「태양의 형식」『세상에서 가장 무거운 싸움』부분

　「태양의 형식」에도 길들여지지 않은 야성의 성질이 나타나 있는데, 앞의 시와 마찬가지로 식물(성)은 정적이고 기존질서에 순응하는 부드러운 이미지를 띨 것이라는 '당연'의 세계에 대한 강한 거부감을 표출한다. 시적화자는 잘 익은 수박의 빨간 속살을 '시퍼런 수박의 냉혹한 살결'이라거나 '이글거리는 숫사자 머리의/붉은 태양'으로 공감각적 이미지에 의한 비유를 통해 원시적 야성성의 회복의지를 강하게 드러낸다. 또한 '황금빛 사과'가 몰래 숨어 익어가는 모습을 '태양처럼 불타는 표정'이라며 황금빛과 붉은 색의 강렬한 색채의 대비를 통해 묘사한다.

시적화자는 이렇게 몰래 숨어서 익어가는 것을 '태양의 형식'으로 규정하며 생명의 건강성과 집요함을 강조하고 있다.

시적화자는 '어느 곳에 숨어 있든지 버려져 있든지/죄 짓지 말고' 정직하고 당당하면서도 묵묵하게 자신의 삶을 살아갈 것을 당부한다. 예상치 못한 곳에 숨어서 항거하는 생명성은 곧 자신의 그림자이자 아니무스를 표출하는 것을 의미한다. 따라서 '무서운 일'은 단순히 공포가 아니라 자신의 그림자를 인식함으로서 우리의 의식을 규제하고 규격화하는 체제에 대해 맞설 수 있는 막강한 내면의 힘, 즉 아니무스를 상징한다.

김승희는 여성을 주체로 한 작품에서 일상과 억압구조로부터의 탈출과 더불어 새롭게 부활하는 열린 삶으로의 도전의식을 부각시킨다. 또한 능동적이며 주체적인 삶을 강조하는 여성의식을 강하게 드러낸다. 특히 그의 시에서 '어머니'는 모성성의 결핍된 존재로서 성녀를 거부하는 '마녀'나 때로는 웅녀이길 거부하는 '호랑이' 등으로 변용되는데, 이는 여성들을 억압하는 남성중심이데올로기나 가부장제의 굴레로부터 벗어나서 새로운 모성을 정립하려는 의도에 기인한다.

> 이제 와서 천사의 흉내를 내겠는가
> 나에게 맞지 않는 기성복들을 진심으로 철폐하고
> 아, 이 육체에 잘못 들어온 영혼이여
> 이 영혼에 잘못 짝지워진 육체여
> 서로 잘못 만난 영혼과 육체를 방면해 주고
> 육체여, 나 너에게 평생의 노비문서를 내주겠으니
> 찢거나 불사르거라 너의 마음대로
> 지금 나에게 소망이 있다면
> 악마의 젖꼭지를 만나 주린 젖을 흠뻑 먹고 싶구나
> 단군신화에서 쫓겨난 어머니 호랑이

이글이글 털투성이 젖가슴에 얼굴을 비비고
길들여지지 않은 원시의 황금빛 불길을 먹어
그대로 펄펄 넘치는 훨훨 호랑나비의
검고 노란 화려한 줄무늬를 살결에 입고 싶어

      —「호랑이 젖꼭지」『세상에서 가장 무거운 싸움』부분


  김승희는 동명소설,「호랑이 젖꼭지」 속 여자 주인공을[29] 통해 단군
신화가 여성성을 억압하기 이전의 여성의 어떤 원초성, 사천여 년 이전
의 야성적인 양성구유(兩性具有)의 맨얼굴로 돌아가기를 간절히 원한
다. 위의 시에서 김승희는 웅녀 신화의 '호랑이'에 '마녀이미지'를 변용
하여 새로운 의미를 부여하고 있다. 곰은 순종을 통해 남성에게 종속되
는 결과를 낳았지만[30], 호랑이의 경우 동굴에서 뛰쳐나옴으로써 인간

---

**29** "사천 년도 훨씬 더 전에 단군신화 속을 탈출해나간 또 하나의 어머니인 백두산 호
랑이를 만나려고 그렇게 서둘러서 온 길이었다. 이글이글한 암호랑이 젖꼭지에
입술을 박고 사천년도 더 넘는 세월 동안 우리가 먹어보지 못한 야성의 모유를 먹
어볼 수 있을까 꿈을 꾸었지/ 불이 이글이글하고 털이 북실북실한 야성의 젖꼭지
에 입술을 박고 불 같은 피를 먹어 불 같은 피를 먹어 어제의 어머니에게서 이유
(離乳)하고 이 땅을 더 잘 견디기 위한 뜨거운 힘을 구하려고 하였나? 아사달에 사
는 사람들은 결코 체험할 수 없었던 어느 낯선 대륙의 야성의 태양빛의 황금빛 이
야기를 그토록 갈구하였다. 나의 메마른 입술에 그 탐스런 젖꼭지를 물고 한번만,
아, 한번만, 울고 싶었다." 김승희,「호랑이 젖꼭지」,『산타페로 가는 사람』, 창작
과비평사, 1997, 66~67쪽.

**30** 여성을 성적 주체화 과정에서 '곰/호랑이'라는 양성성을 가진 존재에서 호랑이를
추방하고(양성적 유토피아의 상실) 곰—여인으로 젠더화시키는 과정을 「단군신
화」에서 볼 수 있다. 가부장적 상징계 안에서 철저히 생식적 존재로만 허용된 여
성인 것이다. 아버지의 이름(환웅)이 내려준 금기를 받아 동굴 속에서 주체화 과정
이전, 즉 前 오이디푸스기에 몸속에 내재해 있던 자신의 생물학적, 심리적 실존인
양성성 중 호랑이를 쫓아낸(abject) 뒤 곰—여인, 즉 웅녀가 된 여성은 아이 낳기를
소망하여 신단수 아래 가서 빌어 환웅의 자비로 아들인 단군을 얻게 된다. 성적 존
재로서의 몸의 희열, 주체로서의 위치 같은 것은 존재하지 않으며 젠더로서의 자
기 확립, 즉 타자의 자리가 있을 뿐이다. 김승희,「웅녀 '신화' 다시 읽기—페미니

이 되는 것은 실패하였다. 그렇지만 호랑이는 용감하게도 금기를 어기고 거부할 수 있었던 탓에 동물 세계의 제왕으로 남을 수 있었다. 이처럼 강요된 인내와 희생의 감수를 거부하며 동굴을 박차고 나온 호랑이는 호랑이로서의 주체적인 삶이 가능해진 것이다. 결국 '마녀'이미지는 여성 태초의 '호랑이성(性)'을 제거하기 위한 가부장제의 조작된 희생물일 뿐이다. 길들여지지 않은 '호랑이'에 대한 시인의 열망은 진정한 자아의 정체성을 찾아내어 회복하려는 적극적인 시도라고 하겠다.

수동적이고 순종적인 과거 여성의 행동들은 남성의 지배와 억압의 당위성을 부여하는 '천사의 흉내'에 불과하다. 따라서 시적화자는 이제 길들여진 영혼의 '노비'와도 같은 육체에게 '노비문서'를 되돌려 줌으로써 그를 해방시켜 자신의 순정한 욕망에 충실하고자 한다.[31] 그런 뒤에 여성 속에 있는 '호랑이'(남성성)를 인정하고, '악마의 젖꼭지'를 지닌 '어머니 호랑이'로부터 굶주려온 육체의 허기를 채우려는 것이다. 시적화자는 '나에게 맞지 않는 기성복들'과 같은 '당연과 물론'의 세계의 속박으로부터의 벗어나 호랑이의 야성성을 되찾기를 소망한다. 마침내 원시적 자유와 혼돈이 숨 쉬는 벌판으로 순결하고 힘찬 야성의 날개를 활짝 펼쳐 솟구쳐 오르기를 꿈꾸는 것이다.

> 네 어미는 흙에서 내가 건져준 짐승
> 하늘의 밝은 빛과는 관계가 없는
> 캄캄한 진흙 같은, 더럽고 물컹물컹한
> 희망 없는 피조물이었더니라
> 동굴 속에서 더러운 흙을 집어먹고
> 산발한 머리칼에 마늘 냄새를 풍기며

---

즙적 독해」, 『한국 여성 문학 비평론』, 개문사, 1995, 12~19쪽 참조.

**31** 이은정, 「육체, 그 불화와 화해의 시학」, 『한국여성시학』, 깊은샘, 1997, 34쪽.

온몸의 털투성이 주름잡힌 구석마다 벌레가 득시글
거리고 사타구니에서는 반죽이 덜된 시뻘건
황톳물이 흘러내리고 있는······

　　　－「사랑6 －환웅의 독백」『빗자루를 타고 달리는 웃음』부분


　「사랑6」에서 시인은 환웅의 입을 빌려 그간 한국 사회에서 미화되었
던 '웅녀'의 실체를 폭로한다. '캄캄한 진흙' 같고, '더럽고 물컹물컹한/
희망 없는 피조물'에 불과했던 웅녀는 말 그대로 비천한 존재이다. 또
한 환웅의 목소리를 빌어서 웅녀는 단순히 생식력만 제공해준 수동적
인 여성이라는 점을 강조한다.

　시적화자가 '웅녀'를 비판하는 것은 '동굴 속에서 더러운 흙을 집어
먹'는다[32]거나, '마늘 냄새를 풍기'는 '산발한 머리칼' 때문이 아니다. 또
한 '온몸의 털투성이 주름 잡힌 구석마다 벌레가 득시글거리'는 비위생
성 탓은 더욱 아니다. 외형의 문제를 떠나서 웅녀는 단지 환웅과 결혼
하여 단군을 생산하는 도구로 전락했기 때문이다. 김승희가 "오이디푸
스 담론으로 구조화된 서구의 상징 질서의 주체화과정이나 어머니 배
제(추방, abjection)의 방식에서 유교적 가부장제와 흡사함을 발견하는
데, 이는 여성을 생산과 모성적 존재로만 사회적 상징 질서 안에 수납
하면서 부자관계로 이루어진 권력구조를 갖는다는 지점에서이다.[33]
'웅녀가 혼인하여 출산에 이르기까지 감당해야 할 고초는, 바로 인간으

---

[32] 동굴은 동물 주술과 인간의 제의를 위한 공간이다. 동굴은 지하 세계 자체이며, 지
　　하 세계 무리의 영역이다. 지상의 존재들은 그곳에서 나오며 다시 그곳으로 돌아
　　간다. 동굴은 밤과 어둠과 밤하늘의 영역이자 그 실체이다. 동굴의 동물들은 태양
　　에 의해 살해되었다가 다시 살아나는 별에 비유된다. 조지프 캠벨, 앞의 책, 424쪽
　　참조.

[33] 김승희, 위의 책, 12~19쪽 참조.

로 화하는 과정에서 빛을 보지 못하고 백일 동안 마늘과 쑥을 먹어야 하는'[34] 금기, 그 자체였다. 사실상 웅녀는 사회적 맥락으로 볼 때, 단군 탄생에 정당성을 부여하기 위하여, 어머니로서 겪어야 할 시련이 전제된 '희생양'이었던 것이다. 이처럼 웅녀는 환웅과 동등한 존재가 아닌, 환웅의 아내로서 간택 받으려 한 비루한 동물에 불과하였으며, 단군신화 속에서도 소외된, 즉 타자화된 존재일 수밖에 없다.

> 고양이여, 고양이 소주가 되어
> 내 피를 타고 흐르고 있는 황홀한 불길의
> 손톱이여, 공자님의 책을 찢는
> 힘이여, 손오공의 머리를 조이는
> 금고아를 벗기는 손이여, 반만년 오랏줄을 푸는
> 옷고름이여,
>
> 아이오와 헌책방에서 고양이의 부드러운 몸이
> 나를 애무하고 있을 때
> 난 고양이보다는
> 에리카 종보다는
> 문득 곰을 밀치고 힘껏 솟구치는
> 호랑이의 야성의 외침과 붉은 털과 발톱이 몸 안에서
> 솟구쳐 오르며, 바깥으로 막 나가서
> 숨막히게 강변을 달렸다.
>
> ―「고양이 소주와 에리카 종」
> 『세상에서 가장 무거운 싸움』 부분

「고양이 소주와 에리카 종」에서 시적화자는 어머니가 만들어주셨다

---

**34**  오세정, 『신화, 제의, 문학―한국 문학의 제의적 기호작용』, 제이엔씨, 2007, 172~173쪽.

는 '고양이소주'를 먹고 난 뒤, 자신의 내면에서 한 마리 고양이가 새롭게 깨어나는 것을 느낀다. 자신의 피를 타고 흐르는 '황홀한 불길의 손톱'을 통해 시적화자의 몸에 들어온 고양이의 몸과 혼연일체 되었음을 알 수 있다. 또한 '고양이소주'의 효능을 빌어 '공자의 책을 찢'어버리는 파격적인 행위를 함으로써 화석화된 지식에 대한 숭앙과 봉건적 유교주의 사상에 반기를 든다. 그뿐만 아니라 시적화자는 관세음보살이나 삼장법사만이 탈착할 수 있다는 '금고아(요기(妖氣)의 제어장치)'를 벗기는 막강한 힘을 발휘한다거나, '반만년 오랏줄을 푸는 옷고름'에 빗대어 한반도 역사를 이어온 웅녀신화의 허구성을 거침없이 폭로한다.

김승희는 여성신화를 수용하는 과정에서 가부장적 질서 안에서 타자화된 여성을 제자리로 돌려놓기 위해 전복적이고 반성적인 어조로 여성들의 삶을 재구성하는 방식을 택한다.[35] 시적화자는 아이오와 헌책방에서 만난 고양이를 매개로 '웅녀'의 신화적 세계이자 단군신화 이전의 시원(始原)으로까지 상상력을 뻗쳐나간다. 여인의 몸을 받기 위해 계율에 따라 머물던 어두운 동굴 속에서 '문득 곰을 밀치고' 뛰쳐나가는 한 마리의 호랑이를 떠올린 것이다. '호랑이의 야성의 외침과 붉은 털과 발톱이 몸 안에서 솟구쳐' 뛰쳐나가 '숨막히게 강변을 달'리는 모습을 통해 자신은 곰이 아닌 호랑이의 자손임을 깨닫는다. 호랑이는 바로 시인 자신의 무의식에 숨겨진 아니무스의 표상으로서, 여성적 언어와 남성적 언어의 통합된 기표를 드러내는 순간이다. 김승희는 기존 질서에 순응하는 모성과 자아정체성 사이의 갈등을 인지하고 이에 저항하여 새로운 모성의 추구를 통한 자아 찾기에 골몰한다. 여성 속에 잠들어 있던 호랑이를 흔들어 깨워 놓음으로써 남성과 여성이 분리되기

---

35 이명희, 「현대 여성시에 나타난 고전 속 여성신화의 전복적 양상」, 『온지논총』 32권, 온지학회, 2012, 217~218쪽.

전 남성성과 여성성을 모두 가진 태초의 양성적 존재로 돌아가기를 꿈꾸는 것이다.

> 물끄러미 논물을 들여다보는 눈동자가 보였네.
> 고요한 눈동자. 외국인보다 더 낯선 진흙빛 눈동자.
>
> …(중략)…
>
> 이 진흙빛 얼굴,
> 선악과를 따먹기 이전의
> 진흙빛 얼굴을 논물 속으로부터
> 고요히 건져올리고 있는……
>
> ― 「논 거울」『냄비는 둥둥』부분

「논 거울」에서 시적화자에게 있어 부지불식간에 진흙 속에 얼굴이 파묻히게 된 상황은 공포와 다름없다. 그리고 그토록 두려워했던 진흙범벅이 된 얼굴로, 물끄러미 논물을 들여다보고 있는 자신의 진흙빛 눈동자와의 맞닥뜨림은 가히 섬뜩한 순간이 아닐 수 없다. 그간의 여성들은 주체적이고 독립적인 존재이기보다 바라보는 타인, 특히 남성들의 시선에 의해, 자신의 존재가 입증되고 보호받아야 하는 수동적 대상으로서 '결핍된 존재'라는[36] 것이 지론이었다. 거울이 시적화자를 대상화시키고 소외시키는 매체로 기능을 한다는 측면을 부각시킨 결과일 것이다.

그런데 그때 시적화자는 무논에 떠 있는 진흙빛 눈동자로부터 '선악과를 따먹기 이전'의 모습을 떠올리며 진한 향수를 느낀다. 그것은 우리가 원죄를 범하기 이전의 시간이며, 원시적 야성이 숨 쉬는 공간을

---

36  조용훈, 『에로스와 타나토스』, 살림, 2005, 147~148쪽.

의미하기 때문이다. 무논은 자연스럽게 거울이 되어 낯선 이방인의 얼굴 같은, 현재의 자신의 모습을 드리우고 나아가 시원적 존재로서 본연의 모습을 비춰 보이게 하는 역할을 한 것이다. 이처럼 김승희는 무논(거울)이라는 사물로 내면을 들여다보는 과정을 통해서 자아발견의 의미를 새롭게 제시하고 있다.

한편 전체 3연으로 이루어진 「논 거울」의 경우, 1연과 2연에서는 운전미숙으로 인하여 차가 논두렁에 처박혔다가 운전자의 얼굴까지 진흙범벅이 되는 초유의 사태를 맞이하게 된 정황을 지나치게 만연체로 묘사하고 있다. 결론은 3연을 쓰게 된 계기 혹은 정황에 불과한데도, 장황하게 진술하고 있는 것이다. 사실상 김승희는 시에서 묘사나 비유보다는 진술에 더 많이 의지하는 것으로 마치 감성을 이성으로 제압하고 있다는 인상을 준다. 따라서 김승희가 자세한 상황을 설명하는 대신 함축된 시어를 사용하여 간결하게 표현한다면 더 나은 시적 긴장감을 확보할 수 있을 것이다.

이제까지 살펴보았듯이, 김승희는 초기시를 통해서 태양에 대한 무궁한 동경과는 대조적으로 내면의 어두운 그림자로서 광기와 광포함을 드러내었다. 이는 부정적 아니무스의 표출인 동시에 기의를 벗어나는 기표들의 난장으로 거침없는 내면의 상처와 고통을 분출하는 것이다. 한편 김승희는 샤먼의 이니시에이션의 과정을 통해, 타인의 고통을 대신해주는 '타인의 고난의 극복자'로서의 시인으로 거듭나고 있음을 확인할 수 있었다.

또한 김승희는 시원의 공간속으로 돌아가기를 꿈꾸는 야수적 열정을 바탕으로, 부조리한 현실로부터의 벗어나고자 한다. 뿐만 아니라 여성의 내면에 잠들어 있던 야생동물(호랑이)을 흔들어 깨워 놓음으로써 남성과 여성이 분리되기 전 남성성과 여성성을 모두 가진 태초의 양성적 존재로 돌아갈 것을 소망하고 있다. 이렇듯 김승희는 자신의 내면에서 표출되는 길들여지지 않은 야성성과 집요하고 강인한 생명력을 발산시키며, 동시에 시원적 존재로서의 자아를 돌아보는 계기를 통해 현실 속에서 진정한 자기를 발견해 내는 과정에 있음을 보여주었다.

## 2. 유희적 글쓰기를 통한 자기 표출

"풍자는 인간의 사악함이나 부조리한 현실에 대한 분노와 조롱의 태도를 취함으로써 도덕적 비판을 가하여 올바르지 못한 것을 개선하려는 뚜렷한 목표를 지닌다. 풍자의 의미에 비해 보다 포괄적인, 패러디 (parody)는 대조와 상반, 혹은 일치나 친숙이라는 이중적 개념을 내포한다."[37] 그렇지만 본질적 개념은 본체에 덧붙여진, 즉 단순한 모방이 아닌 변형된 새로운 요소가 추가되는 특징이 있다. 김승희가 이와 같은 풍자와 패러디의 묘미를 살려서 새로운 시 쓰기에 도전하고, 실험하는 자세를 취하는 것은 무척 인상적이며 자유분방한 사유에서 비롯된 것으로 판단된다. 뿐만 아니라 그는 시어에 파자(破子)놀이를 접목시킨다거나, 차용, 반어법 등의 유희적 글쓰기의 접근법을 동원하여 자아의지와 신명의 유쾌함을 유효적절하게 표출하고 있다.

### 1) 자유분방한 사유에 따른 유희적 글쓰기

문학은 언어를 도구로 삼아 운용되는 예술의 한 장르다. 따라서 문학

---

37  신익호,『현대문학과 패러디』, 제이앤씨, 2008, 18~27쪽 참조.

작품을 통한 놀이를 손꼽으라면 단연 언어유희가 될 것이다. 김승희 시인은 말을 부리는 재주가 뛰어난 시인 중 한 사람이다. 그간의 김승희 시집들에서 관통하는 요소가 있다면 그것은 바로 '놀이'이다. 이렇듯 필자가 '놀이'에 주목하는 이유는 놀이야말로 '인간의 문화적 현상'이며 인간 심성의 가장 천진하고 본연적인 진면목을 제대로 보여주는 방법이라 여기기 때문이다. 놀이는 문화의 한 요소가 아니라 문화 그 자체가 놀이의 성격을 가지고 있다. 하위징아는 모든 형태의 문화는 그 기원에서 놀이 요소가 발견되고, 인간의 공동 생활 자체가 놀이 형식을 가지고 있으며, 철학, 시, 예술 등에도 놀이의 성격이 있다고 본다.[38] 그는 또한 "시, 음악, 놀이는 리듬과 하모니를 공통 요소로 취한다. 하지만 시에서는 일부 시어(詩語)의 의미가 시를 순수한 놀이 밖으로 나오게 하의관념화와 판단의 영역으로 들어서게 하는 반면 음악은 그 비구상성 때문에 처음부터 끝까지 놀이 영역을 벗어나는 법이 없다"고도 언급한다.[39] 이와 관련하여 김승희의 자유분방한 사유가 어떻게 음악적 요소, 놀이와 결부되는지 그 상관성을 짚어보고 다각도의 실험성과 동시에 유희적 시 쓰기를 통해 시인의 자의식을 들여다보는 것도 의미 있는 일이다.

일반적으로 '파자(破字)'는 한자의 자획(字劃)을 분합(分合), 즉 나누거나 합치거나 하여 맞추는 수수께끼로서, 원래 뜻글자로 그 짜임을 풀이해서 여러 가지 이야깃거리를 만들어내는 것을 의미한다. 김승희는 시에서 한자가 아닌 한글을 가지고, 파자놀이를 실행한다. 이러한 실험성은 시인의 시어에 대한 섬세한 관찰과 천착에서 비롯된 것이다. 또한

---

**38** 요한 하위징아, 이종인 옮김, 『호모 루덴스』, 연암서가, 2010, 29~75쪽.
**39** 위의 책, 254쪽 참조.

이는 독자에게 신선한 충격을 안겨줄 뿐만 아니라 시인의 재치와 위트를 통해 독자가 유쾌함을 느낄 수 있게 해주며 시를 새롭게 감상하는 즐거움을 준다.

<일상>이란 낱말을 고요히 들여다보네
ㄹ은 언제나 꿇어앉아 있는 내 두 무릎의 형상을 닮았네
일상은 어쩌면 우리더러 두 무릎을 꿇고 앉아
자기를 섬기라고 강력히 요구하고 있는 것도 같네
무릎을 꿇고
상이 용사처럼 두 무릎을 꿇고
ㄹ로 두 다리를 포개고 앉아 있으라고
그러면 만사 다 오케이라고

<일상>이란 낱말을 더 들여다보네
(일상은 역사보다 더 오래되고
전쟁보다 더 많은 상이 용사들을 낳은 것)
ㄹ을 한번 움직여보네, 바퀴처럼, 썰매처럼,
밀고 가보네, ㄹ을 달리게, ㄹ을 구르게, ㄹ을 구루마처럼
굴리며 굴려가 막 밀어보네,
제 속도에 취하여 ㄹ은 즐겁게 굴러가고 즐겁게 달려가네
절벽이 있는 데까지 굴러가서

…(중략)…

<일상>이 ㄹ을 잃어버린 날
땅 위에선 국경선이 모두 지워지고
아담의 목에 걸린 사과는 사과나무로 돌아가고
뱀의 뱃가죽에선 허물이 떨어져 승천이 돋아나고
여인의 밥상으론 붉은 황토의 푸른 보리밭이 침투하고
시계는 침대가 되고

침대는 시계가 되고
바다가 침대가 되었기 때문에
남자는 여자가 되고 여자는 남자가 되고
아이는 왕이 되고

—「＜일상＞에서 ㄹ을 뺄 수만 있다면」
『빗자루를 타고 달리는 웃음』 부분

앙리 르페브르의 '일상성'은 성스럽고 고결한 것이 아니라 지루한 임무나 모욕적인 인간관계, 언제나 반복되는 사물들과의 관계가 보여주듯이 부족함의 연장과 채워지지 않는 욕망 등으로 속되고 비참한 성향을 띤다. 르페브르에 따르면 "노동 안에서나 노동 밖에서의 행동들, 기계적인 운동들, 시간·나날·주 등 선적(線的)인 반복, 자연의 시간 혹은 합리성의 시간 등등을 포함하는, 한마디로 일상은 사소한 것들 속에서의 반복"인 것이다.[40] 그런데 다른 한편에서 일상성은 비일상적인 성스러운 것이 지니지 못한 근대적 생활영역 체계의 합리성을 가지고 있다. 또한 그것은 문화공동체의 체질화된 습속으로서 자동화되고 안정화된 삶의 수행양식이다. 따라서 일상성은 삶의 기본적이고 충실한 근거로서 활기찬 충실감의 근원이 되는 반면, 그것을 살아가는 사람들이 견뎌야 하는 무의미한 반복적 질서에의 강요라는 양면성을 지닌다.

「＜일상＞에서 ㄹ을 뺄 수만 있다면」은 김승희가 놀라운 시적 직관을 언어 구사를 통해 보여주고 있음을 알 수 있다. 위 시는 한마디로 일상성에서 벗어나 유희를 가장하여 완곡한 언어적 일탈을 꿈꾸는 시라고 할 수 있다. 「＜일상＞에서 ㄹ을 뺄 수만 있다면」은 일상(성)에의 함몰을 경계하면서 단순히 파자놀이에 그치지 않고 풍부한 상상력을 바

---

**40** 앙리 르페브르, 박정자 옮김, 『현대세계의 일상성』, 기파랑, 2005, 68쪽.

탕으로 사고의 영역을 확장시킨다. '`ㄹ`은 언제나 꿇어앉아 있는 내 두 무릎의 형상을 닮았'다거나 '일상은 어쩌면 우리더러 두 무릎을 꿇고 앉아/자기를 섬기라고 강력히 요구하고 있는 것' 같은 상이용사로의 비유는 재치가 있고 기발하다.

'일상'이란 낱말에서 '`ㄹ`'의 형상이 마치 무릎을 꿇은 자신의 모습을 닮아 있고, 또한 일상의 갇힌 틀은 우리들에게 무릎을 꿇고 조아리는 자세를 요구한다. 따라서 '일상'에서 과감하게 '`ㄹ`'를 빼버려야만 '이상'의 자유를 얻을 수 있다. '<일상>이 `ㄹ`을 잃어버린 날'에야 비로소 우리는 원죄로부터도 해방되며, 인간 본연의 모습으로 돌아갈 수 있다. '남자는 여자가 되고 여자는 남자가 되'는 현상은 양성구유로서 시인이 추구하는 인간의 모습이기도 하다. 시계 → 침대 → 시계, 바다 → 침대로의 변화는 일상의 무료함을 깨뜨리는 역할을 하고 '남자 → 여자, 여자 → 남자로, 아이 → 왕'으로의 변주는 사뭇 천진스럽다.

곧이곧대로 보자면, '일상'이라는 낱말에서 '`ㄹ`'을 빼면 '이상'이 된다. 이상(理想)이든 이상(以上)이든 혹은 이상(異相)이어도 무방하다. 자체적으로 문화 생성 능력을 가진 시는 놀이로 태어나고 놀이 속에서 태어난다. 시는 의심할 바 없이 신성한 놀이지만 그런 거룩함 속에서도 특유의 즐거움, 분방함, 환희, 쾌활함이 있다.[41] 따라서 시적화자는 인간의 상상력을 죽이고 그것을 왜소화, 무력화시키는 일상성에 촉각을 곤두세운다. 또한 거기서 벗어나는 법에 대하여 진지한 고민과 함께 자유분방하고 기발한 상상놀이를 펼치고 있다.


일요일인 줄도 모르고

---

**41** 요한 하위징아, 앞의 책, 236쪽 참조.

내 몸은 벌떡 일어선다
시곗바늘은 새벽 4시 44분

…(중략)…

액셀러레이터를 밟으며
골목길을 마구 돌진해나가는
내 몸은
일요일인 줄도 모르고
숨도 못 쉬고 달려가는데
달리는 ㅁ 안에 실려
ㅁ 같은 세상 ㅁ 안에 갇혀
숨도 못 쉬고
숨도 못 쉴 때 ㅁ이 바람에 걸려 떨어져서
수수수수

- 「영원한 일요일」『냄비는 둥둥』 부분

「영원한 일요일」의 시적화자는 고정된 틀에 구애받지 않아도 되는 휴일의 시간마저 허둥대는 상황을 연출한다. 반복적이고 기계화된 일상성이 우리의 삶을 잠식하였음을 단적으로 보여주는 예이다. 시적화자는 '일요일인 줄도 모르고' 이른 새벽부터 깨어나 출근준비를 서두르고, 성급히 '액셀러레이터를 밟으며' 차를 몰아 골목길을 돌진해나간다. 그런 어처구니없고 한심한 상황에 처한 자신의 모습을 통해 노동과 기계적인 일상의 영역 안에서 주체를 상실하고 그 일상의 한 부품으로 전락한 현대인의 서글픈 자화상을 보여주고 있다.

'숨도 못 쉬고' 일상적 삶을 위해 '달리는 ㅁ 안'이나 'ㅁ 같은 세상'과 그 'ㅁ 안에 갇혀'야 하는 숙명적 삶을 살고 있다. 연거푸 제시되는 'ㅁ'은 틀에 박힌 세상이면서, 문명의 이기로서의 자동차이면서, 우리를 구속하고 통제하는 제도나 규칙 등 다원적 의미를 내포한다. 시적화자는 'ㅁ' 같은 것들로 인해 막힌 숨통이 트였으면 하는 절박한 심정인데, 오히려 '숨'에서 'ㅁ'이 바람에 걸려 떨어져 나가버린다. 그래서 시적화자는 '수수수수―' 마치 '김새는 소리'인양, 일상에 파묻혀 습관적으로 기상하고 기계적으로 출근하느라 때 아닌 소란을 떨었던 시적화자의 기운 빠진 심리 상태를 대변해주고 있다. 「영원한 일요일」은 자본주의적 일상성에 길들여진 현대인이 정체감(正體感)을 잃고 혼란에 빠진 모습을 속도감 있게 묘사한 시이다.

별
에서
ㄹ이
떨어져서
무릎 같은 ㄹ이 떨어져서
땅에 내려와서
논에 들어가
벼가
되어서
벼로 패어서

일하는 농부의 다리
힘들어서
꺾어져서
주저앉아서
겹친 다리
꺾인 무릎
ㄹ이 되어
벼를 모시고 쉬는데
때

그런 때
벼가
별이 되어서

－「별」『냄비는 둥둥』 전문

앞서 다룬 시「＜일상＞에서 ㄹ을 뺄 수만 있다면」처럼 시적 화자는 「별」에서도 'ㄹ'에 주목하여 '별'이라는 단어를 '벼＋ㄹ'의 조합으로 분석한다. 그래서 논에 들어간 '별 ＝ 벼 ＋ 꺾인 농부의 다리(ㄹ)'라는 공식이 무리 없이 성립된다. '별'에서는 무릎 같은 'ㄹ'이 떨어져 논으로 들어가 '벼'로 패는 과정을 보여주는데, 이는 농부의 고된 노동의 원천이 하늘이 내린 소명의식 같은 '별'에서 기인한 것으로 본 것이다.

'별'이라는 숭고한 천상의 이미지와 지상의 이미지로서 고단한 노동으로 인해 지쳐서 꺾여버린 농부의 'ㄹ' 형태의 무릎을 연결 짓고 있다. 그런 면에서 지상의 양식인 '벼'와 '별'의 상관성은 의미심장하다. 즉 지상의 벼가 천상의 별이 되기 위해서는 반드시 꺾인 무릎('ㄹ')만큼이나 고달픈 농부의 수고를 매개로 한다는 김승희 시인의 사물과 삶에 대한 진지한 사유를 드러내고 있다.

사랑은 움직인다
사랑이 둥그란 바퀴를 타고 있기 때문에,
당신밖에 할 수 없는 일,
사람에서 ㅁ을 깎아 ㅇ을 만들어서
..... ㅇ .... ㅇ .... ㅇ ..... ㅇ ....... ㅇ ....
동그란 바퀴는 구르고 움직이며 때로 미끄러지기도 한다,
ㅇ ....굴렁쇠......사랑은 누군가의 목을 조이기도 하고
들판 밖으로 나가 굴러 널브러지기도 하고
정착을 모르고 여기저기 쓰러지기도 하고

정착을 모르고 여기저기 쓰러지기도 하지만
깊고 찬 우물, 광야에서 발견한 우물의 ㅇ

…(중략)…

마음을
.....ㅇ....ㅇ....ㅇ.....ㅇ.......ㅇ......에 올려두고
일평생 미끄러져봐라
앉아 있는 사람에서 ㅁ이 ㅇ이 될 때까지
둥글게 둥글게 모서리 뼈를 깎아봐라,
ㅁ이 ㅇ이 될 때까지 아리 아리게 쓰리 쓰리게
뼈를 깎는 그 고통이 지나야만
웃는 웃음 ㅇ이 바퀴를 굴려 나가리니
깊고 찬 우물, 광야에서 발견한 우물의 ㅇ
당신밖에 할 수 없는 일,
어떤 사막에서도 멈출 줄 모른다,
사랑은 ㅇ을 타고 있기에

　　　　　　　　　　─「사랑은 ㅇ을 타고」『냄비는 둥둥』부분

　「사랑은 ㅇ을 타고」의 경우에는 '사랑'에서 받침 'ㅇ'에 주목한다. 생
김새가 마치 굴러가는 바퀴나 굴렁쇠를 연상시키기 때문이다. 또한
'ㅇ'이라는 음의 운동성으로 '사랑'이라는 의미의 운동성을 강화시키도
록 언어의 음악적 기능에 큰 의미를 부여하고 있다. 이처럼 김승희 시
인이 둥근 'ㅇ' 모양에서 착안하여 굴렁쇠나 바퀴로까지 상상력을 발휘
한 점은 참신하면서도 흥미롭다.
　'.....ㅇ....ㅇ....ㅇ.....ㅇ.......ㅇ....'처럼 데굴데굴 구르는 모습을 시각적
형태로 표현한 발상 또한 재치가 있는데 '사람'이란 낱말의 받침 'ㅁ'을
깎아서 'ㅇ'으로 만드는 것이 가능하다는 것이다. '사랑'이라는 낱말에

서 받침 'ㅇ'의 생김새가 바퀴나 굴렁쇠를 연상시키므로, 시인이 '사랑은 움직이는 것'이라고 표현하는 것도 자연스럽다.

또한 사랑도 사람이 하는 일인지라 '사람'이란 낱말의 받침 'ㅁ'을 깎아서 'ㅇ'으로 만들게 되면 다시 '.....ㅇ....ㅇ....ㅇ.....ㅇ.......ㅇ....'처럼 동그란 바퀴는 구르고 때로 미끄러지기도 한다. 그러면서 서로 간의 경계를 허물고, 심지어는 국경을 넘어서기도 한다. '사람'이 '사랑'이 되기까지, 사람이 사랑을 이루기까지는 수많은 인내와 노력이 수반된다.

한편 시인은 'ㅁ이 ㅇ'이 되기 위해서는 '아리 아리게 쓰리 쓰리게' 뼈를 깎는 고통과 수고가 요구된다고 민요 아리랑[42]의 후렴구를 변주하여 노래하고 있다. 이것은 'ㅁ'이 고통의 시간을 이겨낸 뒤에야 비로소 'ㅇ'으로 되는 것이 곧 '사랑'이라는 의미를 부여하고 있는 것으로 해석할 수 있다.

## 2) 차용과 풍자를 통한 자기 표출

차용(借用)의 방식은 전략적 시 쓰기의 한 방편이다. 누구나 접근하기 수월한 상식과 통속의 세계에서, 자아와 세계의 연대에 근거한 윤리에 집중하기보다는 순수하게 미학적인 것만을 취하는 것이다. 또한 이

---

[42] "아리랑의 경우 전렴이나 후렴에 들어있는 의미 모를 여음들의 반복, 변화부에 드러나는 두운이나 각운들의 어울림, 또한 대구가 주는 형식의 안정감과 아름다움, 음악성 등에서 언어 그 자체의 쾌감을 느낄 수 있다. 또한 미적 기능은 메시지의 성격을 바꾸거나 강화하기도 하는데 예를 들어 아리랑이 발화자의 일인칭 내면에 침잠하는 정적인 노래인 것 같으면서도 매우 역동적인 운동성을 가진 것으로 작용하는 것은 후렴의 "아리아리랑 쓰리쓰리랑"하는 '랑'자의 반복에 의한 바퀴를 타고 굴러나가는 것 같은 음의 운동성에 의해 생성되는 효과이다." 김승희, 「아리랑의 정신분석 — 상실에 맞서는 애도, 우울증, 열락(jouissance)의 언어」, 『Comparative Korean Studies』 제20권 2호, 국제비교한국학회, 2012, 81~102쪽.

것은 통속의 시적 세계와의 소통을 거부하고 개성적인 미학을 우선시하기 때문에 "새롭지 않으면 생명이 없다"라는 명제에 충실할 수밖에 없다. 그것은 자칫 긴장을 잃기 쉬운 시들에게서 오는 느슨함 대신 시적 대상을 재발견하고, 상상과 환상의 장치를 빌려와서 긴장을 덧입히는 역할을 수행한다.

한편 여성 시인들의 텍스트에 등장하는 언어유희나, 유머, 위트, 비속어 등은 대체로 남성적 질서가 재단하는 단일한 의미나 동일성의 논리를 교란시키는 작용을 한다. 또한 그것들이 가진 허위의식과 폭력성을 드러내어 해학으로 풀어내는 기능을 담당할 때가 많다. 김승희의 경우, 시적 풍자의 출발점을 그의 시가 갖는 풍자적·고발적·폭로적·자학적인 특성과 비판적인 시적 감정으로부터 찾고 있다. 특히 풍자는 인간의 사악함이나 부조리한 현실에 대한 분노와 조롱의 태도를 취함으로써 도덕적 비판을 가하여 올바르지 못한 것을 개선하려는 뚜렷한 목표를 지닌다. 풍자는 비평적 거리나 가치 판단, 공격적인 태도를 취한다는 점에서 패러디와 유사하다.[43] 따라서 김승희 시인이 패러디, 혹은 풍자적 모방의 방식으로 사회의 부조리나 제도에 대항하는 신랄하고 냉철한 자세를 작품 속에 반영하는 것은 타당한 일이다.

---

[43] 목표지향성에서 패러디가 텍스트 내적(권내적)이라면, 풍자는 사회적·도덕적(권외적)인 경향이 있다. 즉 패러디가 목표를 이루기 위해 활용하는 제재가 반드시 패러디 구조의 구성 성분에서 내재하는 것이어야 한다면, 풍자는 그 활용하기 위한 제재들의 인용에 제한받을 필요가 없다. 패러디는 형식적 총체로서 전형화된 본질성의 원텍스트와 그것을 모방, 재현하는 패러디 텍스트 간에 두 개의 기호를 공존시킨다면, 풍자는 비전형화된 본질을 비평적으로 재현시키는 실용적 차원에서 이해하는 것이다. 신익호, 앞의 책, 26~27쪽 참조.

더불어 살면서도
아닌 것 같이
우리 사이엔 투명한 빈자리가 놓이고
풍금의 내부처럼 그 사이로는
바람이 흐르고
별들이 나부껴,

그대여, 저 신비로운 대나무피리의
전설을 들은 적이 있는가?……
외따로 살면서도
더불음 같이
죽순처럼 광명한 아이는 자라고
악보를 모르는 오선지 위로는
자비처럼 서러운 음악이 흘러라……

　　　　　　　　　　─「萬波息笛」『왼손을 위한 협주곡』 부분


　　「萬波息笛─남편에게」는 만파식적(萬波息笛)에 관한 설화를[44] 차용하고 있다. 대나무 속의 빈 공간처럼 부부 사이에 '투명한 빈자리'는 필수불가결한 요소로서, 그러한 적절한 간격이 놓이면 '바람이 흐르고/별들이 나부'끼는 아름다운 삶이 부부 사이에 만들어진다. 여기서 흐르는 '바람'은 대나무의 빈자리가 만든 적절한 거리로 인해 부부가 원만하게 소통하는 모습을 비유한 것이다. 또한 나부끼는 '별들'도 적절한 간격을 통해서 기쁨과 즐거움으로 충만한 부부생활의 모습을 상징하는 것으로 보인다. 시적화자는 이처럼 바람이 흐르고 별들이 나부끼는 결혼생활을 '전설'이라는 단어를 통해 신비롭고 경이로운 삶으로 승화시켜

---

**44**　만파식적(萬波息笛)에 관한 설화는 삼국유사 권2 기이(紀異) '만파식적조'와 삼국사기 권32 잡지 제1 악조(樂條)에 기록되어 있다. 일연, 『삼국유사』, 이민수 역, 을유문화사, 2013.

내고 있다. 그리고 '악보를 모르는 오선지'는 형식적이거나 틀에 박히지 않아 서로를 구속하거나 종속시키지 않음을 의미한다.

또한 만파식적의 전설이 밤이면 하나가 되었다가, 낮이 되면 서로 떨어져 둘이 되는 대나무를 소재로 한 것을 고려할 때 하나가 되기를 강렬히 바라지만 손끝 하나 닿을 수 없는 안타까운 거리감을 생각하면 '서러운 음악'일 수밖에 없다. 따라서 그 위로 흐르는 '자비처럼 서러운 음악'은 곧 '전설속의 신비로운 대나무 소리'와 동일한 것으로 풀이된다. 그러므로 서로를 구속하고 서로를 힘들게 하는 부부들에게는 적절한 간격, 즉 투명한 빈자리가 있는 결혼생활이 이상적이고 아름다울 수 있음을 시사한다. 이처럼 「萬波息笛」은 설화를 차용하여 표현하기 힘든 부부관계에 해법을 제시해 주며, 바람직한 결혼생활을 위해 부부가 갖추어야 할 덕목을 형상화한 시라고 하겠다.

절망은 기교를 낳는다는데
나의 절망은 아무것도 낳지 않는다
기교는 희망을 낳는다는데
나의 기교는 정말 아무것도 낳지 못한다

천치 같은 마리아가
홀로 별들을 바라보며
악몽 같은 성령을 수태하고 있을 때
보았는가
청순해서 너무나 청순해서 슬픈
천체의 오물 같은 별들은 으스스―으스스―
화장터의 뼈마디처럼
공해 같은 희망을 비웃으며
천치 같은 마리아를 저주했더니라,
왜 또 희망을 뱄느냐고,

왜 또 희망을 못박아 죽이려 하느냐고,

　　　　－「절망은 기교를 낳는다는데」『미완성을 위한 연가』 부분


「절망은 기교를 낳는다는데」의 경우는 시인 이상(李箱)의 "어느 시
대에도 그 현대인은 절망한다. 절망이 기교를 낳고, 기교 때문에 절망
한다"는 구절을[45] 차용하고 있다. 여기서 기교(technique)는 이상에게
있어 언어가 가진 역사성과 사회성의 힘, 즉 일상적인 의미를 차단하는
방법을 발견해 낸 것이라고 할 수 있다. 그런데 김승희는 자신의 기교
가 절망이나 희망은 물론 다른 그 어떤 것도 낳지 못한다는 절박감을
토로하고 있다.

시인은 청순함의 도가 지나쳐 오히려 슬프고, 또한 밤하늘에 영롱한
빛을 발하는 별들을 '천체의 오물'로 묘사한다. 그리고 숭고한 이미지
의 마리아를 '천치' 같다거나 처녀의 몸으로 수태를 한 것에 대해서는
'악몽 같은' 것이라고 표현하고 있다. 이를 통해 현재 시적화자의 내적
좌절감이 극에 달했음을 짐작할 수 있다. 마리아가 성령을 잉태한 것은
자발적 의지에 의해 생명을 품은 것이 아니므로, '공해 같은 희망'으로
무기력한 절망만을 극대화하였기 때문이다.


---

**45** "절망은 기교를 낳고 기교 때문에 또 절망한다."는 과정을 보여주는 작품이 이상
　　의 <鳥瞰圖>이다. 김윤식은 그(이상)의 절망이 문학의 본질에서 기인한다고 설
　　명한다. 문학은 다른 예술과 달리 전문적으로 공부하지 않아도 글만 알면 누구나
　　평을 할 수 있다는 얘기다. 자존심 강했던 이상은 그것이 절망스러웠고,「오감도」
　　연작에서처럼 거꾸로 나열된 숫자나 수학기호의 난무와 같은 '절망의 기교'로 나
　　아갔다. 그러나 언어가 아닌 기호의 나열은 더는 시가 아니었고 이상은 다시 절망
　　할 수밖에 없었다. 기교를 통해 절망을 극복한 듯 보이게 하는 데에는 성공했으나
　　절망은 그대로 남았던 것이다. 김윤식,『한국근대문학의 이해』, 일지사, 1980, 33
　　쪽 참조.

의심하지 않는 사람은 복이 있나니
의심하지 않는 사람은 복이 있나니
의심하지 않는 사람은 복이 있나니
의심하지 않는 사람은 복이 있나니

땅의 나라가 저의 것이요

당연을 따르는 사람은 복이 있나니
당연을 따르는 사람은 복이 있나니
당연을 따르는 사람은 복이 있나니
당연을 따르는 사람은 복이 있나니

토끼장의 평화가 저의 것이라

— 「八福」『세상에서 가장 무거운 싸움』 전문

위의 「八福」은 마태복음 5장의 말씀을 기본 텍스트로 하여 반복과 패러디 기법을 통해서 시적 역설의 효과를 증대시킨다. 본시 '八福'은 예수가 갈릴리 호숫가의 산 위에서 설교하면서 일컬은 여덟 가지 참 행복을[46] 말하는데, 윤동주 시인의 「팔복」을 떠올리게 하는 것은 '반복법'의 사용을 통한 형식적 유사성 때문일 것이다.

우선 시에서 주목할 점은 반복법의 사용인데, 1연과 3연은 같은 행을 4회 반복하여 강조한다. '의심하지 않는 사람은 복'이 있다, 그 복은 바로 '땅의 나라가 저의 것'이라며 연과 연이 서로 논리적 함의의 관계임을 드러낸다. 또한 시인은 이러한 관계가 '당연을 따르는 사람은 복이'

---

**46** 팔복에는 심령이 가난한 자, 애통하는 자, 온유한 자, 의에 주리고 목마른 자, 긍휼히 여기는 자, 마음이 청결한 자, 화평케 하는 자, 의를 위하여 핍박을 받은 자는 복이 있다고 예수께서 말씀하신 여덟 가지 참 행복이 여기에 해당된다. 「마태복음」 5장 3~12절 참조.

있다, 그 복은 '토끼장의 평화가 저의 것'에서처럼 3연과 4연에서도 그대로 되풀이하고 있다.

그런데 우리가 '세상과의 무거운 싸움', 즉 기존의 질서체계에 각을 세우는 대결구도를 포기한 채 순순히 따른다면, 행복을 쉽게 얻을 수 있을 것이라는 역설이 성립한다. 반면에 시적화자는 제도권의 세계에 안주함으로써 쉽게 얻을 수 있는 '토끼장의 평화'에 만족할 것이 아니라, 자주적이고 진정한 평화를 쟁취하기 위해 기꺼이 세상과의 힘겹고 무거운 싸움을 멈추지 말아야 함을 강조하고 있다.

> E선생님, 서해바다에 왔습니다.
> 동해바다는 너무 영웅숭배적이어서
> 난 이제 동해바다를 사랑할 수가
> 없어요.
> 가짜행복 가짜민주 가짜화해가
> 무슨 외국어 같은 것으로 잔뜩 적힌
> 서울발 석간신문을 깔고 앉아
> 썰물이 나간 검은 갯펄을 바라보고
> 있을 때
>
> …(중략)…
>
> 달빛 아래 바다는 보이지 않고
> 아무도 몰래 활짝 피어난
> 무섭도록 화려한 한란꽃밭만 보고 있었어요,
> 고통이란 영원하신 분의 색인 같은
> 것이라고
> 꼭 공옥진을 닮은 막배 하나가
> 어두운 해안선에 하현달처럼
> 걸려 있네요.
>
> ― 「N.G」『달걀 속의 생(生)』 부분

「N.G」의 경우, 여성 화자의 목소리로 'E선생'에게 조곤조곤 말을 건네는 대화형식을 취하여 자신의 심적 고뇌의 심경을 풀어내고 있다. '가짜행복 가짜민주 가짜화해'로 그럴 듯하게 포장하느라 '무슨 외국어 같은 것'이 잔뜩 적힌 '서울발 석간신문'은 진실을 교묘하게 은폐시키는 또 하나의 무책임한 언론 권력을 풍자한 것이다. 그러므로 그것에 대한 항거의 표시로 시적화자는 엉덩이깔개의 용도로 사용하고 있다.

이와 마찬가지로 너무 영웅숭배적인 동해바다를 사랑할 수 없다는 것의 의미도, 특권화 되고 영웅화된 남성 중심적인 제도에 대한 반발의식으로 풀이된다. 그러한 저항의 숨은 의지들은 '아무도 몰래 활짝 피어난/ 무섭도록 화려한 한란꽃밭'으로 표현된다. 한편 시적화자가 '고통이란 영원하신 분의 색인'이라는 은유를 통해 병신들의 고통을 온몸으로 표현한 공옥진을 떠올리는 것은 자명한 일이다. '어두운 해안선에 하현달처럼' 걸린 막배는 어두운 현실을 직시하고 고통을 견뎌내며 헤쳐 나가야 하는 시적화자의 운명임을 암시하고 있다.

●김금동 씨(서울 지방검찰청 검사장), 김금수 씨(서울 초대병원 병원장), 김금남 씨(새한일보 정치부 차장) 부친상, 박영수 씨(오성 물산상무 이사) 빙부상―김금연 씨(세화여대 가정과 교수) 부친상, 지상옥 씨(삼성대학 정치과 교수) 빙부상, 이제이슨 씨(재미, 사업) 빙부상 = 7일 하오 3시 10분 신촌 세브란스 병원서 발인 상오 9시 364―8752 장지 선산

그런데 누가 죽었다고?
　　　　　　―「한국식 죽음」『빗자루를 타고 달리는 웃음』 전문

김승희는 보수적이고 집단적이며, 가부장, 남성중심, 파시즘이 노골적으로 내세워진 문화적 장소로 한국 신문 부고란(訃告欄)을 지목한다.[47] 그 일련의 과정으로 「한국식 죽음」에서 시인은 한국 사회의 권력구조 속에 은폐된 폭력적인 성향을 날카롭게 지적하고 있다. 한 일간지에 실린 부고란에서조차 소외되는 여성의 위상에 신랄한 비판을 가함으로써, 철저한 남성중심적 이데올로기에 가려진 권력을 아이러니컬한 풍자의 언술전략으로 드러낸다. 우리 사회에 철저하게 들어찬 남성중심주의의 은폐된 폭력을 주도면밀하게 폭로하고 있는 것이다.

한편 「한국식 죽음」에서는 '그런데'라는 접속부사를 통해서 1연과 2연의 대비가 확연히 구분된다. 이는 김승희가 죽은 당사자조차 소외되어버리는 현실에 실소를 금할 수 없는, 어처구니없는 상황임을 강하게 피력하고 주위를 환기시키기 위해서 '그런데'를 사용한 것으로 보인다. 분노와 눈물을 대신하는 그 웃음(실소)은 억압 주체의 권위를 단숨에 파괴하고 전복시킨다. 남성중심적으로, 권력(직업)중심적으로 공고되는 사회면의 부고란에 대해, 특히 아버지의 죽음을 알리는 상황에서 딸을 대신해 사위의 이름이 올라가 있는 현실을 풍자적으로 비판한다. 가까스로 '세화여대 가정과 교수'라는 사회적 지위를 가진 딸 하나만이 그녀의 남편과 나란히 기재되어 있을 뿐 사회적 지위를 갖지 못한 여성은 친족의 공적인 죽음이나 죽음의 예식으로부터 소외된다.

> 멕시코인들은 말하지
> 우리에게 하느님은 너무 멀리 있고
> 미국은 너무나 가까이 있다

---

**47** 김승희, 『남자들은 모른다』, 마음산책, 2001, 172쪽.

세상의 여자들은 말하네
우리에게 하느님은 너무 멀리 있고
남자는 너무나 가까이 있다

　　　　　　－「사랑2」『빗자루를 타고 달리는 웃음』전문

　한편 김승희는 남성 중심주의에서 비롯되는 미시적 폭력이나 제1세
계가 제3세계에 가하는 물리적, 정신적, 제도적 억압의 문제를 시적 제
재로 다루고 있다. 이를 계기로 문학 내에서 탈식민적, 반 폭력적 담론
을 적극적으로 구축해 내고 있는 것이다.

　「사랑2」에서는 여자 대 남자의 구조를 멕시코 대 미국, 즉 식민지 대
본국이라는 전형적인 이항대립의 구조로 파악한다. 그와 더불어 '하느
님'에 비유된 '사랑'이란 말에 내새해 있는 남성중심적이고 서구중심적
인 사고체계를 비판한다. 주변부와 중심부 사이에서, 사랑의 하느님은
'너무나 멀리 있'어서 부재나 마찬가지라는 것이고, 식민지수탈을 감행
하는 침략자들은 '너무나 가까이 있'어 피지배자들에게 고통만을 안겨
줄 뿐이라는 것이다.

25시도 지난 지금
우리는 갈 곳도 없는데
하느님 감사합니다,
나에게 그토록 많은 근심을 주셔서,
그 시간이 올 때까지
그 시간을 잊어버리도록
더 많고 자잘한 근심들을 주소서,
길 없는 길을 가기 위하여
문 없는 문을 열기 위하여

　　　－「근심을 주신 하느님께」『미완성을 위한 연가』부분

반어법(反語法)은 실제 표현하고자 하는 뜻과는 반대되는 말을 써서 본래의 뜻을 강조하거나 표현의 효과를 높이기 위해 사용한다. 위의 시에는 '나에게 그토록 많은 근심을 주신 하느님께 감사'하다고 말을 함으로써 근심에서 벗어나면 얼마나 좋을까라는 간절한 심정을 반어적으로 드러낸다.

'25시도 지난 지금'에서 '25시'가 단순히 오전 1시를 지칭한다기보다 아무런 희망이 없는 막막한 상태를 의미하는 것으로 풀이된다. 또한 그 어디로도 '갈 곳 없는' 상황임에도 노골적으로 하느님께 감사를 표한다. 그런데 '그 시간이 올 때까지/그 시간을 잊어버리도록'에서 '그 시간'에 대해서는 구체적인 언급을 피하며 모호하게 처리하고 있다. 그러면서 시적화자는 하느님께 '더 많고 자잘한 근심들을 주소서'라며 부정적인 상황을 극복해내기 위한 방편으로 차라리 '자잘한 근심'을 달라고 요구하고 있다. 자조적 어조를 띤 시적화자의 진심은 근심 자체를 원하는 것이 아니다. 그것은 지금 시적화자가 겪고 있는 고통이 다른 (자잘한 근심에 의한)고통들로 인해 잊히지 않을까라는 막연한 기대에 기인한 것으로 보인다.

한편 '길 없는 길'을 가는 일과 '문 없는 문'을 열겠다는 진술은 논리적으로 거짓이며, 현실적으로도 불가능하다. 그렇지만 그러한 진술들이 시적화자가 선구자로서의 길, 혹은 순교자적 삶을 택할 수 있게 하는 힘의 원천을 바로 '근심'에서 찾고 있으며, 그 길을 묵묵히 당당하게 걸어가겠다는 의지를 보여준다는 점에서 의미가 있다.

　　병이 있구나
　　나는 그저 차일피일 살고 싶은데
　　병이 혼자

화병 같은 바이올린 케이스 속에다
총을 넣어가지고 다니는구나,
가짜 낙원과
진짜 지옥 사이
빵—빵— 슬픈 총놀이를 멈추지 않는구나,

— 「꿈꾸는 병」『달걀 속의 생(生)』 부분

프로이드는 인간의 본성 중에서 자기 자신을 파괴하고 생명이 없는 무기물로 환원시키려는 죽음충동을 가리켜 '타나토스'라고 일컫는다. 죽음의 본능, 즉 타나토스는 말 그대로 파괴본능으로서 일체를 해체하고 파괴하는 충동적인 힘이다.[48] 죽음은 어차피 삶의 연속이라는 점에서 극복의 대상이 아니라 삶의 동반자적 관계이다. 요컨대 삶의 충동인 에로스(Eros)와 죽음의 충동인 타나토스(Thanatos)는 등가인 것이다.

「꿈꾸는 병」에서 '병'은 시적화자가 현실로부터 벗어나고 싶은 강렬한 욕구에서 발생한 타나토스이다. 또한 그 '병'이 자기를 파괴하려는 죽음에의 욕망으로까지 번진 것으로 분석할 수 있다. 그런데 이 욕망의 실상은 삶을 향한 극한의 몸부림과 다를 바 없다. 아이러니하게도 우리가 꿈꾸는 세상은 '가짜 낙원'이며, 현실에서 감당해야 할 삶은 '진짜 지옥'의 영역인 것이다. 그 헛된 꿈과 막막한 현실 사이에서 시적화자는 타나토스에 기울어져 '빵—빵— 슬픈 총놀이'로 모의죽음 연습을 무수히 되풀이하고 있다.

정리해 보면, 김승희 시인의 유희적 글쓰기에서 파자놀이는 단순한 유희에 머물지 않는다. 마찬가지로 김승희가 차용과 풍자의 방식을 통해 고착화된 남성 중심적·가부장적 질서 속에서 소외된 여성의 존재

---

48  조용훈, 앞의 책, 8쪽.

를 부각시키고 있다. 또한 반어적 기법을 활용하여 여성을 억압하는 우리 사회의 구조적 모순을 날카롭게 고발하는 것이다. 그리고 김승희는 자본주의 사회에서 '일상성'에 함몰되어 살아가는 타자화된 여성의 현존성에도 강력한 반기를 들어 보이며, 그러한 일상으로부터의 탈주를 늘 염두에 두고 있음을 암시해준다. 나아가 현실에서 소외되는 여성의 위상에 비판을 가함으로써 철저한 남성중심적 이데올로기에 가려진 폭력성을 아이러니컬한 풍자의 언술전략으로 드러내었다. 지금까지의 흐름을 짚어볼 때 김승희는 '자기발견'의 단계에서 한 걸음 더 들어가 유희적 글쓰기를 통해 자아를 둘러싼 일상성의 부조리에 눈을 돌리고 남성중심체제의 불합리성에 대한 저항적 인식을 갖고 있었음을 발견하였다. 이를 바탕으로 3부에서는 여성주의적 인식과 시각에서 김승희 시 속의 모성성과 여성성에 주목하여 살펴보고자 한다.

## 제 3 부

## 모성성과 소외된 여성성의 극복

세상의 딸들은
하늘을 박차는
날개를 가졌으나
세상의 여자들은 아무도 날지 못하는구나,
세상의 어머니는 모두 착하신데
세상의 여자들은 아무도
행복하지 않구나……
- 「엄마의 밥」 가운데

아드리엔느 리치는 "모성은 성(sexuality)과 더불어 가부장제의 두 물적 토대 중의 하나로서 가부장제 하에서의 모성은 강요되는 노동을 의미하는 것으로 모성이데올로기는 바로 강제된 모성을 여성에게 부과하는 기제"라고 지적하였다.[1] 이것은 여성에게는 자녀양육의 타고난 능력이 있으며, 여성만이 진정으로 성취할 수 있고 여성이 존경받을 수 있는 유일한 방법은 훌륭한 어머니가 되는 것이라는 의식을 일반의 여성들에게 주입시키려는 의도에 기인한다는 주장이다. A. 달리(Dally)의 경우도 "어머니는 항상 있었지만 모성성은 날조된 것"으로 파악한다. 즉 아동 양육을 위해 필요한 모성성은 본능적, 자연적인 것이라 강조하면서 '어머니'의 존재를 이상화시키거나 거부되어야 하는 대상으로 취급했던 것이다.[2] 따라서 가부장적 이데올로기가 모성성에 허울을 씌우고 진정한 어머니의 정신을 은폐시키려는 의도에 대해 분명한 인식이

---

1 로즈마리 퍼트남 통, 이소영 옮김, 『페미니즘 사상』, 한신문화사, 2000, 157~161쪽 참조.

2 Marianne Hirsch, *The Mother/Daughter Plot*, Indiana Univ. Press, 1989, 14쪽.

필요하다.

한편 사람은 외적 인격인 페르조나(persona, 집단에 의해 요구되는 태도)를 가지고 외부세계와 관계를 맺으며 살아간다. 페르조나는 참모습은 아니지만, 없애야 할 것이기보다는 구별되어야 할 것이다. 페르조나가 제대로 기능하지 못하면 외계, 즉 사회에 걸맞은 기능을 하지 못하고 자기의 기분에 의해 행동하는 완고하고 무자비한 인격이 나타난다. 그러므로 이렇게 강요되는 모성성으로부터 벗어나 주체적인 여성으로 살아가기 위해서는 페르조나에서 자아를 분리하는 작업이 선행되어야 한다. 무엇보다도 김승희가 주체적인 여성성을 확보하기 위해서는 약한 여성, 혹은 여류의 이미지를 벗어던지고, 여성의 권리를 억압하는 사회적 통념과 부조리에 대해 맞서야 한다. 그런 측면에서 통렬한 비판과 반항의 정신을 기반으로 강인한 아니무스의 발현을 통해 저항의 치열함을 보여 주려는 노력은 당연한 과제이다.


## 1. 모성성의 신화 파괴

낸시 초도로우의 모성적 역할에 대해 생물학적인 논의는 우리의 생물학적 지식에서 나온 것이 아니다. 특정한 사회제도에 참가한 우리의 경험에서 얻어진 자연적인 상황에 대한 정의에서 비롯된 것이다.[3] 즉 모성은 순수하게 생물학적인 특성이라기보다는 사회적 관계 형성의 산물이라는 입장이다. 그런데도 지금까지 모성을 생물학적 특징으로

---

3  강유리, 「계모이야기: 모성 이데올로기의 비극」, 『한국문학과 모성성』, 태학사, 1998, 65~66쪽.

규정짓고 그것을 여성들의 가장 중요한 역할로 강조함으로써 어머니—여성들은 부당하게 억압되거나 아이와 왜곡된 관계를 형성하였다는 점을 간과해서는 안 된다.

모성 역시 여성에게 끊임없이 허위적인 여성성을 덧씌우는 가부장제 이데올로기의 기제로서 작용하고 있다. 이를 테면 모성(mother-hood)을 여성의 고유한 영역으로 규정함으로써, 여성다움은 곧 어머니 노릇(mothering)을 충실하게 이행하는 데 있는 것처럼 미화한다. 이렇게 미화된 모성은 시대와 사회를 달리하며 반복 · 재생산 과정을 거치면서 남성의 지배 체제를 더욱 공고히 하는 데 기여한다. 즉 여성의 위치는 가정이며 여성의 임무는 가족 구성원을 돌보고 아이를 양육하며 이들에게 정서적 안정을 제공하는 것이라는 사회적 통념을 형성한다.[4] 이러한 통념 안에서 자기희생을 감수한 채 아이 특히 아들을 훌륭하게 양육하는 이른바 '훌륭한 어머니상'의 신화가 굳건하게 자리 잡고 끊임없이 재생산되는 것이다.

## 1) 강요된 모성, 억압된 여성성의 고발

모성(maternity)이라는 말은 생물학적으로 임신과 출산을 지칭하며, 이것은 부성(paternity)이 자식을 잉태시킨 개체를 지칭하는 것과 동일한 의미를 지닌다.[5] 또한 일반적으로 모성은 임신, 출산, 수유의 생물학적인 요소와 양육이라는 사회적 역할의 요소, 이미지적인 가치적인 요소 등 크게 3가지 구성요소로 이루어졌다. 여성이 선천적으로 모성을 지닌 존재로 인식되고 이러한 모성의 실현이 삶의 목표가 된다는 것의

---

4 이연정, 「모성론에 관한 비판적 고찰」, 서울대학교 대학원 석사학위논문, 1994, 42쪽.
5 세라 블래퍼 허디, 황희선 옮김, 『Mother Nature』, 사이언스북스, 2010, 41쪽.

근거는 여성이라는 생물학적 조건에 기인한다. 달리 말하자면, 여성에게 생득적으로 부여된 것이 모성성이며, 여성들은 자기 자신의 존재보다 어머니와 아내로 살아가면서 가족이란 공동체 속에서 자신의 존재를 드러낸다는 것이다.

한편 현대의 여성들은 시시때때로 모성과 여성 사이에서 가치충돌의 과정을 겪는다. 여성에게 모성은 중요한 요소이지만, 모성만이 여성 전체를 대변한다고 말하기는 어렵다. 모성은 다만 여성의 일부일 뿐이다. 따라서 모성성이 억압된 모습을 띨 때 본래의 긍정적인 측면에서 벗어나게 된다. 여성들은 억압의 과정을 겪으면서 모성을 지키려는 의지와 다른 한편으로 추구하는 새로운 욕망과의 싸움은 불가피해지는 것이다. 여성들에게 모성성만이 최우선의 가치가 아니며, 여성들은 새로운 자아와의 만남을 기대하고 원한다. 그럼에도 여성들은 여태까지 살아온 모습과 가치를 버려야 하는 선택의 기로에서는 변화가 아닌 순응의 방식인, 모성성으로 귀환하게 된다. 이것은 여성들의 생래적 가치라고 강하게 요구당하는 모성성으로 말미암아 여성성이 무력해지는 결과를 초래한 것이라고 할 수 있다.


　　엄마의 발은 크지만
　　사랑의 노동처럼 크고 넓지만
　　딸아, 보았니,
　　엄마의 발은 안쪽으로 안쪽으로
　　근육이 밀려
　　꼽추의 혹처럼
　　문둥이의 콧잔등처럼
　　밉게 비틀려 뭉그러진 전족의
　　기형의 발

…(중략)…

딸아, 보아라,
가고 싶었던 길들과
가보지 못했던 길들과
잊을 수 없는 길들이
오늘밤 꿈에도 분명 살아 있어
인두로 다리미로 오늘밤에도 정녕
떠도는 길들을 꿈속에서 꾹꾹 다림질해 주어야 하느니
네 키가 점점 커지면서
그림자도 점점 커지는 것처럼
그것은 점점 커지는 슬픔의 입구,

세상의 딸들은
하늘을 박차는
날개를 가졌으나
세상의 여자들은 아무도 날지 못하는구나,
세상의 어머니는 모두 착하신데
세상의 여자들은 아무도
행복하지 않구나……

　　　　　　　― 「엄마의 발」『달걀 속의 생(生)』 부분

　「엄마의 발」에서는 그간 우리 사회에서 모성이데올로기를 기반으로
하여 인고를 강요받으며 고통스럽게 일상을 지탱해온 불우한 엄마의
존재를 '밉게 비틀려 뭉그러진 전족'처럼 기형으로 변해버린 '엄마의
발'을 통해 극명하게 보여준다. 위 시는 고단한 삶을 살아온 엄마가 딸
에게 직접 자신의 이야기를 들려주는 방식을 취하고 있다. 따라서 모녀
간의 거리가 물리적으로뿐만 아니라 정서적으로도 가까이 있어서 친
밀함을 넘어 유대감까지 느끼게 한다.

우리 사회에서는 '어머니'는 자기희생적 존재라는 인식이 각인되어 있다. 자식을 위해 헌신하고 온전히 자신의 삶 전부를 쏟아 붓는 것 또한 여성이 태생적으로 가지고 있는 일종의 생물학적 특징으로 치부하는 경향이 있다. 그래서 자식을 위해 기꺼이 희생하지 않는 어머니들-자신의 욕망에 솔직하며, 자신을 위해서 살고자 하는 어머니들-이 부도덕한 사람으로 지탄받는 것도 또한 당연시한다.

시적화자는 '네 키가 점점 커지면서 그림자도 점점 커지는 것처럼' 딸이 점차 성장해감에 따라 가부장적 이데올로기가 제시하는 여성 또는 모성의 틀6에 갇혀 자신의 주체적인 삶을 포기하게 될지도 모르는 상황을 경계한다. 딸이 자신을 대신해서 정체성을 찾아 당당하게 자신의 삶을 살기를 소망하는 것이다.

남성중심 이데올로기가 팽배한 현실에서 '딸 혹은 여자'라는 존재로 살기 위해서는 '하늘을 박차' 오를 날개를 가졌으되 지상의 삶에 묶여 날아오를 수 없는 처지임을 감수해야 한다. 무참히 날개를 꺾여버린 어머니(모성)로서의 삶이기에 '세상의 어머니는 모두 착하'시지만, '세상의 여자들은 아무도 행복하지 않'다는 결론에 도달한다. 모성의 강요로 인해서 진정한 여성으로서의 삶을 포기해야 한다면 결코 행복할 수 없다. 그것은 우리 사회가 어머니들에게 착한 모성의 규격에 맞춘 삶을 요구하기 때문이다. 따라서 시적화자는 자신과 별반 다르지 않은, 장차 '어머니 노릇하기'에만 급급한 삶을 살아갈 딸의 앞날을 염려한다. 어

---

6 선사시대 이후 '위대한 여신' 혹은 '위대한 어머니(大母)'의 보편성을 추적해온 조셉 캠벨은 "인류역사의 가장 초기에 여성의 마력과 불가사의는 틀림없이 우주 그 자체만큼이나 경이로운 것이어서 이것은 여성에게 놀라운 힘을 부여했다. 이 힘이 바로 남성들이 자신의 목적을 위해 파괴하고 통제하고 소유해야 할 주요 관심사 중의 하나가 된 것이다."라고 주장하였다. 아드리엔느 리치, 김인성 옮김, 『더이상 어머니는 없다』, 평민사, 1995, 141쪽 참조.

머니의 입장을 대변하고 있는 시적화자가 딸에 대하여 측은지심을 갖는 것은 당연한 일이며, 자신의 딸만큼은 모성이데올로기로 인해 여성으로서 희생을 감수하며 살아와야 했던 어머니의 전철을 밟지 않았으면 하는 간절한 바람을 전하고 있다.

> 기저귀가 인줄처럼 처져 있습니다
> 흰 빨래 나부끼는 곳은
> 어디든지 반야의 나라입니다
> 아무리 눈을 감아도 신비처럼 어둠이 없는
> 성결한 백야입니다
> 거울의 門입니다
>
> …(중략)…
>
> 영원히 실수하는 나의 마음을
> 세숫대야에 담가놓고
> 요술글자처럼 빨간옷을 입은 나의 딸이
> 실로폰 치는 것을 바라봅니다
> 음악이 기포처럼 날아갑니다
> 오선지처럼 빨랫줄이
> 깃을 텁니다
>
> ― 「아가가 있는 풍경」『왼손을 위한 협주곡』 부분

'어린 딸 해인에게'라는 부제가 붙은 「아가가 있는 풍경」은 기존 가부장제적 담론질서에서는 주변화되고 비가시화된 영역을 통해서 기괴함의 승화로서의 여성성을 보여주는 작품이다. 한편 임옥희에 따르면, "J. 크리스테바가 기괴함을 아브젝시옹(abjection, 零落物)의 시공간성에서 찾고 있는 반면에, 이리가라이는 기괴함의 효과로 인한 억압된 것

의 회귀를 재현불가능이라는 공간성에서 찾고 있다."[7]는 것이다. 따라서 시 속의 인줄처럼 기저귀가 처져 있고, 흰 빨래가 나부끼는 '반야의 나라'로 지칭되는 재현불가능성의 영역은 여성적인 공간임이 분명하다. 이러한 공간은 '아무리 눈을 감아도 신비처럼 어둠이 없는 성결한 백야'의 공간이면서 '거울의 문'으로 묘사된다.

흰 빨래 — 성결한 백야는 희생과 압박으로 점철된 여성의 공간을 숭엄한 곳으로 변화시킨다. 더불어 동일성의 경계에 사로잡힌 가부장적 담론에서 재현불가능성으로 주변화되어 있는 것이 바로 여성적인 것이며 동일성의 논리에 사로잡힌 남근 나르시시즘을 뒤집어 놓는 것이 바로 "기괴함의 승화로서 여성성"[8]이다. 이처럼 이리가라이는 기존의 표상체계로서는 불가능한 영역, 숭엄의 영역을 여성적인 것과 등치시킨다. '아가가 있는 풍경'은 어둠 같이 고통스럽고 억압받는 여성의 공간에서 갑자기 환하고 신비스러운 공간으로, 나아가 여성이 자신을 들여다보고 모성을 기반으로 내면의 세계로 진입할 수 있는 '거울의 문'으로 탈바꿈되는 것이다. 현실에서 억압적이고 강요되는 모성성을 여성이 자발적으로 수용하는 단계를 거치면서, 이것이 오히려 기괴한, 혹은 낯선 여성성으로 변모하고 승화되는 양상을 보여준다.

---

7  임옥희, 「기괴함Unheimlich: 친숙한 그러나 낯선」, 『페미니즘과 정신분석』, 여성문화이론연구소 정신분석세미나팀, 여이연, 2003, 151쪽.

8  리요타르는 기괴함을 숭엄한 것으로 재해석한다. 숭엄한 것은 비결정적인 요소로서 낡고 오래된 범주에 도전하도록 해주는 신선한 충격을 제공한다. 이것은 기괴함이 지니고 있는 강력한 전복적 요소를 읽어내는 독법이자, 오래된 욕망의 구조를 교란시킴으로써 제도화된 자아와 세계를 전복시키고 변화시키는 새로운 출발점이다. 그런 의미에서 본다면 기괴함은 긍정적인 미학의 토대로 간주될 수 있다. 그것은 낡고 오래된 것이 강박적으로 반복되면서 그대로 되돌아온다는 의미가 아니라 새로운 가능성과 새로운 출발점을 제공하는 토대가 될 수 있기 때문이다. 위의 책, 150~151쪽 참조.

죽어 버릴까.
아니면 이 불행한 삶을
계속해야 하나
해질 무렵이면
언제나 화두처럼 떠오르는 이 질문을
가슴에 안고
아가를 업은 나는 골목을 서성인다.

…(중략)…

서울에서 가장 붐비는
롯데백화점 앞 네거리 스타트라인 위에서
갑자기 시동이 꺼져 버린 중고차처럼
사방에서 경음기소리가 들려오는데
혼자서 울고만 싶은 백치성이 있다.

절망 때문에 결혼을 하여
그 절망을 두 배로 만들고
허무 때문에 자식을 낳아
그 허무를 두 배로 만들었으니
자꾸만 약효가 안 듣는 약을
자가처방하고 있는
너를 무엇이라고 불러야 하나.

　　　　　　　－「제목 없는 사랑」『달걀 속의 생(生)』부분

　「제목 없는 사랑」은 아기를 업고 골목을 서성이는 시적화자가 '삶과
죽음'이라는 명제, 혹은 '결혼과 이혼'이라는 현실의 압박감에서 벗어나
고자 희구하는 모습을 그리고 있다. 번화한 네거리 출발점에서 '갑자기
시동이 꺼져 버린 중고차'처럼 '혼자서 울고만 싶은 백치성'의 심정을

통해 여성화자가 처한 암담하고 착잡한 상황을 드러낸다. '절망 때문에 결혼을 하'였지만 그 절망은 두 배로 몸집을 키웠고, '허무 때문에 자식을 낳아' 허무를 극복하고자 하였지만, 그 또한 허무만 두 배로 증폭되어 버린 결과를 초래하였다. 그런데 모든 시도가 좌절과 덧없음으로 귀결되는데도 시적화자는 무모한 시도를 멈추지 않는다. 또한 시적화자는 절망과 허무가 쉽게 치유될 수 없는 연유로 '자꾸만 약효가 안 듣는 약을 자가처방'한다거나 그 '약효를 남 먼저 시험'하는 등 자신을 '약물 시음용 배우'로 인식하고 행동한다.

이처럼 끝이 보이지 않는 맹목적 삶에 대한 고집은 불합리하고 부조리한 우리 시대의 여성적 삶을 반영한 것이다. 따라서 모든 합리화에 대해서 스스로를 폐쇄시키는 부조리에 대해 아무런 '제목'도 '이름'도 붙일 수 없기에 '제목 없는 사랑'이라고밖에 부를 수 없다. 그 일련의 과정들은 여성들에게 '허위적인 여성성과 모성성'을 덧씌우는 가부장제 이데올로기가 기제로서 작용하고 있음이 자명하다.

'아가를 업고 서성이는 골목길 안에서' 시적화자의 눈시울을 뜨겁게 붉히는 것, 그것은 아직은 형체나 의미를 제대로 갖추지 못하여 제목을 얻지 못한 모호한 감정에 불과할지라도 '사랑'이라는 것을 깨닫는다. 또한 그것은 죽음 대신 삶을 계속하게 하고 이혼 대신 결혼을 지속시키는 작용을 한다. 시적화자는 삶의 짐짝처럼 혹은 희망의 끄나풀처럼 아기를 업고 골목을 서성이면서, 미흡하나마 현실을 수긍하며 삶과 결혼 생활을 동시에 유지시켜 줄 근거를 '사랑'에서 찾고 있다.

이처럼 「제목 없는 사랑」은 개념을 규정하기 모호한 '사랑'이라는 관념을 앞세운다. 그러면서 가부장적 이데올로기를 보다 공고히 하려는 데 그 목적을 둔 훌륭한 어머니상의 신화의 기제를 은연중에 드러내 보인다. "신화란 사회적이고 역사적이며 이데올로기적인 문화를 자연적이고 본래적인 것으로 뒤집어 놓는 것"을 일컫는 롤랑 바르트의 용어이다.9 그에 따르면, 사회가 '성모'를 끊임없이 재생산하는 것은 가부장제가 성모를 사회적으로 보상함으로써 모성을 강요하고 나아가 자신의 남성 우월적 이데올로기를 정당화하기 위한 전략으로 볼 수 있다는 것이다.

가부장적 남성은 사회적으로 규정된 여성다움의 요건에는 부드러움, 자기희생, 수동성, 감수성 등 모성적 특징을 포함시키는 반면 부성적 이미지인 단호성, 능동성 등의 특징은 제외시킨다.10 그럼으로써 전적으로 여성을 자녀들에게 모유와 애정을 제공하고 사회규범을 준수하도록 지도하는 양육자로서 규정하는 것이다. 또한 로즈마리 퍼스남 통의 경우도 "모성이데올로기는 여성이 존경받을 수 있는 유일한 방법은 훌륭한 어머니가 되는 것"이라고 강조한다.11 왜냐하면 이 모성이데올로기는 강제된 모성을 여성에게 부과하는 기제로서, 여성에게는 자녀양육의 타고난 능력이 있으며, 그 능력을 여성만이 진정으로 성취할 수 있다고 보기 때문이다.

> 여인들이여, 울고 찢기고 흐느끼며 발광하는
> 여인들이여,
> 이 성스러운 하얀 굴속에서
> 한 남자란 이제 지극히 사소한 우연에
> 지나지 않습니다.
> 짐승처럼 짐승처럼 지금 우리가

---

9  조너선 컬러, 이종인 옮김, 『바르트』, 시공사, 1999, 42~43쪽 참조.

10 김명희, 「조선시대 모성성 연구－허난설헌과 신사임당을 중심으로」, 『한국문학과 모성성』, 태학사, 1998, 33쪽.

11 로즈마리 퍼트남 통, 앞의 책, 157~161쪽 참조.

온몸을 물어뜯으며 울부짖는 것은
스님이 영혼을 구하기 위하여
다비의 불바다 속으로 들어감과 같습니다

도살장에서 젊은 도수가 하염없이
나의 정수리에 도끼를 내려치는
것같습니다
도끼날이 나의 숨골에 박힐 때마다
흰불의 꽃송이가 하염없이 튀어올라
흩어지고 있읍니다

— 「여인등신불」『왼손을 위한 협주곡』 부분

　아드리엔느 리치는 어머니의 속박에서 완전히 벗어나서, 개체가 되
고 자유로워지고 싶은 욕망에서 생겨나는 여성의 자아분열을 '모성공
포증'으로 규정한다. 이와 달리 시인 린 수케니크가 말하는 '모성공포
증'은 자신의 어머니 혹은 모성에 대한 두려움이 아니라, '누군가의 어
머니가 되는 일'을 두려워하는 것이다.[12] 세상의 많은 딸들이 타협과 자
기혐오에서 벗어나려고 투쟁하고 있고 그러한 타협과 자기혐오를 가
르친 사람이 바로 자신의 어머니임을 인식한다. 그런 연유로 여성의 존
재에 대한 제약과 비하는 필연적으로 전수된다. 어머니를 그대로 미워
하고 거부하는 것이, 그것을 넘어서 작용하고 있는 세력에 맞서는 것보
다 차라리 쉬운 일이기 때문이다. 한편으로는 모성 공포증을 가질 정도
로 어머니를 혐오한다면 그것은 부지불식간에 어머니에게 깊이 끌리
는 힘이 있다는 것을 의미하는 것이다. 반면에 방심하면, 완전히 어머
니와 똑같아지는 오류를 범할 수도 있음을 늘 염두에 두어야 한다.

---

12　아드리엔느 리치, 앞의 책, 292쪽.

「여인 등신불—세브란스 병원 분만실에서」는 김승희 시인이 몸소 겪은 출산의 경험을 바탕으로 쓴 시이다. 김승희는 「나의 삶, 나의 문학」에서 "여성의 몸으로는 부처가 될 수 없다"는 불교의 담론을 의식하며 제목을 '여인등신불'이라 붙였다고 언급하였다. 김경수의 경우, "種을 출산하는 여성의 육체적 창조성과 한 편의 시를 탄생시키는 예술적인 창조성이 갖는 긴밀한 관계에서 볼 때도 분만경험은 여성시의 창조적 원천으로 검토해 볼 가치를 있다"[13]고 강조하며, 출산과 창조성/분만경험과 여성시와의 관계성을 밀도 있게 분석하였다. 나아가 "분만경험에서 얻은 의사죽음과 자기변형의 드라마는 여성시의 본질"이라고까지 언급하였다. 여성에게 있어 분만의 시간이야말로 모성공포증의 극치를 체험하는 순간일 것이다. 진통(陣痛)을 수용하는 여성 앞에서, 남성이며 사랑은 지극히 사소한 우연에 불과할지도 모른다. 무엇보다도 모성은 근본적으로 어미가 되는, 즉 출산과 함께 생기는 것이므로 출산의 고통을 감내하는 것은 당연히 여성들의 몫이 되기 때문이다.

여성의 출산으로 새로운 생명이 탄생함은 인간 존재의 지속가능한 미래를 확보해 준다는 점에서 중요한 가치를 넘어 숭고한 일이라고 할 것이다. 레비나스는 자기 존재의 세계를 넘어서는 일, 즉 형이상학과 초월은 어떻게 가능한가라는 물음에 대해 '인간의 유한한 생명력을 보상하기 위한 유의미한 행위로서의 '출산'이라고 답변한다.[14] 출산에서

---

13 김경수는 「여인등신불」에 대해 분만행위를 정신적 구도의 과정으로 인식하는 것은 시창작과 같은 정신적인 생산을 남성의 몫으로 규정하고 여성의 창조성은 종족의 산출에만 국한하는 남근(男根)중심적인 가부장적 이분법에 정면 도전하는 것이라 분석하고 있다. 김경수, 「여성시의 원천과 분만의 상상력—김승희, 최승자, 김혜순을 중심으로」, 『문학의 편견』, 세계사, 1994, 328~348쪽 참조.

14 레비나스에 따르면, (나의) 가능성에 대한 힘으로 환원될 수 없는 그런 미래와의 관계를 '출산'이라고 일컫는다. 아이는 타자가 된 나이기에 출산은 동일적인 것의

얻은 나의 아이는, 나이며 동시에 타인이므로 나의 새로운 미래를 지시한다고 볼 수 있기 때문이다. 그러한 출산의 고통을 감내함으로써 우리의 미래는 연장되는 것이며, 그 일련의 과정 속에 모성의 지속성이 존재하는 것이다.

> 달력 위엔 달이 있고
> 달걀이 있고
> 남편달걀이 태어난 한여름의 사자좌가 있고
> 시아버지 달걀이 태어나신 날도 있고
>
> …(중략)…
>
> 달력을 보면
> 해발 2천 9백km 히말라야 지점 같은
> 고산증 고독이 몰려오기도 하고
> 터질 듯한 만원버스 너무 붐빈다고 생각되기도 하는데
> 자궁 가족들의 연대기라
> 일렬횡대, 면면종대로 이어지며 패밀리 트리
> 한그루
> 여자의 시간
> 달이 있고
> 달걀이 있고
> 새해 첫날부터 임대가 완료되어 있고
> 흩어진 피들이 모이고 흩어졌다

---

이원성을 포함하고 있다. 나의 아이는 나이며 동시에 타인이다. 나와 내 아이의 관계는 '동일성 안에서의 구별'이다. 출산은 나의 미래를 지시한다. 나의 이 미래는 동일자의 미래가 아니다. 그러나 그것은 여전히 나의 모험이다. 그리고 결과적으로 그것은 매우 새로운 의미에서의 나의 미래이다. 에마뉘엘 레비나스, 서동욱 옮김, 『존재에서 존재자로』, 민음사, 2003, 212~215쪽.

다시 모이는

―「여자의 시간」『냄비는 둥둥』부분

「여자의 시간」에서는 달력과 달과 달걀의 연관성을 조명하고 있다. 달은 음양이론에서 여성을 상징하고, 달력은 달의 주기에 따라 날짜를 기입해 놓은 것이기 때문이다. 한 해를 시작하면서 달력에 월별로 표기되는 온갖 기념일들, 그러한 사연들을 담은 달이 모이고 모아진 달력들을 통해서 삶의 연대기의 작성이 가능해진다. 또한 생명이 움튼 '달걀'과 생명을 품는 '자궁'은 둥그스름한 형태에서 닮아 있다. 무엇보다도 생명을 품은 달걀을 품고 낳는 과정에서 여성 역할의 중요성이 부각된다. 여성의 자궁에서 "흩어진 피들이 모이고 흩어졌다/다시 모이는" 일련의 일정한 반복을 통해, 여성은 생명을 잉태할 만반의 준비를 갖추고 있음을 시사한다. 이는 곧 여성의 생리주기와 달의 공전주기와의 연관성을 찾는 것과 연결 지어 생각할 수 있기 때문이다.

이처럼 「여자의 시간」에서는 모성공포증뿐만 아니라, 그 공포를 넘어서는, 여성존재의 극기에 대한 치열함을 '자궁 가족들의 연대기'라는 구절을 통해서 보여주고 있다. '일렬횡대'이거나 '면면종대'의 그 장구한 세월로 이어지는 '패밀리 트리' 속 여성의 존재의미는 크다. 왜냐하면 생명을 품는 자궁을 갖고 있으며, 그것을 통해서 인간의 생명과 인류의 미래가 지속될 수 있기 때문이다.

## 2) 모성성과 모녀간 연대의식의 고양

낸시 초도로우는 모성의 재생산을 가족의 정신역학에서 찾는다.[15] 그

---

15  낸시 초도로우, 김민예숙 · 강문순 옮김, 『모성(母性)의 재생산』, 한국심리치료연

에 따르면, 남녀 오이디푸스적 경험의 차이가 모성의 재생산에 젠더 차이를 가져오는 것으로 이를테면 최초에 돌보는 사람과의 관계가 부모—아이의 자질과의 관계에 참여하는 기본적 능력과 친밀감을 만들려는 욕망을 제공한다는 것이다. 따라서 '어머니 노릇(mothering)'과 젠더 체계의 구조화는 노동의 성적 분화에 기본적이며 남성지배의 이데올로기는 물론 여성의 능력과 본질에 관한 이데올로기를 파생시켰다. 나아가 가족구조의 제도화된 자질과 재생산의 사회적 관계는 모성 스스로를 재생산해 온 것이다. 크리스테바의 경우, 모성(어머니됨, motherhood)은 여성으로 하여금 대상을 새로운 방식으로 경험하게 만드는데 가부장 사회에서 억압된 것은 '여성'이 아니라 바로 '어머니'임을 주장한다.16

한편 모성성의 신화가 대개 '모성주의'에 바탕을 두고 있다고 보는 견해는, 여성은 어머니가 되어야만 생물학적 우위를 갖는다거나, 어머니인 여성만이 자기 육체의 주인이 될 수 있다는 주장에 근거한다. 그런데 '관습적으로 규정된 자기희생적인 모성성은 그렇지 못한 어머니들에 대한 비난의 기제로 역이용'되어 온 것도17 사실이다. 그간 가부장적 이데올로기가 지배한 사회에서는 모성에 대한 이상화의 이면에, 그렇지 못한 어머니에 대한 비난이 늘 뒤따랐다는 것을 부정할 수 없다. 여성들에게 모성의 필요성을 강조하며 신화화함으로써 여성적 삶을 옭아매고 굴레를 씌우는 폭력을 행사한 것이다.

---

구소, 2008, 151~210쪽 참조.

16  Toril Moi, 임옥희 외 공역, 『성과 텍스트의 정치학』, 한신문화사, 1994, 197쪽.

17  서강여성문학연구회 편집부, 「'딸'의 서사에서 '어머니/딸'의 서사로—다시 본 모성성」, 『한국문학과 모성성』, 태학사, 1998, 5~6쪽.

해인이와 왕인이가
내 등 위에 올라타 앉아 있다
엄마는 낙타.
목이 말라도 몸이 아파도
뜨거운 모래 위를
무거운 짐을 지고도 걸어가야만 한다.

…(중략)…

우울증에 신경질에 죄악망상
파라노이아 증상까지 겹쳤어도
내가 사는 것은
내가 죽지 않고 가는 길은
내 등 위에 짐 지워진
두 개의 육봉 때문일까.

…(중략)…

나는 힘센 쌍봉낙타가 되어
뜨거운 사막 속을 가고 있다.
다락처럼 무거워도
야근처럼 피로해도
엄마는 낙타.
쌍봉낙타는 더 힘이 세다.

― 「쌍봉낙타」『달걀 속의 생(生)』 부분

가부장적이고 남성 중심적 제도권에서 규정하는 모성이데올로기란, 여성의 위치는 가정이며 가정에서 여성의 임무는 가족구성원을 돌보고 이들에게 정서적 안정을 제공하는 것이라는 사회적 통념을 의미한다. 여성의 이런 역할들은 성별 분업이라는 맥락 속에서 정당화된다.[18]

따라서 사회적인 모성을 강조해 여성성과 모성을 부추기는 것은 여성에게서 주체성을 빼앗고, 여성을 타자화 하려는 획책에 불과함을 여성들은 분명하게 인식해야 한다. 아드리엔느 리치는 우리에게 필요한 것은 희생적인 어머니의 사랑이 아니라 '용기 있는 어머니의 보살핌'이며 희생자가 되기를 거부하는 것이라고 말한다. 그러나 어머니가 되느냐 되지 않느냐의 문제가 아니라 그 어느 것을 선택하든 우리에게 불리하게 작용[19]'할 뿐이다.

그런데 「쌍봉낙타」에서 엄마는 낙타이며, 두 아이의 양육 부담에 짓눌린 현실이 사막에 비유된다. 사람에게는 사람이란 존재가 가장 무거운 짐이다. 니체가 정신의 단계에 대해 낙타─사자─어린아이 순으로 진행되며, 마지막 어린아이 단계가 최고의 지향점이라고 언급하였다.[20] 따라서 낙타는 외경심과 인내력이 있는 정신을 가진 존재로 무거운 짐을 지고 있음은 자명한데, 여기서 시인은 단순히 낙타정신의 단계에만 머물지 않는다. 운명처럼 무거운 짐을 지고도 두 아이를 양육하는 엄마라는 주체적 존재로서 역할에 충실하고자 애쓴다.

---

18  이연정, 「여성의 시각에서 본 '모성론'」, 『모성의 담론과 현실』, 나남출판, 1999, 35~36쪽.
19  아드리엔느 리치, 앞의 책, 289쪽.
20  니체는 정신의 단계를 낙타─사자─어린아이 순으로 변화한다고 보며, 마지막 어린아이 단계를 최고 지향해야할 것으로 주장한다. 낙타는 외경심과 인내력이 있는 정신을 가진 존재로 무거운 짐을 지고 있는데, 이 짐은 자신의 오만을 괴롭히기 위해 굴종, 자신의 지혜를 조롱하기 위해 자신의 어리석음을 나타낸다. 사자는 새로운 창조를 위한 정신의 자유를 획득하고 거대한 용과 격투를 펼친다. 여기서 용이 의미하는 것은 마땅히 해야 한다는 도덕적 명령으로 신성한 것이면서도 미망과 맹목성을 내포한다. 어린아이는 새로운 출발, 하나의 창조적 운동, 신성한 긍정 등을 의미하며, 순수하고 편견과 습관에 물들이지 않은 존재이기 때문에 가장 최고의 정신적 단계로 인정하는 것이다. 고병권, 『니체의 위험한 책, 차라투스트라는 이렇게 말했다』, 그린비, 2003, 283~293쪽 참조.

'우울증에 신경질에 죄악망상 파라노이아[21] 증상까지 겹'쳐 삶이 죽음만큼이나 힘겨울지라도 어떤 고난도 지혜롭게 헤쳐 나갈 수 있을 것이라는 자신감이 '쌍봉낙타는 더 힘이 세다'란 구절 속에 담겨 있다. 무엇보다도 깨끗하고 편견과 습관에 물들지 않은 존재인 어린 두 아이를 돌보는 일은 숭고한 모성성의 실현이다. 이것은 인간 정신의 마지막 완성 단계인 자기실현의 길에 다다를 수 있을 것이라는 믿음을 전제로 한다.

어쩌다가 저렇게 망가졌을까
이마엔 정맥이 물컹물컹 돋아나고
손등엔 모래사막을 거느린 알타이 산맥 같은 힘줄이 불끈불끈,
엄마는 왜 저렇게 험악하고 향기가 없나

…(중략)…

난자의 아름다운 우아함이라고는 전혀 사라진……
엄마라는……

콩, 옥수수, 치즈 듬뿍, 고운 두부 그라탕 접시를 밀쳐내고
감자탕 속에 벌겋게 물든 돼지뼈를
발라먹고 있는,
똥묻은 환자 기저귀를 빨랫방망이로 진탕 두들겨
사방으로 똥이 튀어 날아가게 만드는,
엄마라는 이름의
미스터……

---

21  파라노이아(paranoia)는 편집증을 뜻하는 의학용어로서 체계적이고 논리적인 망상을 지속적으로 고집하는 병적 상태를 일컫는다. 박지환, 『재미있게 배우는 의학용어』, 현문사, 2012, 328쪽.

종군기자와도 같은 하루

－「미스터 엄마」『냄비는 둥둥』부분

「미스터 엄마」의 경우, '난자의 아름다운 우아함이라고는 전혀 사라진' 즉 여성성을 포기하고 희생 그 자체의 삶을 살아가는, 살아갈 수밖에 없는 어머니의 슬픈 자화상을 보여준다. 주체성과 주체－대상관계의 측면에서 '엄마' 혹은 '미스터 엄마'로 지칭되는 여성은 모성의 기능만 작동할 뿐 주체로서의 여성은 부재한다. 시적화자는 기혼여성을 지칭하는 미세스(Miss)나 미즈(Miz) 대신에 '미스터(Mr)'를 씀으로써 어머니에게 '모성'이란 명목으로 강요된 삶의 질곡을 비판적으로 드러내고 있다. 그리고 '미스터 엄마'는 생에 대한 강인함을 보이는 아니무스적 어머니로 '억척어멈이미지'[22]를 부각시키는 역할도 한다. '정맥이 물컹물컹 돋아'난 이마와 손등에는 '모래사막을 거느린 알타이 산맥 같은' 힘줄이 불끈불끈 돋은 모습으로 엄마의 고유한 향기를 잃고 험악하게 망가진 채 묘사된다.

그런데 「미스터 엄마」에서 보다시피 '사라진……, 엄마라는……, 미스터……' 등의 말줄임표 사용이 빈번하게 나타나 있다. 이것은 기존의

---

22 박완서의 모성성은 실존적 생명인식으로, 작중 여성들은 대부분 생에 대한 강인함을 보이는 아니무스 어머니들로 억척어멈이미지가 많다. 이들은 자신들의 삶에 한 맺힌 여성들이며 그들의 상처는 주로 가족의 운명적 비극 때문이다. 가난, 무지, 전쟁, 인습 따위로 가족 중 남편이나 자식이 죽거나 무력해진 결과 그 고통의 무게를 고스란히 이들 여성들이 감당하는 까닭에 이들은 스스로의 삶을 개척하느라 자못 늠름한 전사다운 데가 있다. 하지만 가부장 사회에서 여성이 책임지는 삶이란 힘겨운 것일 수밖에 없다, 삶의 현장이 적대공간이기에 이들의 페르소나는 자기확신에 차 있을망정 진정한 자아는 상처투성이인 것이다. 안숙원, 「『엄마의 말뚝 1·2·3』 연작소설과 모녀관계의 은유/환유 체계」, 『한국문학과 모성성』, 태학사, 1989, 193~195쪽 참조.

규범을 의심하고 해체하려는 경향을 지닌 여성주의적 문학의 특성 중 하나이다. 또한 불확정적이면서 다양한 가능성을 내포한 복수적 존재성을 나타낸다고 풀이된다. 한시도 긴장의 끈을 늦추어서는 안 되고, 부단히 강인함을 요구하는 '미스터……/종군기자와도 같은 하루'의 경우에도 말줄임표는 여성의 내면을 현재화하는 언술전략으로 쓰였다.

> 이제야 생각이 납니다.
> 기역―니은―디귿!―하고
> 어머님께 매를 맞으면서
> 처음 글씨를 배웠던 일이,
> 첫애를 낳을 때의
> 그 무시무시한 고통과
> 현란을 극한 사랑의 고마움이,
>
> 번개처럼 일어나
> 창문을 열어봅니다,
> 달빛이 初雪처럼 흘러내립니다,
> 나의 해골을 집어들고
> 달빛을 한바가지 가득 떠서 마십니다,
> 고해를 하고 성찬을 받은 것처럼
> 목숨이 더없이 맑아진 것같습니다
>
> ―「유서를 쓰며」『왼손을 위한 협주곡』부분

「유서를 쓰며」에서 시적화자는 '첫애를 낳을 때'의 엄청난 고통을 떠올리고 있다. 출산의 순간은 여성이 다른 종류의 고통스런 경험과 관계를 맺는 데 있어서 가장 중심적인 사건, 말하자면 창조적 고통과 파괴적 고통을 동시에 처절하게 겪는 순간이다.[23] '무시무시한 고통'과 함께 탄생한 생명에 대한 '현란을 극한 사랑의 고마움'이 뒤따르는 경험이기 때문이다. 유서를 쓰는 행위는 삶의 막다른 곳에서 내뱉는 최후의 단말마 같은 발언을 적는 일이다. 그런데 시적화자는 유서를 쓰면서 '어머님께 매를 맞으면서/ 처음 글씨를 배웠던' 기억을 떠올린다. 아이러니하게도 어린 시절 터득한 글자를 사용하여 '나의 死因을 포장해줄/극비의/설형문자'인 유서를[24] 쓰고 있다. 한편 그런 가운데 시적화자는 극렬한 고통의 순간을 떠올림으로써, 세상의 전부처럼 여겨졌던 고통과 한 치 앞도 내다볼 수 없는 막막한 현실의 장벽을 뛰어넘을 용기를 얻고 있다.

시적화자가 '번개처럼 일어나' 창을 여니, '달빛이 初雪처럼 흘러내'리고, 해골에 담긴 물을 마시고 깨달음을 얻은 대사 원효처럼, 자신의 '해골을 집어들고' '初雪처럼 흘러내리'는 '달빛을 한바가지 가득 떠서' 마신다. 시적화자는 고요하고 엄숙한 의식을 통해 삶에 대한 의욕과 깨달음의 순간을 맞이하고 있다. 시적화자의 기억이 어머니와의 연대감을 끌어내었고 동시대의 어머니로 살아가는 여성들의 공감대가 유서를 쓰지 않으면 안 될 절박한 상황을 극복할 수 있도록 유도한 것으로 분석된다.

> 이제 배꼽은 과거완료가 아니라 언제나 현재 진행형으로 나의 삶
> 속에 움터 오르고, 어머니―아, 어머니―라고 불러보면 바닷가를 울

---

23  "출산의 경우처럼 우리를 움켜쥐어 우리에게 자아를 강요하는, 이 근원적인 생각은 도대체 무엇일까? 우리가 육체적 고통을 고독이나 두려움과 구분할 수 있을까? 창조적 고통과 파괴적 고통이 있는가? 누가 혹은 무엇이 우리의 고통의 원인과 본질, 기간을 결정하는가? 문화마다 대답이 다르겠지만 여성들이 살아가면서 아이를 낳고 고통 받는 것은 어디서나 마찬가지다." 아드리엔느 리치, 앞의 책, 192쪽.

24  김승희는 유서를 "나의 死因을 포장해줄/극비의/설형문자"라고 언급하며, 유서를 쓰기 전까지는 살려고 한다고 읊은 바 있다. 김승희, 「자살자의 노래」, 『왼손을 위한 협주곡』, 문학사상사, 1983, 37쪽.

면서 걸어가는 한 여인이 떠오릅니다, 그녀의 슬픔 그녀의 사랑 그
녀의 절망을 따라 나의 배꼽은 또 하염없이 시원의 태 속으로 적셔
들어가고, 어머니—자비와 저주의 비밀구좌이신 어머니—나의 어
머니시여 · ……

—「배꼽을 위한 연가1」『왼손을 위한 협주곡』부분

앞서 살펴보았던 김승희의 시는 모성의 신화 속에 감춰져 있는 여성
성의 억압적 측면에 초점을 맞추었다. 그와 다르게 「배꼽을 위한 연가
1」는 기존의 모성성에 입각해서 바라보았던 여성, 존재로서의 어머니
를 재조명한다. 그런데 모성 혹은 모성의 정체성을 프로이트적인 오이
디푸스 모델에서 찾지 않고 전(前)오이디푸스 단계나 전(前)상징계 혹
은 언어 이전의 기호계에서 찾는 페미니스트들이 있다. 이리가라이, 크
리스테바, 식수 등이 그 대표적인 예이다. 그들에 따르면, "모성 혹은
모성의 정체성이 전(前)상징적이고 전(前)문화적이기 때문에, 가부장제
와 로고스에 대한 대안—주체/대상 이원론과 권력관계가 도전받고 재
정의되는, 여성적 지식과 경험이 공유되는 세계—으로 나타난다"는 것
이다.25

한편 김승희는 배꼽은 내 몸의 중심에 살고 있는 '어머니'이자 '생명
의 꼭지'가 아직 남은 것이며, "언젠가 한 몸이었다가 분리된 표적"26이

---

25  루스 이리가라이의 작품 속에서 여성의 침묵과 부정성은 오히려 여성을 말하는,
    여성적인 발화로 대체되고 있으며, 줄리아 크리스테바에게 여성의 사회심리적 지
    위는 기호계라고 칭하는 상징 이전의 세계에 기반한 것으로 간주된다. 그리고 식
    수는 여성의 발화가 월경의 피, 어머니의 젖과 같은 육체적인 것 속에서 이루어진
    다고 본다. 이들의 글쓰기에서 전(前) 오이디푸스적 영역은 이상화된 여성 관계 속
    에서 다시 발견될 수 있기 때문에, 돌이킬 수 없이 상실된 것이 아니라 지속적으로
    현존하는 강력한 신화적 공간으로 표상된다. 서강여성문학연구회 편집부, 앞의
    책, 9쪽.
26  김승희, 「중심에 계신 어머니」, 『달걀 속의 생』, 문학사상사, 1989, 171쪽.

라고 말한다. 여성의 존재론적 조건을 '배꼽'에서 찾고 있는 것이다. 그것은 또한 우리 몸의 중심이면서 어머니와 분리된 흔적이며, 어머니는 '나'라는 존재 의식의 중심에 항상 머물고 있음을 뜻한다. 시적화자는 '자비와 저주의 비밀구좌이신 어머니'라는 구절을 통해 신화화된 모성적 가치에 수반되는 현실적 고통이나 갈등이 강조되는 모성에 대한 양가감정을 드러내고 있다. 그럼에도 김승희는 배꼽이 언제나 현재 진행형으로 '나의 삶속에 움터 오르고' 비로소 '하염없이 시원의 태 속으로 적셔'드는 것을 자각하게 되며, 어머니는 딸의 의식 속에 당당한 주체로서 건재하고 있음을 역설하고 있다.

지금까지 어머니는 어머니인 한, 관습에 굴복하는 존재로서 딸에게 일차적으로 부정적 모델이었다. 아드리엔느 리치는 모성공포증에 대하여 "타협과 자기혐오를 가르친 사람이 어머니라는 인식이고 어머니가 되지 않으려는 여성 자의식의 산물"이라고 말하였다. 따라서 우리에게 필요한 것은 희생적인 어머니의 사랑이 아니라 '용기 있는 어머니의 보살핌'이며 희생자가 되기를 거부하는 것임을 역설한 것이다.[27] 그런데 우리 안에 어머니와 딸을 받아들이고 통합하며 강화시키는 것은 쉬운 일이 아니다. 왜냐하면 가부장적인 태도 때문에 우리는 이러한 이미지를 분리하고 양극화시키며, 원하지 않는 모든 죄의식, 분노, 수치심, 힘, 자유를 다른 여성에게 투사하기 때문이라는 분석은 타당하다. 기존의 사회적 통념 안에서 '어머니는 희생자이고 자유롭지 못한 여성이며 순교자'를 상징하는 것이라고 지적하면서 제도로서의 모성에 대한 대안은 여성끼리의 유대이어야 함을 강조하는 것이다. 한편 최초의 동성애 관계로서 딸/어머니의 관계, 즉 가장 가까운 모녀관계가 분열되는

---

27  아드리엔느 리치, 앞의 책, 293쪽.

것이 여성문제의 비극[28]이라고 지적한 크리스테바의 견해에 주목할 필요가 있다.

> 인당수에 빠질 수는 없습니다
> 어머니,
> 저는 살아서 시를 짓겠습니다
>
> …(중략)…
>
> 그대신 점자책을 사드리겠습니다
> 어머니,
> 점자 읽는 법도 가르쳐 드리지요
>
> 우리의 삶은 모두 이와 같습니다
> 우리들 각자가 배우지 않으면 안되는
> 외국어와 같은 것—
> 어디에도 인당수는 없습니다
> 어머니,
> 우리는 스스로 눈을 떠야 합니다
>
> — 「배꼽을 위한 연가 5」『왼손을 위한 협주곡』부분

「배꼽을 위한 연가5」는 고전소설 「심청전」을 모티프로 하여 희생을 강요하는 현실에 적극 맞서서 여성도 주도적이고 주체인 삶을 살아야 함을 역설한 시이다. 무지하고 눈먼 어머니(가부장제 하에서 핍박받는 여성)를 위해 인당수에 몸을 던지는 대신, 글자를 깨치고 '인당수'라는 허상에서 벗어날 수 있는 지혜의 눈을 갖도록 '스스로 눈을 떠야' 한다

---

28  Julia Kristeva, 유복열 역, 『반항의 의미와 무의미』, 푸른숲, 1998, 179쪽.

고 시적화자는 강하게 주장한다. 이로써 여성에게는 억압되지 않은 본연의 모성 본능이 잠재하고 있음을 새롭게 깨닫는다.

젠더 차이와 여성의 특수성을 기반으로 어머니-딸의 연대를 강조한 리치에 의하면 "모성의 경험과 제도를 분리시킬 것을 주장하면서, 현재 제도로서의 모성이 내포하고 있는 가부장적 억압의 측면을 지적한다. 이에 대한 대안으로 모녀관계의 회복, 즉 경험으로서의 모성에 관심을 기울여야 한다."[29]고 제안한다. 위 시가 표면적으로는 시각장애를 가진 어머니의 뜻을 거역하고 부정하는 '불효녀 심청'으로 읽혀질 수 있겠지만, 단순히 그 차원에서 그치는 것이 아니다. 오히려 부조리한 사회에서 주체가 되지 못했던 어머니-딸의 연대의식이 왜 필요한지를 피력하고 있다. 가부장제의 이데올로기에 따른 무조건적인 여성(딸)의 희생이 아니라, 눈먼 어머니를 위해 점자책을 사드리고 읽는 법도 가르쳐 줌으로써 무지로부터 벗어날 수 있는 힘을 기르는 동시에 어머니와 딸의 연대가[30] 공고해질 수 있는 계기가 되는 것이다.

지금까지 살펴본 바에 따르면, 김승희는 기존의 모성성에 입각해서 바라보았던 여성, 존재로서의 어머니에 대해 그의 시에서 재조명한다.

---

29 아드리엔느 리치, 앞의 책, 292쪽.

30 어머니와 딸은, 동성의 가족구성원으로서 딸로 태어나 성장하고 어머니가 되기까지 그리고 다시 그녀의 딸과 함께, 한 가계 안에서 끊임없이 서로를 모방하고 거부하고 일체화하는 작업을 반복한다.…(중략)… 딸의 어머니와의 의존·고착 공생 관계는 여아 혼자서 그렇게 느끼는 것이 아니라, 어머니들 자신도 그렇게 느낀다는 점에서, 고착관계는 더욱 단단해진다. 어머니들은 딸들을 자신과 같은 존재로 동일시하려는 경향이 있다. 이러한 동일시를 통해, '여아'에 대해서 거리감을 느끼지 않는 것도 큰 이유이겠지만 어머니 자신과 같은 성장과정을 거친 딸을 통한 대리체험과 대리만족 때문에 어머니-딸 간의 대상관계는 복잡 미묘하게 얽혀있는 것이다. 박선경, 「어머니의 딸, 딸의 어머니, 그 대물림―30년대, '탁류'에 휘말린 모성성」, 『한국문학과 모성성』, 태학사, 1998, 139~141쪽 참조.

그는 현대의 여성들이 모성과 여성성 사이에서 가치충돌의 과정을 겪는 것에 주목하면서, 가부장적 이데올로기가 제시하는 여성 또는 '모성의 틀'에 갇혀 자신의 주체적인 삶을 포기해야 하는 상황을 폭로하고 경계한다. 한편 김승희는 특히 여성존재의 의미이자 연결고리라 할 수 있는 '배꼽'에서 어머니가 지닌 모성성과 여성성의 의미를 짚어보고 있다. '배꼽'을 통해서 어머니는 딸의 의식 속에 당당한 주체로 살아 있음을 발견하면서 모녀간의 주체가 되지 못했던 어머니－딸의 연대의식의 필요성을 피력한다. 또한 김승희는 그러한 현실에 적극 맞서 여성들도 주도적인 삶을 살아야 함을 강조하고 있다.

## 2. 여성성의 회복과 저항의식

여성이 생물학적으로 남성에 비해 보살핌의 성향이 강한다는 증거는 없으며, 오히려 그러한 여성의 성향은 사회문화적인 차원에 의해 결정된다고 할 수 있다. 그간 남성중심이데올로기는 여성성에 대하여 생래적 특성이라는 점에서 모성성을 강조하고, 여성은 보살핌의 성향이 강한 존재라고 인식하도록 조장해 왔기 때문이다. 이것은 출산이나 양육문제를 여성 억압이나 통제의 기제로 이용하려는 남성의 지배이데올로기가 만들어낸 부정적인 결과의 산물이다. 이로서 여성의 존재는 타자성으로 규정되고, 주체와 타자의 이분법 및 여성이라는 범주에 묶어둠으로써 여성은 소외되는 것이다. 이런 점에서 여성을 보살핌 혹은 여성성을 보살핌의 의미 차원으로 규정한다는 것은 많은 문제점을 가진 것으로서 여성들의 극복 대상이 되는 것은 자명하다.

## 1) 언어억압체계의 비판

오늘날 남녀평등의 시대가 도래하고 여성들의 권한이 커졌다고는 하지만 남성들 위주로, 남성중심적 요소가 팽배한 제도가 단숨에 무너지지 않을 것이다. 목소리 높여 여성의 평등을 주장하는 가운데 여성들은 오히려 일상에서 겪는 불안과 고통에 대해서 더 말할 수 없는 처지에 내몰리고 있다. 세계의 대부분의 여성들은 약자로 살아가며 여전히 차별을 받고 제 목소리를 제대로 내지 못하는 시대를 살고 있는 것이다.

한편 김성례는 기존의 남성언어와 다른 <여자로 말하기> 방식을 규명[31]하고 있는데 여성이 자신의 존재와 경험을 표현하는 모든 언술 행위를 여성의 자기 진술이라는 포괄적인 개념으로 본다. 예컨대 시, 소설 등 공식화된 표현 양식뿐만 아니라 수다, 침묵, 망설임, 반복이나 강조, 은폐, 방언, 변명과 같은 말하기 방식과 더불어 '악쓰기'나 주기적인 울음 행위와 같이 말로 구체화되기 이전의 소리도 여성이 자신을 표현하는 언어적 기법에 포함시키고 있다. 이러한 다양한 자기 진술의 양식들은 여성이 가부장적이고 남성 중심적인 지배질서 안에서 받는 억압에 대하여 적응하고 인식하며, 또 저항하는 전략들이라고 할 수 있다. 그러고 보면 김승희 시에서도 틀어 막힌 입에서 간신히 비어져 나오는, 채 언어가 되지 못한 것들이 심심찮게 발견된다. 이를테면 말줄임표나 묵음, 딸꾹질, 기침과 에코의 메아리 등의 방식으로 그간 자기 목소리를 제대로 내지 못한 여성들의 처지와 궤를 같이 하고 있다.

나는 소리나지 않는 무성음이거나
(가령 Cake의 e나 knife의 k는 발음되지 않는다)

---

31  김성례, 앞의 글, 116쪽.

단상에 오르지도 못하는
힘 없는 무소속 국회의원처럼
삶에서 지워진 삶의 길을 걷고 있다

…(중략)…

나는 모음동화 속의 한 모음이거나
자음접변이 일어날 때의 한 자음처럼
(가령 자음접변의 경우 국물→궁물, 밥말이→밤말이로 자음의 소
리값이 변한다)
내 형체를 잃고 어느 사이 녹아버린다
소리 없이 흐느끼는 소리값들의 고통이
내 머리칼 위에
방사능 낙진 같은
죽음의 재를 하얗게 쌓고 있다

— 「無生代에 속한 사람」『미완성을 위한 연가』 부분

「無生代에 속한 사람」에서 시적화자는 기존의 제도나 틀 속에서 자신의 존재가 지워져 버리거나 묻혀버린 채 무의미해진 양상을 폭로한다. 마치 'Cake의 e나 knife의 k'의 경우, 철자 상으로는 표기되나 발음되지 않는 묵음(默音, Silent letter)처럼 존재의 가치를 인정받지 못함을 '단상에 오르지도 못하는/힘없는 무소속 국회의원'에 빗대어 '삶에서 지워진 삶의 길을 걷고 있다'고 묘사한다.

또한 '국물→궁물, 밥말이→밤말이' 등의 구체적인 예를 들어서 음운현상으로 인해 본래의 소리 값이 변한 것을 가리켜, 자음 자신의 '형체를 잃고 어느 사이 녹아버'리는 것에 빗대었다. 그리고 본래 갖고 있던 자음의 음가를 상실한 것을 '소리 없이 흐느끼는 소리값들의 고통'으로 의인화하고 있으며, 그로 인한 상실감을 시적화자의 머리칼 위에 하얗

게 쌓이는 '방사능 낙진 같은/죽음의 재'에 비유하고 있다. 그것은 언어가 제 기능을 다하지 못하여 자신의 존재 가치를 상실한다면, 생명체가 죽음을 맞이하는 것과 흡사한 상황임을 암시하는 것이다.

그가 말한다
제발 나에게 가까이 오지 말아!
그녀는 말한다
가까이 오세요!

나르키서스는 자기 말을 할 줄 아는 남자
에코는 그의 말을 (잘못) 따라하는 여자
        ―「사랑3―고엽제 이야기」『빗자루를 타고 달리는 웃음』부분

오비디우스의 『변신담 Metamorphoses』에서[32] 에코는 헤라 여신에게 계속 이야기를 시킴으로써, 남편 제우스가 바람피우는 것을 염탐하지 못하도록 방해했다는 이유로 헤라의 노여움을 산다. 그 벌로 에코는 남의 끝말을 되풀이하는 것 말고는 말하는 능력을 완전히 빼앗긴다. 사랑은 언어를 매개로 한 소통이 전제되어야 한다. 그럼에도 자신의 말을 하지 못하고 남의 말을 흉내나 내는 운명에 처한 에코와 자아도취에 빠진 남성 즉, 자신의 말만 하려고 드는 나르키소스의 관계는 어긋날 수밖에 없다. 「사랑3」은 그리스 신화를 모티프로 하여 나르키소스와 에코 간의 소통되지 않는 사랑 이야기에 기반하고 있다.

한편 「사랑3」에는 남성 중심적인 제도 속에서 '자기 말을 할 줄 아는

---

**32** 오비디우스의 『변신담 Metamorphoses』에 의하면 에코는 나르키소스를 사랑하지만, 나르키소스는 물에 비친 자신의 모습을 사랑한다. 이룰 수 없는 사랑에 절망한 에코는 차츰 쇠약해져, 마지막에는 목소리밖에 남지 않게 된다. 오비디우스, 이윤기 옮김, 『변신이야기 1』, 민음사, 1998, 129~138쪽 참조.

남자'와 '그의 말을 (잘못) 따라 하는 여자'가 등장한다. 타인의 말만 그대로 따라 해야만 했던 신화 속의 에코와는 다르게 시 속의 에코는 잘못 따라 하는 한이 있더라도 자신의 의지를 담은 말을 하려고 애쓴다. 그러나 그러한 에코의 말이 나르키소스의 귀에 들릴 가능성은 추호도 없다. 의사소통이 불가능한 대화는 서로에게 갑갑함만 안겨줄 뿐, 무의미한 일에 불과하다. '제발 나에게 가까이 오지 말'라는 거부인데도 불구하고 나르키소스에 대한 에코의 대응은 '가까이 오세요!'로서 어긋난 사랑의 감정이 어긋난 대화로 이어지고 있다. '자기 말을 할 줄 안다'는 것은 곧 주체적인 사고방식을 지녔다는 것을 뜻하며 제대로 사랑하기 위해서도 필수불가결한 요소가 아닐 수 없다. 반면 일방적 약자의 쪽에 선 에코의 경우는 미완의 언어소통으로 인해 사랑을 이루지 못하는 안타까운 상황만 지속될 것이다.

저 여자는 말을 못하지
기침밖에 못하는 여자
여자의 말은 모두 기침으로 환원되고
어떤 말도 말로 번역되지 않고
모든 말은 기침으로 번역되는 어떤 회의會議 석상

…(중략)…

기침은 그녀의 정체성
치료받기를 거부하는 그녀의 정체성
기침이 땅 위로 분출한 뒤
한번 분출한 뒤
얼굴은 땅 속에서 요동치고 있는 용암 태동의 예감으로
웃는 듯 우는 듯 수배당한 얼굴

　　　　　－「기침하는 여자」『빗자루를 타고 달리는 웃음』 부분

엘렌 식수에 의하면, 모든 여성이 구두(口頭)로 언어에 도달하기까지 가슴은 터질 듯이 쿵쿵거리고, 때로는 땅이 꺼지고, 혀가 사라지는 언어의 상실 속에 추락하는 등 고통을 겪는다고 지적한다. "공적인 자리에서 말한다는 것―심지어 입을 연다는 것―은 여성에게 그토록 무모한 것이고 위반의 행위"에 해당되는 것이며, 정작 여성의 발화는 남성의 귀에는 가닿지 못한다.33 언어 속에서 오로지 남성으로 말하는 것만이 유효하기 때문에 여성적 글쓰기의 필요성을 간과해서는 안된다고 역설한다. 이렇듯 억압체제에 저항하는 하위주체34로서의 「사랑3」에 등장하는 에코는, 기침으로 인해 자신의 의지와는 무관하게 말을 제지당하는 처지의 「기침하는 여자」 속의 여성과 닮았다.

어떤 회의(會議) 석상에서 여자의 말은 온전한 언어가 되지 못한 채 기침의 형식으로 표출된다. 회의 석상 자체가 상/하 혹은 지배/피지배라는 명백한 권력관계가 조성된 자리이다. 그 속에서 직급이 낮을 것이라 예상되는 여자의 경우, 피지배자적 위치에서 자신의 목소리를 낼 자격이 그만큼 제한됨은 자명한 일이다. 이러한 권력관계는 완고한 것이므로 '여자의 말은 모두 기침으로 환원'될 뿐만 아니라 기침은 그녀의 '정체성'이 되어버린다. 조직 속에서 자신의 발언에 대한 자격이 박탈되었을 때, 여인의 기침(말)은 온전한 의사소통의 도구가 되지 못하고 어눌하고 비언어적인 음향의 효과에 지나지 않게 된다. 딸꾹질 또한 제도적으로나 권력의 억압으로 인해 목소리를 대신하는 증상의 하나로

---

**33** 엘렌 식수, 앞의 책, 20쪽.

**34** 스피박의 '서발턴'은 하위주체로 해석되는데, 지배계층의 헤게모니에 종속되거나 접근을 부인당한 그룹을 의미한다. 여기에는 노동자, 농민, 여성, 피식민지인 등의 주변부적 부류가 속하며, 서발턴이란 용어가 단일하고 고정된 의미의 맥락에 한정되지 않고, 상황에 따라 달리 해석될 수 있다는 점에서 포괄적이고 자유롭다는 장점을 지닌다. 박종성, 『탈식민주의에 대한 성찰』, 살림, 2006, 61쪽.

작용한다고 할 수 있다.

> 으르렁 말과 가르룽 말 사이
> 나의 시는 딸꾹거린다.
> 이 딸꾹질로 세상을 어떻게 해볼 수
> 있으리라고는 생각지 않지만
> 이 고통의, 딸꾹질,
> 이 생리의, 참을 수 없는 딸꾹질이
> 보다 정직하다는 것을 난 느끼고 있다.
> 딸꾹 딸꾹
> 그것은 병든 뻐꾸기의 실패한 노래
> 같지만,
> 이 딸꾹질로, 난 다만 홀로 완결되어
> 가려는 이 시대의 문장이 홀로 완결되는 것을
> 잠시 방해할 수는 있다는 생각이다.
>
> 딸꾹 딸꾹,
> 그것은 병든 뻐꾸기의 실패한 노래가 아니라
> 딸꾹 딸꾹,
> 이 시대의 뻐꾸기는 그렇게 운다.
>
> ― 「딸꾹질」 『어떻게 밖으로 나갈까』 부분

'딸꾹질'은 '횡경막의 경련으로 들이쉬는 숨이 방해를 받아 이상한 소리를 내는 증세'이다. 위의 시에서는 자기 의지와 무관하게 딸꾹질을 해대는 시적화자는 바로 자신의 목소리를 내지 못하는 억압된 자아 상태를 보여주는 것이다. '으르렁 말과 가르룽 말'은 어떤 힘 있는 자가 내지르는 일종의 포효 같은 것을 의미하는데, 그 사이에서 시적화자의 '시'는 힘없이 딸꾹거릴 뿐이다. 이 딸꾹질은 참기 힘든 고통을 유발하는 생리적 현상이지만, 권력자들의 겁박하는 말이나 헛소리에 비하여 정직하다. 또한 시적화자의 시는 '홀로 완결되어 가려는 이 시대의 문장이 홀로 완결되는 것을 잠시 방해할' 능력과 자격이 있으므로, 단순히 '병든 뻐꾸기의 실패한 노래'가 아니다. 부연하면 시인의 딸꾹질이 일종의 파시즘에 대한 항거로서, 남성중심적 이데올로기로부터 억압받는 여성의 권리에 대해 전폭적 저항에는 미치지 못할 것이다. 그럴지라도 힘 있는 것들이 무자비하게 완력을 행사하는 것을 최소한 지연시키거나 훼방을 놓는 정도는 가능하기 때문이다.

## 2) 아니무스의 발현과 주체의식

여성 주체는 여성으로서 주어진 정체성을 그대로 갖고 있는 주체를 말한다. 반면 여성주의적 주체는 페미니스트적 주체, 여성주의자로서 의식화된 주체이다. 그렇지만 여성 주체가 곧바로 여성주의적 주체는 아니기 때문에, 여성 주체에서 여성주의적 주체로의 전환이 필요하다.[35] 기성이데올로기로 포장된 온화하고 정제된 여성의 감성 대신 불의한 권위로 여성의 정체성을 검열하는 현실을 향해 분노의 에너지를 표출할 수 있어야 한다. 지금의 가부장제가 여성을 이상화하는 방식 가운데 하나가 모성을 강조하는 것이다. 우리 사회에서 모성이 단순히 임신이나 출산, 수유 등에 한정되는 생물학적 특성으로 간주되거나, 가부장적인 이데올로기를 수호하는 보수 담론의 수단으로 활용되었던 것이 사실이다. 따라서 모성 혹은 어머니의 의미가 가정 내적 차원으로만 한정된 것이 아니라 다양한 사회 · 역사적인 조건이나 제도, 혹은 이데

---

**35** 심진경, 「오정희 초기소설에 나타난 모성성 연구」, 『한국문학과 모성성』, 태학사, 1998, 226~227쪽.

올로기 등과의 관계에 의해 규정되었던 것으로 파악할 수 있다. 여성에게 있어 모성이 본능적이라고 주입시키는 것은 남성 중심 체제를 유지하는 중요한 기제가 된다. 그러므로 우리는 여성이 어머니가 되는 것 자체가 아니라 그 체험이 어떻게 활용되는가를 문제 삼아야 한다.

> 나는 스물세살에 미국유학을 가려고 했는데
> 어머니 때문에, 아버지 때문에, 동생들 때문에 가지 못했지
> 그리고 서른세살엔 인도여행을 가게 되었는데
> 완고한 남편과 갓난둥이 자식 때문에
> 성당이 보이는 제2한강교 다리 위에서
> 서류와 여권을 찢어서 버렸다,
> 때문에 때문에 때문에가
> 언제나 있었고
>
> …(중략)…
>
> 나는 늘상 날개쭉지 상처로 불행하였고
> 나는 늘상 피해망상으로 우울하였지
>
> 그러나 그 <때문에> 속에 숨은 오묘한
> 이치를 터득하였기 때문에
> 나의 불행은 갑자기 우회전을 하였기 때문에
> 나는 갑자기 편안해졌으며
> <때문에> 속은 숨은 오묘한 법요
> 때문에
> 나는 그저 전신마비로 심신이 편해질 수 있었다
>
> 　　　　　　－「때문에 왕국」『미완성을 위한 연가』부분

「때문에 왕국」에서 시적화자는 꿈꾸던 미국유학을 스물세 살에 포

기한 경험을 진솔하게 토로하고 있다. 또한 서른세 살에 계획했던 인도 여행도 '완고한 남편과 갓난둥이 자식' 때문에 포기하고는 '제2한강교 다리 위에서/서류와 여권'을 찢어 버렸다. 여성은, 특히 기혼여성의 경우 가정주부라는 역할과 모성애의 강요로 인해 여성으로서의 개인적 욕망의 실현은 무참하게 꺾여버린다. 이처럼 '모성과 야망'이라는 두 개의 절실하고도 양립 불가능한 오래된 충동 사이에서 분열된 여성들은 남성들에게서 새로운 타협을 강요받는다. 자녀의 출산 여부, 양육조건과 이른바 훌륭한 양육이라는 것의 기준을 결정하는 것은 남성이고 여성은 다만 이러한 조건과 기준 하에서 하찮은 일이 되어버린 모성을 수행할 뿐이다. 여성이 영아육아의 필요와 어머니의 야망 사이에서 실현 가능한 타협을 이루어내기란 거의 불가능에 가까운 일이다.

위 시는 '그러나'로 연결되면서, '<때문에> 속에 숨은 오묘한 이치를 터득하였기 때문'에 겉으로는 평정을 되찾은 것처럼 보일 수 있다. 그렇지만 '그저 전신마비로 심신이 편해질 수 있었'던 것이므로, 포기로 인한 긍정적 효과를 창출하는 일은 실패에 그치고 만다. '때문에'로 비롯된 포기 또는 체념은 여성이 감내해야 할 부당함 내지는 억압된 삶에 따른 절망과 불행이 초래한 우울함을 해소하기는커녕 시적화자에게 무기력감만 안겨준 셈이다.

"모성으로 환원된 여성의 정체성에 대한 직접적인 도전은 여성노동에 대한 사회적 수요가 증가하게 되는 경제구조의 변화와 맞물려"[36] 나

---

[36] '모성과 야망'은 대립적인 힘이기는커녕 서로 분리될 수 없는 방식으로 연결되어 있다. 하지만 현대 삶의 상황들은 그 연결을 덮어 감추는 경향이 있다. 일, 지위, 그리고 자원 방어가 아이 기르기와 별도의 영역에서 일어나기 때문이다. 이제는 양립 불가능한 두 개의 절실하고도 오래된 충동 사이에서 분열된 여성들은 새로운 타협을 강요받는다. 영아의 필요와 어머니의 야망 사이에서 실현 가능한 타협을 만들어 내기 위해서는 상당한 천재성, 자기에 대한 이해, 그리고 상식이 필요하

타남으로써 여성들의 새로운 갈등이 시작되었다. 실제로 사회적 일꾼으로서의 여성은 모성으로 인한 부담뿐만 아니라 일에서도 성공, 자녀 교육에서도 성공이라는 소위 '슈퍼우먼'의 역할을 요구받게 된 것이다. 이러한 슈퍼우먼 이데올로기는 결과적으로 직장일과 가정일의 이중고에 시달리는 여성을 탄생시켰다. 여성으로서 맡은 일뿐만 아니라 모든 일에서도 완벽함을 강요하는 새로운 부담으로 작용하게 된 것이 소위 슈퍼우먼 신드롬(Superwoman Syndrome)이다. 「마담 X를 위한 발라드」에는 단지 여성이라는 이유로 감당해야 하는 현실의 중압감이 잘 드러나 있다.

> 서사시가 될 수 없는 사람들이 있네
> 서정시가 될 수 없는 여인들도 있네
> 모노그람 같은 생활의 표지만 한 장 있는
> 책처럼
> 한결같이 단조롭고 지루하면서도
> 한없이 뒤적거려 너덜거리는
> 독백시와도 같이 긴 이야기
>
> …(중략)…
>
> 그녀는 거품기 속에 두 손을 넣고
> 더럽혀진 식기들을 말끔히 닦아놓지,
> 그녀의 앙상한 머리카락은
> 마치 회색 재와도 같이 연기처럼 창백하고
> 시간의 선이 돌 속의 금처럼
> 햇빛 아래 자잘히 드러나면

---

다. 고도로 경쟁적이며 요구 사항이 많은 분야에는 특히 더 그렇다. 세라 블래퍼 허디, 앞의 책, 193~194쪽.

그녀는 가죽가면 같은 슬픔의 얼굴을
뒤집어쓰고
먼지털이로 온집안의 먼지들을 결사적으로
내몰고 있지,
말해다오 먼지는 어디서부터 시작되는지를
말해다오
먼지와 싸우는 먼지 같은 이 싸움은 언제
그칠 것인지를

─「마담 X를 위한 발라드」『미완성을 위한 연가』부분

지금까지 사회적으로 구성된 여성적 가치나 여성적 측면들에 대해
자칫 긍정적으로만 보게 되는 위험성을 염두에 둘 필요성이 있다. 페르
조나는 인간이 사회의 인습과 전통의 요청과 그 자신의 내적 원형의 요
구에 부응해서 채택하는 일종의 가면이다. 이것은 사회가 자신에게 부
과하는 역할이며, 사회가 인간에게 생활에서 담당하기를 바라는 배역
인 셈이다. 그런데 「마담 X를 위한 발라드」에는 바로 영원히 끝나지
않을 '먼지와 싸우는 먼지 같은 싸움'에서 '가죽가면'으로 대체되는 시
적화자가 등장한다. 가사노동은 한결같이 '단조롭고 지루한' 일이며 한
없이 뒤적거려 너덜거리는 '독백시처럼 긴 이야기'로 비유된다. 이처럼
가사노동은 신화 속 '시지포스'가 언덕 아래로 굴러 떨어진 바위를 끊
임없이 굴려 올려야 하는, 무의미한 무한 반복을 필요로 하는 일이며,
따라서 절망적이기까지 하다.

전업주부이든 경제활동과 주부역할을 병행하는 여성이든 간에 이러
한 가사노동으로 채워지는 일상은 '승부 없는 싸움'의 연속이다. 그럼
에도 가사노동에는 결사적으로 임해야 하는 여성들의 책무가 따른다.
위 시에서는 '가죽가면'을 쓴 여성의 얼굴을 통해서 슬픔의 감각조차

무뎌진 채 일상성에 길들여져 살아갈 수밖에 없는 무기력한 여성성의
페르조나를 드러내어 보여준다.

스치면서 그녀의 얼굴을 흘깃 들여다본다
백합처럼 하얗게 굳은 얼굴,
왼쪽 콧구멍에서 붉은 피가 줄줄 흘러내리고 있다

…(중략)…

붉은 신호등이 푸른 신호등으로 바뀌고
급히 전진을 해야 할 시간이 왔다
모든 인연을 끊고 질주해 나가야 할 이 진군의 시간
얼핏 스치며 나는 움직이지 않는 그녀를 이상하게 바라본다
그녀의 차는 움직이지 않는다
뒷차들은 빵빵 경적을 울려대며
일 분 일 초에 일생을 건 사람들처럼 미친 늑대의 소리를 내지른다

…(중략)…

그녀도 집에 닦지 못한 식기를 한아름 싱크대 위에
버려두고 도망치듯 나온 여자였을까,
강의 준비를 못하여 발을 동동 구르며
아홉시 수업에 늦지 않게 당도하려고
미친 듯 페달을 밟던 여자였을까,
더 이상 경쟁력이 없다는 말을 그저께 들었던,
시부모로부터 네가 인간이냐는 말을 어제께 들었던,
친정 어머니로부터 전세 값이 올랐는데
이사 날짜는 다가오고 어쩌면 좋으냐는 말을
아침에 들었던
그 여자였을까,

당신의 사랑은 거기서 더 기어갈 수가 없었을까

　　　　　　－「사랑 11」『빗자루를 타고 달리는 웃음』부분

　「사랑 11」에는 아침 출근길에서 마주친 한 여성운전자를 통해 시적
화자, 즉 여성에게 부과된 노동과 일상의 무게가 얼마나 과중한지 드러
내고 있다. 시적화자는 교통신호가 바뀌고 급하게 전진해야 할 상황에
서 운전 중 '백합처럼 하얗게 굳은 얼굴'로 코피를 흘리며 숨을 멈춘 한
여인의 모습을 통해 자신의 처지를 돌아본다. 그녀는 아침 설거지를 미
처 하지 못한 채 '도망치듯' 서둘러 출근길에 나선 것이고, 강의준비가
미처 안 되어 조급해하며 정해진 수업시간을 맞추기 위해 '미친 듯 페
달을 밟'고 오던 중이었다. 이뿐만 아니라 여성은 결혼이라는 제도를
통해 형성된 '시집－시어머니'와 '친정'이라는 관계 속에서 심리적 압박
과 스트레스로부터 결코 자유로울 수 없다. 그러므로 시적화자는 여성
에게 가사노동은 기본이고 당연한 몫으로 치부하며 사회적인 성공까
지 요구하는 이 현실에서 살아남아 '당신의 사랑은 거기서 더 기어갈
수가 없었을까'라는 안타까운 질문을 던지고 있다.

　　황혼이면
　　밥상을 부수고 어디론가 떠나가고 싶다던
　　한 여류작가가
　　생각나지,
　　언제부턴가 하루하루란 사는 것이 아니었고
　　힘껏 견뎌야만 하는
　　무엇이었지,

　　…(중략)…

나는
더 이상 산이 안보이는
그런 산 위에 서 있고 싶다.

가라, 가서
루마니아 폴카를
피가 절이도록 루마니아 폴카를
추며 잊으며 돌아오지 말까,
음악이 공범이 될 때까지
춤이 정사가 될 때까지

나는 더 이상
절벽이 안 보이는 그런 절벽 위에
춤추는 사람의 마음을 생각하며
오래 서 있었다,
춤을 추지는 않고
별빛이 내내 뼈에 시릴 때까지

　　　　　　　－「황혼이면」『미완성을 위한 연가』부분

　「황혼이면」에서 시적화자가 '황혼이면/밥상을 부수고 어디론가 떠나가고 싶다던/한 여류작가'를 떠올리는 장면에서 자주적인 여성상을 얼마나 소망하고 있는지 가늠할 수 있다. 주부 입장에서 가부장제의 틀에 갇혀 자신을 희생해야 하는 일상의 굴레를 '밥상'에 비유한 레토릭은 탁월하다. 일상의 고단함과 피로감으로 인해 현실도피에 대한 절박한 심정이 '언제부턴가 하루하루란 사는 것이 아니었고/힘껏 견뎌야만 하는/무엇'으로 여실히 드러난다.

　여성을 속박하고 여성 위에서 군림하려고 하는 남성적 이데올로기로부터 벗어난 자리가 '더 이상 산이 안 보이는' 곳일 터이다. 따라서 여성 스스로가 주인이 되어 우뚝 설 수 있는 '그런 산' 위에 서 있고 싶은 시적화자의 바람을 표출한다. 그런데 그와 마찬가지로 '절벽'은 여성의 욕망을 구렁텅이로 떠밀어 버릴 위험천만한 곳임도 간과할 수 없다. 그럼에도 시적화자는 '더 이상 절벽이 안 보이는' 곳으로부터 여성 본연의 욕망과 의지를 불사를 수 있는 '그런 절벽 위에' 서 있었다는 것이다. 루마니아 폴카를 추는 사람의 마음을 생각하며 '오래 서 있었다'는 구절을 연행 걸림 처리함으로써 긴장감을 조성하고 시적 분위기를 증폭시키는 효과를 얻고 있다.

한편 '음악이 공범이 될 때까지/ 춤이 정사가 될 때까지', '피가 절이도록 춤을 추며 돌아오지 말까'를 고민하는 시적화자의 모습에서 '분홍신'의 주인공인 카렌을 떠올리게 한다. 한번 신은 분홍신은 벗을 수 없거니와 죽을 때까지 춤을 멈추지 않게 하는 징벌이 기다리고 있었던 것이다. 카렌이 발목 절단을 감수하고서야 마침내 춤을 그칠 수 있었다는 이야기이다. 이를 통해서 '분홍신'은 곧 그 시대가 내린 금기이자 금욕의 상징이며 그것을 어기고 욕망을 탐한 대가는 참혹하다는 것을 적나라하게 보여준다.

그런데 시적화자는 '춤'을 추는 대신, 춤추는 사람의 마음을 생각하며 '별빛이 내내 뼈에 시릴 때까지' 절벽 위의 절박함을 견디겠다는 부분에서 어느 정도 자기 자신과 타협한 흔적을 발견할 수 있다. 왜냐하면 우리가 발 딛고 선 현실을 완전히 도외시하기란 불가능하고 또 비합리적인 처사이기 때문이다. 비록 죽음을 무릅쓰고서 욕망에 뛰어들지는 못하지만 여성적인 나약함을 버리고 당당하게, 깊은 고뇌와 사색을 통해 자신의 욕망에 충실하겠다는 시적화자의 각오와 다짐이 잘 드러나 있다.

껍데기가 무거워
껍데기가 무거워
껍데기가 무거워
몸 밖으로 못 나오는 사람

…(중략)…

너 이 세상에 왜 왔니?
외과로 갈 생각 하지 말고
내과로 가서
네 속의 밝음 같은 진주를 기르럼.
안으로 안으로 너를 열어서

상처의 한복판
하얀 진주 같은
피범벅 눈물범벅 붉의 탄생을 기르럼.

　　　　　—「이런 사람이 살고 있다」『어떻게 밖으로 나갈까』부분

　위 시에서 '껍데기'는 주체적인 의식을 가지고 살아가려는 여성의 의지를 가로막는 아주 단단한 사회적, 남성 중심적 이데올로기를 비유한 것이다. '껍데기'를 경계로 안팎의 두 세계는 확연히 구분된다. 즉 껍데기 안에는 안주함으로써 얻어지는 안정과 평화가 있고, 껍데기 밖은 낯선 세계에 대한 두려움과 불안감으로 가득하다. 껍데기 안에 갇힌 여성으로서의 삶은 무거움—중압감을 견뎌야 하는 것이지만, 껍데기 밖 여성으로서의 삶 또한 무서움—공포이며 두려움의 대상일 수밖에 없다.

　그런데 시적화자는 이러한 '껍데기'에 갇힌 이들에게 무작정의 벗어남보다는 자신의 내면을 돌아보고, 그 안에서 고착화된 당연함과 부당함에 당당히 맞서는 저항의 힘을 키우라고 독려한다. 껍데기가 의미하

는 것은 제도권의 압력이며 견고한 사회의 구조체제이다. 시적화자가 주목하는 진주는 바로 '상처의 한복판'에서 '피범벅 눈물범벅'으로 고통을 견뎌낸 순결함의 결정체이다. 껍데기가 품은 진주야말로 상처 입은 사람들을 위해 눈부시게 순수한 '붉', 즉 '밝음'의 탄생을 품고 있기 때문이다.

> 지연된 꿈, 지연된 사랑
> 유보된 인생
> 이 모든 것은 아프다는 이름으로 용서되고
> 그녀는 아픔의 최면술을
> 항상 자신에게 걸고 있네.
>
> …(중략)…
>
> 삶을 피하기 위해서
> 삶을 피하는 자신을 용서해 주기 위해서
> 살지 못했던 삶에 대한 하나의 변명을
> 마련하기 위해서
> 꿈의 상실에 대한 알리바이를 주장하기 위해서!
>
> 그녀는 늘 어딘가가 아프다네.
> 이런데가 저런데가
> 늘 그저 그런 어떤 곳이.
>
> ― 「객석에 앉은 여자」『달걀 속의 생(生)』부분

'무대'는 주인공을 비롯한 등장인물들이 살아 움직이는 공간이다. 반면에 '객석'은 '무대'에서 움직이는 인물들을 바라보는 자리이다. 「객석에 앉은 여자」의 그녀가 무대 위 대신 객석을 선택한 것은 자신의 주체적인 삶을 포기하고 피동적인 삶을 살겠다는 것을 의미한다. 그녀는 일부러 몸속에 병을 기르고 '아픔의 최면술'을 걸어서 적극적인 '삶을 피하기 위'한 자신을 변호하기에 급급하다. 또한 그녀는 차라리 몸이 아픈 것을 택하고자 하는데 그러한 태도는 '꿈의 상실에 대한 알리바이를 주장'을 하기 위함이다.

"몸을 대상화하고 기호화하며 몸을 밀어내는 존재들로 인해 고통을 몸속에 가둘 수밖에 없는 몸의 고통"이 수반되는데, 이를 가리켜 일레인 스캐리(Elaine Scarry)는 이때의 몸의 고통을 '보이지 않는 지리학'이라고 명명하였다. "고통은 언어를 파괴하고, 고통을 표현하고 싶은 '나'를 심문한다. 고통은 '사람들 사이'에 있지 않고 몸속에 있다."[37]는 것이다. 자신의 몸이 느끼는 고통의 증상과 원인을 파헤치기 위해 천착하고, 스스로 견뎌내려는 의지가 필요하다. 그렇지만 「객석에 앉은 여자」는 몸이 느끼는 '고통'에 자기를 기탁한 채 주체적인 삶을 살지 못하는 한 여인에 대한 애석함과 비판을 담은 시라고 분석할 수 있다.

> 세상의 모든 남자들은
> 지하실 벽을 두드리는 듯한
> 검은 고양이 울음소리를 조금씩 두려워하지,
> 모든 집 속엔
> 아내를 매장한 지하서랍이 있고
> 그 속에서 잠든 듯이 순교하며 살아가는
> 하얀 얼굴의 착한 여자들,

---

37  일레인 스캐리(Elaine Scarry)는 몸의 고통을 '보이지 않는 지리학'이라고 부른다. 갇힌 몸의 고통은 몸속에서 언어를 입지 못하고 신음한다. 신음하는 몸은 몸을 소유한 고문자들을 기쁘게 생각한다. 몸은 결핍을 보상할 길을 차단당한 채 구석에서 슬프게도 흐느낀다. 공유될 수 없는 고통은 각각의 몸 안에서 울부짖는다. 김혜순, 「여성의 몸」, 『여성이 글을 쓴다는 것은』, 문학동네, 2002, 202~204쪽 참조.

잠 속에서 나는 가끔씩 아주 무시무시한
방뇨를 하네,
방뇨의 홍수 앞에
지하묘지의 탑들은 모두 무너지고
금단의 벽들이 행복하게 수몰될 때
나는 금색찬란한 행복을 느끼고
시든 입술로 다시 잠드네,

축축한 스폰지 요는 나의 뗏목,
나는 파도처럼 솟구치는 뗏목을 타고
꿈으로 가는 여권을 힘껏 흔들면서
바다로 나가지,
백경을 잡으려고……
죽어도 잊지 못할 첫사랑 같은
아아 하얀 백경을 잡으려고

　　　　　　　－「야뇨중의 여자」『미완성을 위한 연가』부분


　「야뇨증의 여인」에서 시적화자는 무의식 — 즉 잠을 통해 이루어지
는 꿈속에서 '백경' 사냥을 간절히 바란다. 칼 융이 "꿈은 무의식 안에
있는 실제 상황을 상징적 형태로 그려낸 자발적인 자기 초상"[38]이라고
정의하였듯이, '꿈'과 '의식'은 보상적인 관계라는 측면에서 파악해 볼
수 있다. 즉 잠을 자면서 꿈을 꾸는 일은 시적화자가 유폐된 공간에서
정신적으로 벗어날 수 있는 방법 중 하나이며 무의식적인 자기의지를
표현하는 수단이 되는 것이다.
　「야뇨증의 여인」 속의 그녀는 야뇨증으로 수면 중 의도치 않게 방뇨
를 하여 부끄러운 흔적을 남긴다. 그런데 그녀는 꿈속에서 위압적인 방

---

38　민혜숙, 『융분석비평사전』, 동문선, 2000, 80쪽.

뇨 행위를 통해서, 현실 속에서는 불가능한 일을 획책한다. 즉 '지하묘지의 탑들'로 비유되는 무의미한 남성 이데올로기를 무너뜨릴 수 있기를 바라며, 가부장제라는 그 '금단의 벽들'을 함몰시켜 버림으로써 그녀는 '금색찬란한 행복'감을 얻을 수 있다.

이른바 '백경'은 '죽어도 잊지 못할 첫사랑 같은' 욕망의 대상이다. 따라서 시에서 '축축한 스폰지 요'의 뗏목을 타는 여인은 소설「모비 딕」에서 무모한 욕망을 좇는 선장 이스마엘[39]에 비견된다. 달리 보면 백경은 자유의지의 상징이자 일종의 시인의 내적 인격, 즉 아니무스의 표상이라고 할 수 있다.[40] 백경은 순결하면서도 강력한 힘을 지닌 대상의 상징물이다. 이 백경은 '꿈으로 가는 여권을 힘껏 흔들면서' 현실의 바다로 나가는 여인에게 희망과 용기를 불어넣는 역할을 수행한다. 즉 시적화자가 현실적 억압과 부조리로 가득한 남성적 이데올로기에 맞서 온몸으로 저항하며 주체적인 삶을 영위해 나갈 수 있을 것이란 기대를 심어주는 것이다.

　여자는 유리컵 속에 갇혀있는 공기포말들을
　들여다보며
　열리지 않는 문들을 사방에 느끼고 있네

---

**39** 멜빌의 소설 『모비 딕』의 주인공. '모비 딕(흰 고래)'의 흰색의 상징성을 설명할 때 작가 멜빌은 '모비 딕'의 흰색은 단순한 외형적 색깔이 아니라 색깔이 없는 것을 나타내기도 하고 동시에 모든 색깔이 결집된 것이기도 하다고 주장한다. 이는 순결함과 공포감 또는 선(善)과 악(惡)이 뒤섞여 있는 불가사의한 것의 표상으로 해석되기도 한다.

**40** 아니무스 상으로서 영웅은 의식된 개체의 대리인으로 행동하게 된다. 그는 주체가 해야 할 만한 것, 할 수 있는 것, 혹은 하고 싶은 것, 그러나 하지 않는 것을 행한다. 의식의 삶에서 일어날 수 있는데 실재로는 일어나지 않고 있는 것은 무의식 안에서 진행되며 그 때문에 투사된 형상들로 나타난다. 칼 융, 앞의 책, 239쪽.

가금이란 말을
여자는 생각하네,
감금이란 낱말도,
일상생활이란 유리로 된 마루와 같아서

…(중략)…

나는 세상에서 가장 절묘한 무희야,
유리바닥에서 전족을 한 발로 춤추고 생활하고 있거든,

…(중략)…

아침이 다가올 무렵까지
나는 백경을 꿈꾸고 있었네,
우리집 싱크대 위론 잠겨지지 않는 수도 꼭지가
하얀 해협의 물을 방류시키고 있었고

…(중략)…

여자의 고독속엔 어디에나
하얀 고래의 알들이 숨어있네,
다가오지는 않고, 비련과도 같이,
다만 잡아당기기만, 당기기만 하네

　　　　　　　　　－「백경을 잡으려고」『미완성을 위한 연가』부분

　「백경을 잡으려고」에 등장하는 여인은 유리컵에 갇힌 기포들을 들여다보면서, 유폐된 일상을 지시하는 '열리지 않는 문들'에 대한 갑갑증을 사방에서 느낀다. 그런 고독하고 우울한 일상을 벗어나고픈 심정에서 백경사냥을 꿈꾸는 것이다. 여인은 '가금'과 '감금'이란 낱말 자체가 보유한 유폐의 의미를 떠올려 본다. 또한 일상생활이 마치 "유리로 된 마루"처럼 위태로우며, 자신을 그 유리바닥 위에서 '전족을 한 발로 춤추고 생활하'는 모습으로 기괴하고 안쓰럽게 묘사한다.

싱크대 앞, 잠겨 지지 않는 수도꼭지가 마치 하얀 해협의 물을 방류하듯 흘러내리고, '품질이 나쁜 유리' 컵 속에는 하얀 기포들이 갇혀 있다. 이 '하얀 고독의 하얀 씨앗'을 '파도의 이랑마다' 파종하는 고독한 일상에서 벗어나고자 안간힘을 쓰는 여인의 심경이 그려진다. 「야뇨중의 여인」과 마찬가지로 「백경을 잡으려고」에서 '백경'은 여인의 아니무스이자 이상향으로 나아가고자 하는 의지를 담고 있다. 그러나 '백경'으로 표상되는 자유의 갈망 대신, 여인의 삶은 '일상'이라는 밧줄에 묶여 있다. 아무리 애를 써보아도 '다가오지 않'거니와 '다만 잡아당기기만, 당기기만'할 뿐 벗어날 수도 없다. 그러한 현실의 압박감이 시적 화자를 절망하게 만든 요인이다.

그런데 '여자의 고독 속엔 어디에나/하얀 고래의 알들이 숨어있네'라는 표현은 사실에 부합되지 않는다. 엄밀히 말하면 고래는 포유류로서 난생이 아니라 태생이기 때문이다. 그렇지만 시적화자는 '여자의 고독 속에 숨어 있'는 알이 내포한 삶에 대한 희망과 '달걀속의 生'에서처럼 고귀한생명을 품고 있음을 드러내기 위해 군이 '하얀 고래의 알'을 유추한 것으로 분석된다.

> 나대로 살고 싶다
> 나대로 살고 싶다
> 어린 시절 그것은 꿈이었는데
>
> 나대로 살 수밖에 없다
> 나대로 살 수밖에 없다

나이 드니 그것은 절망이구나

　　　　―「꿈과 상처」『어떻게 밖으로 나갈까』전문

　「꿈과 상처」에서 '나대로 살고 싶다'는 것은, 그 어떤 것에도 구애받지 않고, 자신의 의지에 따라 진정한 자아의 모습을 갖추고 살기를 소망한다는 뜻이다. 시적화자가 어린 시절에 그런 꿈을 꾸었으나, 현재의 모습은 다만 '나대로 살 수밖에 없'다는 절망감으로 가득 차 있다. 다소 자의적인 해석이 되겠지만, '대로'가 풍기는 뉘앙스는 자신의 의지에 따라 선택한 자유분방함인 반면, '답게'의 경우는 일정부분 제도나 지침에 의한 당위성인 요소가 내재한다. 따라서 세월의 흐름에 따라 '대로'의 자유의지는 소멸되고, '답게'의 책임의식만을 요구받게 되는 것이다.

　위 시는 '꿈 대 상처'와 '어린 시절 대 나이 든 지금의 모습'으로 이항 대립 구조를 띠고 있다. 「꿈과 상처」에는 '나대로 사는 것'이 더 이상 꿈이 아니고, 절망으로 다가올 수밖에 없는 불합리한 세상을 살아가는 인간의 실존적 고뇌가 투영되어 있다. 표면적으로는 당연한 듯이 영위되고 있는 일상에 대한 분노와 그런 문제적 상황 속에서 '나대로 사는 것'이 불가능함을 깨닫는 순간에 느끼는 좌절감은 온전히 시적화자의 몫이 된다.

　　　　액자 속의 가훈(家訓)처럼
　　　　평화롭게 의젓하게,
　　　　여자는 조용히 넋을 팔아 넘기고
　　　　남자들의 꿈으로 미화되어
　　　　도배되어
　　　　「가화만사성」(家和萬事成) 액자 하나로
　　　　조용히 표구되어

…(중략)…

그녀는 애매하다,
성녀와 마녀 사이
엄마만으로도
아내만으로도
표구될 수 없는, 정복될 수 없는,
저 영원한 회오리의 명화는,
여인에게 사랑은 벌같은 것이지만
그러나 여인은 사랑을 통해
여신이 되도록 벌받고 있는 거라고
그녀는 스스로 영원을 표구하면서
세상을 배경으로 거느리고
늠름하게 서 있지

─「성녀와 마녀 사이」『달걀 속의 생(生)』부분

아드리엔느 리치에 따르면, "우리 안에 어머니와 딸을 받아들이고 통합하며 강화시키는 것"은 쉬운 일이 아니라고 주장한다. 왜냐하면 가부장적인 태도 때문에 우리는 이러한 이미지를 분리하고 양극화시키며, 원하지 않는 모든 죄의식, 분노, 수치심, 힘, 자유를 다른 여성에게 투사하기 때문"[41]이라는 것이다. 위 시「성녀와 마녀 사이」에서 시적화자는 성녀와 마녀 사이를 오가며 어머니로서 또는 아내로서 짐 지워진 삶에 안주할 수 없다. 야누스의 얼굴처럼, 성녀와 마녀는 완전히 상반되면서도 한 여성이 지닌 동일한 속성이다. 사실상 '마녀'는 '현명한 여인'이라는 고대영어에서 유래한 용어로서 'Wicca'에 의해 여성성의 상징으로 사용되었다. 인간의 가장 근원적이고 위대한 어머니 원형에 근접한 존

---

**41** 아드리엔느 리치, 앞의 책, 290쪽.

재로서 성모마리아를 떠올리는 것은 자연스러운 일이다.

　반면에 카렌 호니에 따르면, "'어머니다움'은 성적 매력(요부)과 모성애(강력한 여신)으로부터 분리된 것이며 '양육, 이타심, 자기희생'이라는 형태로 받아들여질 수 있다. 그러므로 14세기에 성모 마리아는 다른 여성들이 마녀로 몰려 학대받고 화형당하는 와중에서도 숭배를 받을 수 있었던 것"[42]이라고 주장한다. 그런데 가부장적이고 남성 중심적인 가정 내에서 아이와 남편은 여성에게 마녀성을 버리고 성녀성만을 취하도록 강요하고 있다.

　한편 크리스테바는 성녀, 즉 "성모 마리아 숭배는 무원죄 잉태라는 동정녀 개념뿐 아니라, 신성한 의지에 대한 완벽한 복종을 통해 마리아가 신격화된다는 점 또한 가부장제의 요구에 맞게 변형되어온 것"[43]이라는 입장을 취한다. 이러한 동정녀의 숭배는 모성에게 가해지는 일종의 폭력이자 통제이며, 어머니의 분열을 초래할 수 있다. 동정녀는 남성 이데올로기가 만들어낸 상징적 어머니로서, '모성적 육체'와의 동일

---

**42** 아드리엔느 리치, 앞의 책, 140~141쪽.

**43** 크리스테바는 성모에 대한 '동정녀' 숭배를 서구 가부장제가 모성과 모자 관계의 불안한 양상을 은폐하기 위한 기제라고 본다. 동정녀라는 믿음 속에는 어머니가 오염되지 않은 여성이기를, 그래서 어머니를 경쟁자 없이 차지하고 싶은 아들의 심리가 내재되어 있다. 또한 성경에서 동정녀는 아버지의 이름, 즉 말씀으로 수태하는데, 이는 부성을 보장하고 모계사회의 잔재를 없애려는 한 방편이다. 결국 아버지의 이름이 부성과 상속을 보장하게 된다. 그러므로 동정녀 숭배는 모성에게 가해지는 일종의 폭력이자 통제이며, 어머니의 분열을 초래할 수 있다. 동정녀는 남성 이데올로기가 만들어낸 상징적 어머니로서, "모성적 육체"와의 동일화, 즉 어머니의 몸을 인정하고 하나가 되는 과정을 희생한 대가로 얻은 개념이다. 크리스테바가 주장하는 모성적 육체, 혹은 기호계적 코라(Chora)는 가부장제에서 악으로 변질된 용과 밤, 한때 여신의 일부였으나 동정녀 마리아가 밟아 억누르고 있는 용의 이미지로 단순화시켜 해석할 수 있다. 박정오, 「여성 신화와 새로운 상징질서 찾기」, 『페미니즘 – 차이와 사이』, 문학동네, 2011, 289~290쪽.

화, 즉 어머니의 몸을 인정하고 하나가 되는 과정을 희생한 대가로 얻은 개념이기 때문이다.

이처럼 시적화자가 처한 현실 또한 그런 성녀의 이미지를 요구하고 있다. <가화만사성(家和萬事成)>이라는 가부장적 구호에 맞춰 여성 자신의 욕망과 생기를 버리고 정물화가 되라고 강요 아닌 강요를 한다. 가족 구성원들은 그녀가 '스스로 영원을 표구하'는 '착한여자 콤플렉스'에서 영원히 벗어나지 않기를 소망하고 있는 것이다.

> 연두는
> 녹두가 되고 싶다,
> 견고하고 단단하게
> 결사적으로 살고 싶다,
>
> 망설임의 병색
> 을 떨치고
> 태양과 맞서는 서슬퍼런 녹음처럼
> 울울창창 불타는 빈틈없는 녹색으로
>
> 연두는
> 녹두가 두렵다,
> 자신의 생명을 한치도 반성하지 않는
> 저 시퍼런 녹색
> 자신의 신념을 한치도 망설이지 않는
> 저 시퍼런 오만의 망상
>
> ─「연두」『미완성을 위한 연가』부분

「연두」의 시적화자는 녹두처럼 견고하고 단단하게 결사적인 삶을 살고자 한다. '망설임의 병색을 떨치'고자 하는 것은 연두가 내포한 시들시들하고 연약한 식물의 이미지로부터 벗어나는 것이다. 그래서 '태양과 맞서는 서슬퍼런 녹음'과 같이 활기차고 강인한 이미지로서의, '녹두'가 되기를 바란다. 즉 여성에게 부당함을 강요하고 폭력을 가하는 부조리한 현실에서 타자화된 여성적 삶에 대한 절망과 한계를 극복하려는 의지를 피력한 것으로 볼 수 있다. 한편 '녹두'에 대한 '연두'의 두려움은 단순히 공포심의 발로가 아니라 일종의 외경의 심경에서 비롯된 것으로 보인다. '오만의 망상'으로까지 비춰질 수 있는 '자신의 생명을 한치도 반성하지 않는' 태도를 보인다거나 '자신의 신념'에 대해 한치의 망설임도 느끼지 않는다는 것은 녹두 스스로가 중심부이며 주체적인 삶을 굳건하게 영위해가고 있음을 뜻한다. 따라서 시적화자는 우유부단함과 나약한 이미지를 탈피하고 녹두로 대변되는 강인하고 성숙한 아니무스가 발현된 삶의 방식을 지향하고 있음을 알 수 있다.

이상 살펴본 바에 따르면 김승희는 자신의 출산체험에서 비롯한 여성이 감내해야 하는 고통과 더불어 강요된 모성으로 인하여 여성의 주체성을 잃어버린 현실을 고발하고 있다. 또한 부조리한 사회에서 희생을 강요하는 모성성의 신화를 폭로하고 여성성의 회복을 촉구하는 것이다. 아울러 '껍데기'를 통해 부당함에 당당히 맞서는 저항의 힘을 키울 것을 독려할 뿐만 아니라 주체적 여성의 삶을 살아가기 위해 자신의 내면을 돌아보는 일이 필요하다고 역설하고 있다. 그리고 김승희는 억압된 언어체계를 극복함으로써 제대로 된 여성 자신의 목소리를 내는 것 또한 주체적인 여성으로 거듭나는 과정임을 보여 준다. 이처럼 김승희는 모성 혹은 어머니의 신화를 앞세워 여성들의 삶을 포박하는 사회적 현실과 제도권의 폭력에 대해 비판적 시각을 갖고 여성적 삶의 한계를 극복하려는 의지를 부각시키고 있다. 여성의 주체성을 확립하기 위해서는 무엇보다도 페르조나로부터 자아를 분리해 내는 작업을 필요로 하는데, 김승희가 이러한 바탕을 '녹두' 같은 강인하고 성숙한 아니무스의 발현에서 찾고 있다는 점이 주목된다.

（제 4 부）

## 슬픔의 승화와 자기실현

불굴의 한 획으로
웃고 달려가는
잇달아 파고들며 웃고 달려가는
달아날수록 웃고 덤벼드는 뭉클뭉클한 천구의 산맥을 그린
걸레 수묵
후려치는 봄 걸레
빗자루를 타고 달려가는
웃는 웃음
그 웃음의 산맥을 타고 달려가는
꿈틀대는 웃는 웃음
그 웃음
빗자루가 휘갈기는 그 웃음
바보 웃음
— 「빗자루를 타고 달리는 웃음」 가운데

'자기실현'은 한 개인의 삶을 완성하기 위해 자기 안의 모순되고 양면적인 인격의 요소들을 하나로 통합하는 마지막 과정을 말한다. 즉, 그것은 더 이상 우리의 인격이 분열되거나 우리의 정신이 이원화되지 않고 어떤 완성된 상태로 나아가도록 이끄는 것이다. 따라서 이제까지 김승희의 문학적 궤적을 마무리하는 단계에서, '자기실현'에는 어느 정도 다다랐는지 작품들을 통해 점검하는 작업이 필요하다. 그러한 일련의 과정에서 김승희 작품의 기저에 깔려 있는 슬픔을 승화시키기 위한 방식으로 '놀이'로의 치환과 '웃음'에의 탈주의식을 근간으로 살펴보고자 한다. 그리고 초월적 상상력을 통한 사랑의 의미와 자유의지 구현을 지향하는 교차의 미학의 방식에서 자기실현의 가능성을 모색하고자 한다.

한편 슬픔은 인간 존재 본연의 정서 가운데 부정적인 감정의 하나로 무기력감, 실망감이나 좌절감을 동반한다. 상실감을 현실로 받아들임과 동시에 북받쳐 오는 감정으로서의 슬픔은 우리 민족 특유의 '한(恨)'의 정서와도 밀접한 관계가 있다. 또한 '깊다/얕다'라고 표현되는 슬픔의 정도는, 대상이 자신과 유대관계가 강할수록 더 큰 슬픔을 느끼게 되는 것은 인지상정이다. 지금부터는 김승희의 시에서 슬픔이 어떤 양상으로 표출되고 있으며, 슬픔 감정을 '놀이로 치환'하는 과정에서 슬픔을 어떻게 어르고 나아가 승화시키고 있는지 살펴보도록 하겠다.

## 1. 슬픔의 승화와 탈주의식

아동 놀이치료의 중요성을 부각시킨 멜라니 클라인의 경우, 놀이란 무의식적 환상과 불안, 그리고 충동이 외재화되고 투사되는 장으로서 놀이의 주된 기능으로는 충동과 갈등의 축출, 투사와 전이를 통한 내적 세계의 현실화, 그리고 이를 통한 불안의 완화 및 극복 등을 들고 있다.[1] 신경정신과 의사인 도널드 위스캇도 "개인이 창조력을 발휘하며 자기 전체를 온전히 사용하는 것은 오로지 놀이에서만 가능하고 또한 창조적인 상태에서만 개인이 자아를 발견할 수 있다"[2]라며 놀이는 에고뿐 아니라 자아 전체가 작용한다는 점을 강조한다.

그런데 "놀이의 반대는 진지함이 아니라 현실이다"[3]라는 프로이트의 관점에서 현실과 유희의 대립의 문제를 고려할 필요가 있다. 아이가 성장함에 따라 놀이를 그치고 삶의 힘든 일과 수십 년 동안 진지하게 씨름하다 보면, 어느 날 놀이와 현실의 대립을 다시 지양하는 정신적

---

1 줄리아 크리스테바, 박선영 옮김, 『정신병, 모친살해, 그리고 창조성: 멜라니 클라인』, 아난케, 2006, 15~16쪽 참조.
2 스티븐 나흐마노비치, 이상원 옮김, 『놀이, 마르지 않는 창조의 샘』, 에코의서재, 2008, 72쪽.
3 허창운 외, 『프로이트의 문학예술이론』, 민음사, 1997, 276~277쪽.

성향에 이를 수 있다. 어른이 된 그는 옛날에 얼마나 진지하게 놀이를 즐겼던가 생각하게 되고, 어른으로 해야 되는 진지한 일과 어린 시절의 놀이를 동일한 위치에 놓으면서 일상생활의 중압감을 떨치며 유머의 진지한 놀이를 찾게 된다는 것이다. 지금부터 살펴 볼 김승희의 경우도 '놀이'의 방식을 슬픔을 포함한 일상의 중압감으로부터 단순히 수동적으로 도피하기 위한 방책으로서가 아닌, 진정한 자유로움과 해방감을 얻기 위한 탁월한 선택이라는 지점에 다다를 수 있다. 이로써 놀이는 다시 웃음(유머)의 형태로 발전하고 진화할 것이며 신명과 더불어 자기실현의 길로 접어드는 우회로로 작용할 것임을 미루어 짐작할 수 있다.

## 1) 슬픔을 놀이로 치환하기

하위징아는 놀이를 '인간의 문화적 현상이라고 정의한 바 있다. 문명이 놀이 속에서(in play), 그리고 놀이로서(as play) 생겨나고 또 발전해 왔다고 주장하면서 "호모 루덴스"라는 새로운 개념을 탄생시켰다. 그리고 놀이의 특징으로는 "놀이가 우리에게 '매혹의 그물'을 던짐으로써 황홀감과 함께 깊이 빠져들게 하는 마력을 지니고 있으며, 놀이에는 사물을 지각하는 가장 고상한 특질인 리듬과 하모니가 부여되어 있다"고도 언급하였다.'4 한편 스티븐 나흐마노비치에 의하면, 위대한 예술적 창조는 잘 훈련 받은 성인 예술가가 어린아이의 순수한 놀이 의식으로 돌아갈 때 얻어지며, 이러한 놀이 의식이 안겨주는 독특한 느낌은 본능적으로 감지할 수 있다고 한다. 우리 안의 아이 같은 모습이 더는 두렵지 않은 경지에 이르려면 험난한 투쟁을 필요로 하며, 우리 안의 아이 같은 모습이란, 바로 '꾸미지 않고 단순하게 말하고 행동하는 것'을 의

---

**4**  하위징아, 앞의 책, 46~47쪽.

미한다. 뮤즈의 다른 모습이 다 그렇지만 아이 같은 모습은 우리 내면이 내는 목소리로 그 첫 번째 목소리가 바로 놀이라는 점[5]이 우리의 관심을 끈다.

보다시피 김승희 시 텍스트에서 '놀이'는 삶을 대하는 중요한 방식으로 인식되고 있다. 필자가 김승희에게서 '놀이'를 주목하는 이유는 놀이야말로 가장 천진하고 본연적인 인간의 모습을 보여주는 방법이며, 제대로 된 놀이를 통해서 신명을 지피고 카타르시스에 도달할 수 있는 가능성을 발견한 데 따른 것이다. 그런 면에서 김승희는 인간의 숱한 감정들을 언어화하고, 작품 속에서 이를 다시 놀이로 치환시킬 수 있는 특별한 능력을 지니고 있다.

> 약력을 쓰는 밤이면
> 모래벌판 한가운데 다리를 벌리고
> 한 여자가 앉아
> 제 신발을 벗어
> 신발에 모래를 채웠다가 붓고
> 채웠다가 다시 부으며
> 홀로 질기게 놀고 있는 모습이 보인다.
>
> ─「약력을 쓰는 밤에」『달걀 속의 생(生)』부분

약력(略歷)을 쓰는 일은 자신의 인생이 거쳐 온 그간의 학력이나 경력 따위를 간단하게 밝힌 기록을 객관적으로 기술하는 작업이다. 자신

---

5  시인, 음악가, 예술가들은 평생 아이와 벗하며 산다. 예수도 "어린아이처럼 신의 왕국을 받아들이지 못하는 사람은 그리로 들어갈 수 없다"라고 하지 않았는가. 즉흥작업은 우리 안에서 어린아이의 마음, 원시의 심성을 다시 회복하게 한다. 이 회복을 가리켜 심리분석가들은 '에고가 작용하여 이루어지는 퇴행regression in the service of the ego'이라고 한다. 스티븐 나흐마노비치, 앞의 책, 70~71쪽.

이 지나온 길을 단행으로 써 가는 일이 어떤 면에서는 무의미하게 여겨질 수도 있다. 위의 「약력을 쓰는 밤에」의 시적화자는 '모래벌판 한가운데 다리를 벌리고' 앉은 한 여자가 '제 신발을 벗어/신발에 모래를 채웠다가 붓고'를 무수히 반복하는 모습을 묘사하고 있다.

모래벌판은 황량한 사막을 연상시키며, 그 막막한 한가운데 '홀로 질기게' 놀이를 하고 있는 장면은 인간 존재 본연의 외로움을 상징한다. 아무 것도 내세울 것 없는 사람도, 내세울 것이 넘쳐나는 사람에게도 살아온 길, 그 여정을 간결하게 적어 내려가는 일이란 허무하게 여겨지기는 마찬가지이다. 약력이 단 한 줄로 가능하든, 몇 페이지라도 채울 기세이든 그러한 행위는 시적화자에게는 불가항력의 임무처럼만 느껴지는 것이다. 그러므로 '약력을 쓰는 일'은 그저 반복을 요구하는 무의미하고 끈질긴 놀이에 불과할 뿐이다.

> 애, 박정만이 어제 죽었대.
> 이삿짐 궤짝 사이에 부서진 트랜지스터처럼
> 죽어 있던 전화벨이 문득 울리며
> 한 젊은 시인의
> 슬픈 요절이 전해지고
>
> …(중략)…
>
> 아, 산다는 것
> 또 죽는다는 것
> 이 무슨 이사하는 놀이 같지 않아?
>
> …(중략)…
>
> (황천만리 가는 길에

북망산도 많을시고)
쓸쓸한 가을벌판 사이로
이삿짐 센터의 차들만
이리저리 황망히도 성업중이다.

— 「이사 가던 날」『달걀 속의 생(生)』부분

　「이사 가던 날」에는 한마디로 정의 내릴 수 없는 시적화자의 복잡 미묘한 심경이 드러나 있다. 젊은 나이에 요절한 시인 '박정만'의 부고를 전해 들었기 때문에, 시적화자는 '슬픈 오른손'으로 '나 여기 살아'서 무언가를 적는다는 것 자체가 무의미한 일이 되었다. 또한 '이삿짐 궤짝 사이에 부서진 트랜지스터라디오'처럼 죽어 있던 전화벨이 문득 울릴 때 전화기 너머로 들려온 젊은 시인의 부고는 선뜻 믿지 않는 것이 당연하다. 그로 인해 시적화자에게 이사한 순간의 어수선한 분위기 속에서 '산다는 것/또 죽는다는 것'이 마치 '이사하는 놀이'처럼 느껴지는 것도 일정 부분 일리가 있다. 삶과 죽음도 한없이 진지하고 심각하다면 심각한 일이겠지만, 시적화자의 허탈한 심사에 비추어볼 때 이러한 명제는 참으로 하찮고 부질없는 일처럼 여기질 수 있기 때문이다.
　시적화자는 새로 이사한 집의 그 낯설고 어설픈 분위기와 이러한 낯선 감정을 서로 대비시키면서 '(황천만리 가는 길에/북망산도 많을시고)'라며 지인의 죽음에 대한 애도의 마음을 괄호로 처리하고 있다. '이삿짐 센터의 차'는 삶과 죽음의 간격, 이사 이전의 집과 이사 후의 집을 서로 연결시켜주는 역할을 담당한다. 그런데 정작 삶과 죽음과 같은 중요한 명제들은 다 사라지고 중간을 이어주는 매개체들만이 '이리저리 황망히도 성업중'이라며 자조적인 어조로 인생에 대한 비관적 성찰을 드러내고 있다.

조용히 노을의 피에
목을 매달고 싶다,
스미고 싶다, 하늘의 상처처럼,
그것이 고통스럽다면
한 판 고통을 놀아보고 싶다,
아뭏 든― 그냥 어둠 속으로―삼켜지기는 싫은 것이다!

그래서인지도 모른다,
황혼이면 무슨 뒷골목마다
사람들이 도박판을 벌이는 것은,
지는 패일지라도 부득부득 붙잡고서
막판 슬픔을 놀아보고 싶은 것은―

―「황혼 속에는」『미완성을 위한 연가』부분

황혼의 시간은 황홀하면서도 순간적이어서 그 치명적 아름다움 앞에 속절없이 감상적이 되고 부지불식간에 타나토스를 품게 만드는 경우가 있다. 「황혼 속에는」의 시적화자는 '조용히 노을의 피에/목을 매달고 싶다, 스미고 싶다'고 말한다. 절박하게 아름다운 풍광은 금세 사라져 버리기 때문에, 그러한 허망함을 견디기 위해 놀이라는 방식을 선택한다는 점에 주목할 필요가 있다. 그 절정 한 가운데서 절망이 아니라 처절한 고통과 더불어 한판 신나게 놀고 싶다는 적극성을 띠는 것이다. '아뭏 든―'이라는 부사어를 사용함으로써 아무런 대책 없이, 또 자신의 의지와는 무관하게 어둠 속으로 삼켜지는 것에 대한 극렬한 거부감을 드러낸다. 시적화자는 무기력하게 무너지느니 아예 냉철하고도 자발적인 죽음을 택하겠다는 의지를 피력한다.

일반적으로 막막한 상황에 처한 사람들은 무언가에 매달리는 경향이 있는데, 황혼녘 뒷골목에서 도박판을 벌이는 것도 그런 연유에서 비롯된 것으로 보인다. 존재의 허무함을 도박판에 기대는 일, 그것은 스릴과 기대감에서일 텐데 그것이 비록 지는 패일지라도 '부득부득' 붙잡겠다는 화자의 의욕은 바로 강렬한 삶의 욕망에 기인한 것이다. 운명처럼 감당해야 하는 고통이라면 차라리 가진 것 다 걸어버리고, 호쾌하고 신명나게 그 '고통과 한 판 놀아'보겠다는 시적화자의 선언이다. 이것은 단순한 허세라기보다는 인간 존재의 무기력함을 거부하는 적극적이고도 굳센 의지가 표출된 것으로 풀이된다.

　　　나는 조용히 골방 속에 앉아 있다,
　　　한 사람만 수용된
　　　우주의 고아원처럼
　　　골방은 언제나 힘겹고 쓸쓸하고,
　　　인생이란 오직
　　　내 방문 밖에만 있는 듯
　　　아무래도 조만간 옥사해 버릴 것만 같다,

　　　…(중략)…

　　　나는 슬픔과 단둘이
　　　오순도순 소꿉놀이를 시작한다,
　　　슬픔에게 어머니, 어머니 부르면서
　　　아가와 엄마가 병원놀이를 하듯이
　　　침대에 엎드린 시늉으로 아프다고
　　　울고 있으면
　　　어머니는 하얀 붕대와 청진기를 가지고 와
　　　의사시늉으로 도란도란 놀아준다,
　　　어디가 아픈가요? 어디가요?
　　　그리고 의사선생님은 약을 준다,
　　　마늘과 쑥을

백일 동안만 복용하라고

…(중략)…

슬픔의 어머니가 날 임신하였으니
마늘과 쑥을 항용 먹고 있으니

— 「슬픔과 놀며」『미완성을 위한 연가』부분

「슬픔과 놀며」에서 시적화자는 고아의식을 표출하고 있는데, '우주의 고아원'에 비유된 '골방'이라는 유폐된 공간에서 지독한 슬픔을 겪으며 자신의 존재를 탄식한다. 화자에게 있어 인생은 세상의 중심부에서 떠밀리고 소외된 채 '오직 내 방문 밖에만 있'는 것으로 인식된다. 그리고 '부권상실'의 문제는 차치하더라도 어머니의 부재로 인한 외로움과 막막함, 절망감 등을 '아무래도 조만간 옥사해 버릴 것만 같'은 절박한 심정으로 묘사한다. 한편 시적화자는 '슬픔'의 감정을 '어머니와의 놀이'로 치환시켜 슬픔을 해소하고 그 심리적 압박에서 벗어나고자 한다. 그래서 아가가 된 자신이 슬픔을 어머니 삼아, 병원놀이를 한다. '의사시늉으로 도란도란 놀아'주면서 슬픔과 단둘이 소꿉놀이를 펼치는 것이다.

전통적으로 어머니, 즉 여성의 존재는 근원적 슬픔을 지니고 태어나는데, 그것은 단군신화 속 웅녀로부터 비롯되었다. '웅녀'는 금기를 지키고 인고의 시간을 통해 가까스로 '여성'의 몸을 받았지만, 결국에는 주체적인 삶을 사는 대신 타자화된 여성, '어머니'로 남았기 때문이다. 시 속의 '슬픔'은 의사와 어머니의 역할을 동시에 수행하고 있다. 그러한 '슬픔'의 처방은 슬픔의 어머니가 항용 먹어 왔던, '마늘과 쑥을 백일 동안만 복용'하는 것이다. 이것은 단군신화 속 웅녀가 감당해야 했던 금기와 강요된 인고의 폭력 같은 불문율의 처방과 다르지 않다.

누구를 사랑했을까
누구에게 실연을 당했을까,
여자는 하룻밤 새에 모두들 떠나버린
인적 끊긴
재개발지역의 철거주택 이층마루에서
응아―응아― 울면서
어떻게 살 줄 몰라
어떻게 살기를 시작할 줄 몰라
백일을 갓 넘긴 아가처럼
엉금엉금
네 발로 기어다는 연습을 하고 있네
고립이 정말 두려운 건 아니야,
그녀가 찾는 것은
탐스런 모유의 유방,
다시다시 걸음마를 배우기 위하여
연극이 끝나 모두들 떠나버린
어두운 무대의 텅빈 바닥에서
엉금엉금 기면서
하얀 기저귀를 차고 놀던
어린날의 봄날을 다시 연습하고 있네

―「재개발지역에서」『미완성을 위한 연가』부분

　「재개발지역에서」에서는 철거주택에 홀로 남은 여성이 실연의 슬픔, 혹은 고립의 슬픔을 달래기 위해 퇴행 행위를 하는 모습을 묘사하고 있다. 재개발지역으로 구분되기 이전의 그 '집'은 누군가에게는 단순히 생활의 공간으로서 뿐만 아니라 본연의 고향이라는 의미를 내포한다. 그런데 시적화자는 기존의 삶과는 판이하게 다른 삶을 어떻게 시작해야 할지 결정도 못한 채 철거민의 입장에 처하게 된 것이다. 그러므로 퇴행 행위는 막막한 현 상황에서 벗어나고픈 욕망에 기인한다고 할 수 있다. 즉 시적화자가 미분화되고 완전체이면서 원초적인 상징계 이전의 세계로서의 상상계에 대한 갈망을 나타낸다. 그녀가 찾고자 하는 '탐스런 모유의 유방'은 상실한 모성에 대한 그리움의 표상이며, 모체와 합일체였던 어린 아이 상태로의 회귀를 욕망하고 있는 것이다.

'재개발계획'이란 명목으로 주민들이 삶의 터전을 버리고 떠나도록 강요한 이 철거조치는 약자에게 가해진 일종의 제도권의 폭력이다. 약자이기 때문에 대부분의 사람들은 그 강요된 방침에 따라 순순히 떠나버린 반면, 그녀는 그러한 조치에 항복이나 저항도 못한 어정쩡한 상태에서 심적 갈등을 겪고 있다. '연극이 끝나 모두들 떠나버린/어두운 무대의 텅빈 바닥'이 보여주는 파국의 공간에서 '엉금엉금/네 발로 기어다니는 연습', 소위 세상을 향해 내딛는 새로운 발걸음으로서의 '걸음마'를 배우려고 다짐한다. 또한 그녀는 '하얀 기저귀를 차고 놀던/어린 날의 봄날'을 다시 연습하고자 한다. 그녀는 이러한 '놀이'로 표현된 퇴행의 방식을 통해서라도 막막한 현실에서 오는 좌절을 극복하고 주체적으로 새로운 환경에 적응해보겠다는 의지를 드러내는 것으로 파악할 수 있다.

> 방금 다 먹은 도시락 뚜껑을 열고
> 이미 뱃속에 들어가 사망해 버린 밥풀
> 하나하나의 지엄한 일평생을 생각해 보는 시간

밥은 처음엔 쌀이었겠지 쌀은 처음에 벼이삭이었고 벼이삭은 태초에 쌀이었겠지, 엄마는 처음에 어린 딸이었고 어린 딸이 자라나 할머니가 되는데, 태어난 아이가 노인으로 죽고 노인으로 죽은 아이가 다시 태어나 늙은이로 자란다면, 밥은 애초에 쌀이었고 쌀은 왕년에 벼이삭이었고 벼이삭은 태초에 쌀이었다면, 밤은 아침이 되고 아침이 밤이 되어 하루가 저물고 평생이 저물어, 아아 너무도 심심

하신 하느님께서 이슬 같은 풍선껌을 푸우푸우—불어보듯이, 심심
풀이에도 지치신 하느님께서 다시 오물오물—풍선껌을 거두어 터
뜨리신다하여도

— 「풍선껌을 불 듯이」 『미완성을 위한 연가』 부분

「풍선껌을 불듯이」의 시적화자는 여름날 오후의 무료함을 달래려고
이미 먹어치운 도시락 뚜껑을 열고는 새삼스레 밥풀에 대한 상념에 빠
져든다. '쌀—벼이삭—쌀—밥'으로의 선순환을 생각하며, '엄마—어린
딸—할머니—딸'의 윤회의 굴레를 대입해서 보여준다. 그렇게 다시 '쌀—
벼이삭—쌀—밥'으로부터 '밥'과 비슷한 음상을 지닌 '밤'으로 이어진다.
즉 '밤—아침—밤'이 되면서 하루가 가고 이러구러 평생이 간다. 이것
은 순리이며 말 그대로 자연스러운 일이다. 그런데 시적화자는 하느님의
존재를 '풍선껌'을 부는 모습을 통해서 장난기 가득한 어린아이처럼 묘
사한다. '하느님'이라는 절대적이고 거룩한 존재가 '풍선껌을 푸우푸우
—불어'보는 모습을 떠올리는 것, 또 '다시 오물오물—풍선껌을 거두어
터뜨리'는 모습을 상상하는 일은 독자에게 있어 퍽 흥미로운 일이다.

'너무도 심심하신 하느님께서' 권태를 이겨내기 위해 풍선껌으로 풍
선을 불고 터뜨리기를 반복하는 방식을 취했다는 시인의 발상은 무척
기발하다. 인간들이 꾸는 인생의 꿈은 '풍선'처럼 한껏 부풀었다가 어
느 순간에 이르면 허망하게 터져버린다. 그러면 다시 부풀렸다, 터뜨렸
다 반복하기를 멈추지 않을 것이다. 신이야말로 무료함을 견디느라 고
민이 많으실 터이다. 그럼에도 지엄한 일평생, 밭아가 되고 자라나 열
매를 맺고 우리의 양식이 되었다가, 거름이 되고 그 속에서 다시 씨앗
이 발아되고, 벼이삭이 되고 쌀이 되도록 지루함과 무료함이 반복될지
라도 그 하나하나에 담긴 의미는 '지엄한' 일이 분명하다. 근엄한 신이

심심함을 달래기 위해 풍선껌을 '푸우푸우' 불었다가 다시 오물오물 거두어 터뜨리는 장면을 상상하는 것만으로도 유쾌해진다. 여하튼 신이 갖춘 존엄함의 이면에 감당해야 하는 고질적 무료함에까지 시인은 마음을 쓰고 있다. 무료함을 달래기 위한 시적장치로서 '풍선껌 불기' 놀이를 선택한 부분에서는 김승희 시인만의 자유분방한 사유와 재치가 돋보인다.

> 나는 병신입니다
> 우리는 병신입니다
> 이 슬픈 몸을 움직여
> 이 절뚝거리고 비비적대는
> 우스운 몸뚱아리를 움직여
> 한판 춤을 추다가
> 서리맞은 이 목숨이 허, 허, 웃을
> 진한 춤을 추다가 가야 합니다.
>
> …(중략)…
>
> 生卽願이요
> 生卽怨이니,
> 여기는 아쟁과 장고가 부르는
> 미친 살풀이판이요
> 히, 히—
>
> ─「누가 나의 슬픔을 놀아주랴」『미완성을 위한 연가』 부분

'춤'을 직역하면 몸으로 리듬을 표현하는 율동이다. 심리적 긴장을 춤의 리듬운동을 통해 해방시키는, 카타르시스적인 요소를 포함한다. 그리고 슬픔은 본시 '복받치어 울다' 혹은 '절규하다'라는 체념적이고

부정적인 의미와 연관되는 단어이다. 덧붙여 우리 민족의 한과 결부된 살풀이는 본래의 말뜻 그대로 '살을 푼다'는 의미인데, 맺힌 '한'(恨)을 풀고 극복하여 '흥'의 경지에 나아간다는 것이다. 따라서 살풀이춤은 슬픔을 춤으로 승화시키려는 인간의 숭고한 아름다움이 표현된 춤으로서 예술적 가치가 높다. 김승희 시인은 춤의 리듬과 슬픔의 조합으로 춤꾼과 그 춤을 관람하는 구경꾼과 함께 카타르시스를 만끽할 수 있도록 춤마당을 펼쳐놓는다.

병신춤의 명인(名人) 공옥진에게 바치는 형식의 시「누가 나의 슬픔을 놀아주랴」에서 김승희가 펼쳐 보이는 "시적(詩的) 놀이판은 <뒤엉키고 살아있음>의 신명과 한(恨)이 한바탕 휩쓸고 가는 난장(亂場)"이다. 또한 김승희가 마주친 일상적 슬픔이 익살스러움을 반영한 동시에 그것으로 삶의 비극성을 초극하는 모습을 보여준다. 이처럼 온전치 못한 육체[병신]로 인해 파생된 고뇌와 슬픔을 놀이판으로 불러내어 한바탕 신명나게 놀아 줄 수 있다는 것은 그만큼 김승희 시인의 해원(解寃)에 대한 해량을 입증한다고 하겠다. '아쟁과 장고'뿐만 아니라 사물놀이가 리듬을 고조시켜 무당들이 신무를 추면서 '무巫의 황홀경'에 다다르듯 놀이가 살풀이 판일 수 있어야만 비로소 진정한 예술이 된다. 그런 "미친 살풀이판에서 히, 히ー"하고 웃음으로써 소원(願)이든 원망(怨)이든 한껏 풀어버리는 일이 가능해지기 때문이다.


## 2) 유목의식과 웃음에로의 탈주

유목주의(노마디즘, nomadism)란 기존의 가치와 삶의 방식을 맹종하는 것이 아니라 불모지를 이동해 다니며 새로운 땅을 찾아 떠나는 것을 의미한다. 여기에서 이동이란 공간적인 이동의 의미를 넘어서 정주

(定住)의 욕망을 떨쳐버리고 끊임없이 새로운 가치를 추구하는 것까지 포함한다. 또한 버려진 땅에 달라붙어 그것을 다른 종류의 공간으로 변환시키는 사유의 여행을 의미하는 것이기도 하다. 그런 면에서 김승희가 자신의 존재를 소외시키고 유폐시키는 현실의 속박에서 벗어나 본래적이고 능동적인 삶을 회복하고자 할 때 '탈주'로 대표되는 '유목주의'는 시인의 사유 방식을 가장 적절하게 대변하는 개념으로 여겼을 것이다.

한편 웃음은 자신의 심리상태를 신체적으로 나타내는 유쾌한 정신 활동의 작용으로 비롯된 감정적 산물이다. 특히 마음의 긴장이 일순간 무너져 즐거움이나 여유를 갖고 대상을 비판할 수 있는 심리적 거리가 생길 때 웃음은 발생한다. 칸트에 의하면, "즐거움은 인간의 총체적인 삶의 감정을 촉진하는 감정에, 따라서 신체적인 건재함, 즉 건강을 촉진하는 감정에 존재하고 있다"면서 웃음에 대해 "긴장된 기대가 무(無)로 갑자기 변하는 것에서 유래한 격렬한 흥분"이라고 정의하였다.[6] 즉 "기대감이 갑작스럽게 무로 변하는 것"은 긴장감 뒤에 긴장의 이완이 빠르게 뒤따라옴으로써 사람의 마음을 쾌활하게 만든다는 설명이다.

그런데 이러한 웃음이 김승희 시가 지닌 해학적 요소, 즉 웃음의 방식은 여성이 제 목소리를 낼 수 있는 가능성에 힘을 실어준다는 점에 주목할 필요가 있다. 웃음의 기능 가운데 문학에서는 해학과 풍자가 대표적인 표현기법이다. 풍자가 주로 사회현실과 부조리를 날카롭게 비판하면서도 겉으로는 웃음을 유발하는 것이라면, 해학은 인간의 우스꽝스러운 행동이나 말로 웃음을 유발한다. 해학은 권위나 고압적인 분위기, 세속적인 가치관들을 희극적인 상황 유발을 통해 뒤집는 웃음을

---

6  류종영, 『웃음의 미학』, 유로, 2005, 202~203쪽.

선사한다. 나아가 그것은 폭력에 당당히 맞서고 부조리를 되받아치는 현실비판의 고도의 전략이면서 블랙코미디 형식으로 우리에게 박진감 넘치는 웃음을 전해준다.

> 내가 길을 가는 것이 아니라
> 길이 나를 가고 있다,
> 배차시간이 촉박하여
> 사람을 치어죽여도 모르고 질주한다는
>
> (중략)
>
> 유리관 속의 탈지면 위에 표본된
> 아름다운 나비의 가슴에 꽂힌
> 제도의 황금핀을 뽑고서……
>
> ―「유목을 위하여 2―길의 파시즘」
> 『어떻게 밖으로 나갈까』 부분

「유목을 위하여 2」의 '내가 길을 가는 것이 아니라/길이 나를 가고 있다'라는 시내버스 운전자의 말을 빌려와 '길'이 주도하는 파시즘적 속성을 파헤치고 있다. '배차시간'이라는 제도와 권력을 이용하여 규범을 정하고 '나'의 주체적인 의지를 강제하고 조정하려 한다. 그것은 현재(지금)만이 용납된 일상을 살아가는 일이며, '나'와 '길'의 주객이 전도된 삶이다. 또한 '배차시간이 촉박하여/사람을 치어죽여도 모르고 질주'하는 것을 통해 황금만능주의와 부조리한 제도로 인해 인간의 존엄성이 무시되고 생명 경시풍조가 만연한 사회의 단면을 드러내 보여주는 것이다.

3연 2행의 '온점(.)' 하나를 제외하고는 각 연의 끝에 종결형 문장부호 대신 '반점(,)'을 배치함으로써 숨 가쁘게 돌진하는 질주에 대한 본능과 탈주에의 강렬한 의지를 드러낸다. '유리관 속의 탈지면 위에 표본된/아름다운 나비의 가슴에 꽂힌/제도의 황금핀을 뽑고'가 보여주듯이 그저 외형이 화려한 박제된 삶을 추구하지 않고 진정한 자아를 찾는 삶을 갈망한다. 그러기 위해서 권력 중심적이고 전체주의적인 고착된 사유에 점령당한 현실에서 탈주하고픈 시적화자의 욕망과 의지를 피력한다.

외줄의 끈 위에 올라 있는
곡예사와도 같이
너는 산다,
아침일찍 나갔다 저녁늦게 돌아오는
지평 위의 너의 보행이라 해도
공중곡예의 외줄과도 같은

…(중략)…

어떤 금일지라도
금을 위반한다는 것은 배제되고 밀려나고
추방되고 벗어나는 것이니

…(중략)…

무엇이 이 괄호 안에
나를 유폐시키고 있는가?
이 괄호 안에 내가 있어야만
안전한 사람들은 누구인가?
괄호에 의해 전적으로 유지되는
이 낡은 지평선

밑에 있는 그것, 그이, 그분의 욕망의 파시즘은
무엇인가?

　　ー「유목을 위하여 4ー괄호 안의 삶」『어떻게 밖으로 나갈까』 부분

　「유목을 위하여 4」의 도입부에서는 니체가 삶을 '광대의 외줄타기'
에 비유한 것처럼 주어진 일상 속 우리들의 모습을 '외줄의 끈 위에 올
라 있는 곡예사'에 비유하고 있다. 그런 일상은 아슬아슬하고 위태로움
의 연속일 수밖에 없으며, 우리는 '공중곡예의 외줄'이라는 규제와 통
제의 영역으로부터 결코 자유로울 수 없다. 주지하다시피 파시즘은 정
치성향의 스펙트럼 상에서 극단적인 권위주의, 민족주의를 내세우는
이념이며 광기의 형태를 띤다. 금기의 선, 즉 '금'을 함부로 벗어날 경우
그것이 곧 위반행위로 규정되며, 곧 중심(주류)으로부터 배제되거나 추
방됨을 의미한다.

　시적화자는 '이 괄호 안에 내가 있어야만/안전한 사람들은 누구인
가?'라는 반문을 통해서 개개의 존재들을 '괄호' 안에 유폐시키고 통제
를 가함으로써만이 파시즘 체제의 유지가 가능함을 폭로한다. '괄호에
의해 전적으로 유지'되는 것이 바로 '이 낡은 지평선' 즉 관습화되고 고
착화된 소위 사회질서, 공공의 안녕인 것이다. 따라서 어떤 면에서는
체제나 제도에 대해 개개인들의 일탈이나 저항을 가장 두려워하는 이
들뿐만 아니라 원천봉쇄하려고 획책하는 이들 또한 다름 아닌 욕망의
파시스트라는 점도 간과할 수 없는 사실이다. 그러므로 시적화자는 '그
분'으로 지칭되는 권력을 쥔 자가 휘두르는 '욕망의 파시즘' 아래 그렇
게 살 수밖에 없다거나 혹은 무수한 괄호 속의 안전을 지향하는 무기력
한 삶을 택하기보다는 그곳으로부터 벗어나려는 노력이 얼마나 급선
무인지를 역설하고 있다.

바깥으로 나가려는 격렬한 욕망과

안으로 가두어두려는

지평의 마수적 욕망 사이에서도

라파라파는 절름거리지 않지,

라파라파는 나처럼 질질 끌려다니지도 않아,

라파라파는

부드러운 탈주이면서

물과 풀만 있으면 행복한 채로

어디로든 떠돌아다니는

그런 유목의 무상한 숨결을

지녔네,


…(중략)…


능·동·태·로·숨·쉬·기!

　　　－「유목을 위하여 7－라파라파」『어떻게 밖으로 나갈까』부분


　'라파라파'는 말레이 사람들이 부르는 나비를 뜻한다. 그런데 「유목
을 위하여 7」에서 김승희는 가벼운 나비의 날갯짓을 연상케 하는 단어,
'라파라파'를 연거푸 호명함으로써 부드럽고 행복한 탈주에의 욕망을
꿈꾸고 있음을 드러낸다. 시적화자는 가부장적 이데올로기와, 금기의
기제들이 여성들을 가혹하게 만들 것이며 '바깥으로 나가려는 격렬한
욕망'과 '안으로 가두어두려는/지평의 마수적 욕망의 충돌'의 초래는
불가피할 것으로 규정한다. 우리는 '바깥과 안', '나가다와 가두다', '격
렬한 욕망과 마수적 욕망'의 대립에서 벗어날 수도 자유로울 수도 없는
것이다. 시적화자는 '절름거리지도 않'고 '나처럼 질질 끌려다니지도
않'는 나비의 자유롭고 생기로운 모습을 통해 갇힌 존재이자 불구의 모
습을 지닌 자신의 처지를 반성한다. 한편 단행으로 처리한 마지막 연에

서 '능 · 동 · 태 · 로 · 숨 · 쉬 · 기!'를 스타카토 기법으로 끊어 강조함으로써 일상성을 부정하고, 현실의 억압으로부터 비상하려는 탈주에의 강한 열망을 표출하는 효과를 거두고 있다.

> 뻐꾸기 둥지 밖으로 날아가기 위해선
> 먼저 뻐꾸기 둥지 안에
> 고치를 틀지 않으면 안된다는
> 이 미칠 것 같은 인간조건 안에 생포되어
>
> 항상 음모는 시시각각 진행되고 있는
> 느낌이다
>
> …(중략)…
>
> 나는 지배받고 조종되며 순하게 교화되어 가는
> 느낌이다.
>
> 모두다 행복하게 미치자는 이 화려한
> 음모 속에서
> 미치지 않기를 바란다면
> 그들보다 더 미치는 수밖에 없지 않느냐고
> ─「뻐꾸기 둥지를 못 날아간 새」『어떻게 밖으로 나갈까』부분

김승희는 「뻐꾸기 둥지를 못 날아간 새」에서 '뻐꾸기 둥지 위로 날아간 새' 라는 영화를 패러디하고 있다. 즉 영화의 제목과 내용을 차용하고 변용하여 일종의 풍자적 모방의 방식으로 재구성한 시라 할 수 있다. 영화 '뻐꾸기 둥지 위로 날아간 새'는 감옥보다 정신병원이 더욱 자유로울 것이라고 생각해서 정신병원에 들어가게 된 범죄자 맥 머피가

그 안에서 겪는 일을 다룬 이야기이다.

전기고문을 받은 후 정신을 놓았으나 그 와중에서도 끝끝내 탈출을 갈망한 맥 머피처럼, 시적화자는 부조리한 상황의 폭력을 고발하고 은폐된 '인간의 자유'를 찾기 위한 탈주를 꿈꾼다. 갇힌 공간으로부터 어떻게든 '밖으로 나가'고자 하는 줄기찬 의지가 내재되어 있다. 세월이 흘러도 '지배받고 조종되며 순하게 교화'되는 것을 결단코 거부하는 일은 그에 상당하는 용기와 저항력을 필요로 한다. 겉으로 그럴듯하고 번지르르해 보이면서 쉽고 편한 삶의 방식을 취하여 '모두 다 행복하게 미치자'라고 주장하는 '화려한 음모'에 당당하게 맞서야 한다. '미치지 않기' 위해서는 오히려 '미치도록 조장하는 그들'보다 한 차원 더 높게, 보란 듯이 '더 미치는 수밖에 없지 않느냐'고 시적화자는 외친다. 이처럼 김승희는 '그들'보다 더 제대로 미침으로써 주체적인 삶을 살아야겠다는 결연한 의지를 표방하고 있다.

> 내가 엄마만 아니라면
> 나, 이렇게, 말해 버리겠어.
> 금을 뭉개버려라, 랄라. 선 밖으로 북북 칠해라
>
> …(중략)…
>
> 나 그토록 제도를 증오했건만
> 엄마는 제도다.
> 나를 묶었던 그것으로 너를 묶다니!
> 내가 그 여자이고 총독부다.
> 엄마를 죽여라! 랄라.
>
> — 「제도」『세상에서 가장 무거운 싸움』부분

강인한 여성의 자의식으로 무장한 김승희의 자기해체적인 시는 여성의 억압에 관한 담론 가운데 착취와 유린에 길들여진 여성들을 일깨우는 중요한 역할을 수행한다. 그가 간파한 것처럼, 엄마는 제도일 뿐 아니라 온갖 욕망과 금기의 전수자이며, 딸이 끝내 도달하게 될 슬픈 미래이기 때문이다.[7] 「제도」에서 그토록 거부하고 증오했던 '제도로서의 엄마'가 결국 자신이었음을 발견하고 그 순간, 시적화자는 통탄한다. 자기도 모르는 사이에 자신의 정신적 영역을 속박하던 '제도'를 딸아이에게 고스란히 투영시켰던 것이다. 자고로 '미워하면서 닮는다'라는 말이 있듯이 시적화자는 '나를 묶었던 그것으로 너를 묶다니!'라며 뼈아픈 반성을 한다.

그리고 자신을 무지한 여자이면서, 억압하고 '제도'를 강요하던 '총독부'라고 지칭한다. 자신을 포박하던 제도로 어린여자(딸)에게 가하는 폭력이 가히 일제강점기에 우리나라 백성을 핍박하고 수탈하던 기관, '총독부'와 맞먹는 셈이기 때문이다. '나 그토록 제도를 증오했건만' 또 하나의 제도가 되어 통제하고 억압하는 입장이 된 자신에 대한 통렬한 반성과 비판을 가한다. 급기야는 '엄마를 죽여라! 랄라.'라고 자신의 아이에게 호기롭게 '어머니 살해'를 권유하기까지에 이른다.

따라서 그 '제도'의 사슬을 끊을 수 있는 방법은 금을 뭉개버리고, 위반하고 범하는 일이며, 그 금을 강요하는 '제도로서의 엄마'를 살해하는 것이다. 물론 실제로 자신의 육체를 살해하라는 의미가 아니라 딸아이에게 '엄마'가 함의한 강권과 제도적 이데올로기에 대한 인식의 처단을 요구하는 것이다.

---

7  김수이, 『서정은 진화한다』, 창비, 2006, 135~137쪽.

난 아르헨티나, 오월광장의 흰 머릿수건 두른 어머니들을
갑자기 기억했네
80년, 5월, 광주, 무명인들의 묘와 실종자들,
이한열의 관을 뒤따랐던 무수한 만장,
화려한 만장이 산 자여, 따르라고
흐느끼는 것처럼 보였던,
다이아몬드 같은 아프리카의 검은 눈물,
내 아들을 쏘지 말아주세요 말하며
침략군의 탱크 앞을 맨몸으로 막아서던
체첸의 어머니들을,

그리고 갑자기 웃음이 터졌어,
멈출 수 없는, 허파와 늑골을 울리는,
팔다리허리어깨를펼수없을정도로숨막히게터져나오는
웃음소리
뉴욕, 지하철을, 울리는 웃음소리는
인류의 밤에 대한 캄캄한 나의 답장, 헌사였는가

…(중략)…

검은 웃음, 석탄처럼 시커먼 절망에 짓이겨진,
까마귀 날개들의 대운하를 토하며
진폐증에 걸린 우리 시대의 폐로
나는 웃는다,
때묻은 광화문 이순신 장군 동상 옆에서

— 「솟구쳐 오르기 · 8」『세상에서 가장 무거운 싸움』부분


"우리 사회의 지배적인 담론 속 어머니의 모습은 유교적 전통과 일제 식민지시대, 자본주의적 공업화시대를 지나면서 각 시기마다 어머니에게 요구하였던 역할들을 여성들이 수용하거나 거부하는 사회적 맥

락 속에서 형성되고 변화"[8]되었다. 그렇더라도 한국의 전통적 모성상은 '강인하고 희생적인 어머니'로서 역사적 전형은 조선시대 유교적 규범에서, 더 앞서서는 단군신화 속의 웅녀나 주몽의 어머니인 유화부인에게서 찾아볼 수 있다.

「솟구쳐 오르기·8」에 등장하는 어머니들이 자신의 목숨을 담보로 강압과 폭력에 맞서 저항하는 모습은 사뭇 비장미를 풍긴다. 자신의 아들을 향해 쏘지 말라 외치며 '침략군의 탱크 앞을 맨몸으로 막아서던/체첸의 어머니들'과 광주 '오월광장의 흰 머릿수건 두른 어머니들'은 동일선상에 있다.[9] 그런데 김승희는 시에서 모성성에만 머무르지 않고 그것을 과감한 웃음으로 치환한다. '팔다리허리어깨를펼수없을정도로숨막히게터져나오는'에서는 띄어쓰기를 무시함으로써 긴박한 긴장감과 극한에 치달은 감정 상태를 효과적으로 드러내고 있다. 시커먼 절망에 짓이겨져 진폐증에 걸린 우리 시대가 폐로 토해내는 '검은 웃음'이 바로 그것이다. '인류의 밤'에 빗댄 남성 중심의 권력이 약자에게 폭력과 무력으로 행사될 때 그 앞에서 '캄캄한 답장, 헌사'로서 '숨 막히게 터져나오는 웃음'으로 되받아치는 상황은 일종의 통쾌한 블랙코미디의 한 장면을 연상시킨다.

---

8  신경아, 「1990년대 모성의 변화」, 『모성의 담론과 현실』, 나남출판, 1999, 391쪽.

9  "글쓰는 주체는 항상 시대적 담론의 강한 지배를 받고 있고 있는데, 이는 자기 시대, 자기 공간의 상징 질서 안에 살고 있기 때문이다. 그리하여 정치적 가부장 독재를 해체하고자 했던 70년대적 반독재 인권 운동, 노동운동의 흐름은 억압자/피억압자, 독재자/민중, 자본가/노동자, 남성/여성이라는 이항 대립의 항목들을 인식하며, 후자를 해방시키려는 노력들로 확산되었다. 1980년 5월의 민중 학살은 근대적 '아버지의 광기, 로고팔로센트리즘(Logo-phallocentrism)의 폭력성과 가학적 파괴성에 대한 무서운 공포와 각성을 일으키면서 민중 문학과 마찬가지로 여성문학에 전환기적인 혁명의 물결을 일으켰던 것이다." 김승희, 「상징 질서에 도전하는 여성시의 목소리, 그 전복의 전략들」, 『한국여성문학회』, 1999, 137~138쪽.

보들레르는 "웃음은 동시에 무한한 위대함과 무한한 고통의 상징"이라는 말을 통해서 웃음이 인간적인 본질에 기반하고 있으므로 그 자체 내에 아이러니를 갖고 있다고 지적한다.[10] 그런 면에서 강자의 폭력 앞에서 약자들이 무기력한 울부짖음 대신 통렬하고 신랄한 웃음으로 저항하는 것은 '웃음' 그 자체가 강력한 무기이며 방어기제로 작용하기 때문이다. 또한 웃음으로써 합리적이며 진지한 것, 공식적이고 이성적인 것에 흠집을 내는 것이 가능해지기 때문이다. 이처럼 웃음은 억압의 형식을 단번에 무너뜨리고, 일순간 무장해제 시킬 수 있는 막강한 힘을 지녔다.

> 이것이냐 저것이냐
> 이것도 아니고 저것도 아니고 웃음은 아마도 그 둘 다이고
> 아마도는 아니고 그래서 그래島
> 웃음은 흑도 아니고 백도 아니고
>
> …(중략)…
>
> 웃음은 선유도 무의도 그래서 그래島
> 그런 그런 섬이름
>
> 진실 혹은 거짓
> 승리 아니면 패배
> 둘 중 하나가 아니고
> 둘 다 모두―

---

10  보들레르에 따르면, "여기서 고통과 위대함은 윤리적인 개념이 인간에 내재하는 절대적인 존재와의 관련에서 고통이며, 동물들과의 관련에서 위대함이다. 웃음은 이 두 가지 무한한 것들의 지속적인 충돌에서 생성된다."는 것이다. 류종영, 『웃음의 미학』, 유로, 2005, 307쪽 참조.

웃음은 제 3의 길, 가브리엘 천사
당신이 무언가를 배고 있다는 수태고지
신을 밴 당신 아, 당신?

―「웃음의 범위」『냄비는 둥둥』부분

「웃음의 범위」에서도 김승희는 웃음이 내포한 다양한 의미와 진폭을 유희적인 필치로 그려내고 있다. '진실 혹은 거짓'이나 '승리 아니면 패배'에서 둘 중 하나의 선택이 아닌 '둘 다 모두'의 편을 들어준다. 분열을 조장하는 흑백논리에서 벗어나 화합을 중시하는 태도로써 이도 저도 아닌 웃음은 이것도 저것도 동시에 가능한 것이며 또한 둘 다 옳은 것이다. 이럴 때 선유도나 무의도 같은 섬인 '아마도'[11]가 등장한다. 물론 '아마도 있을 수도 있고 아마도 없을 수도 있는' 것처럼 아마도의 존재성은 다소 모호하다. 그래서 김승희는 존재의 가능성을 부여해서 '그래島'라는 섬으로 재탄생시켜 놓는다.

한 시골 처녀(마리아)에게 성령(聖靈)에 의해 예수를 잉태하였음을 고지했던 가브리엘 천사가 지은 웃음은 '제3의 길'로 대변된다. '웃음'을 성스러운 경지로까지 끌어올렸다기보다는 웃음을 통해 발견한 그냥 그 길로서, 고통도 환희도 그 무엇도 아닌, '그래島'로 가는 길이 되는 것이다. 그 곳은 말 그대로 '없는 듯 있는' 제3의 길로 통하는 길목이다.

중력의 악마를 뿌리 채 뽑아내려는 듯

---

11  김승희의 소설 「아마도」에서는 두 명의 여주인공이 동경하는 세계로서 '율도국'을 비롯해서 '트리스탄 다 쿤하', '이니스프리', '네버랜드', '아마도' 등을 언급한다. "아마도 있을 수도 있고 아마도 없을 수도 있겠지. 바로 그런 아마도 같은 것일 거야."라며 자유와 평화를 누릴 수 있는 이상향으로 지목하고 있다. 김승희 소설집, 앞의 책, 85~94쪽 참조.

질질 끌고 가다가

휘두른 듯이 내려친 자루 걸레

그 봉 걸레에 먹을 듬뿍 찍어

병풍 위로 질질 끌고 다니며

불굴의 한 획으로

웃고 달려가는

잇달아 파고들며 웃고 달려가는

달아날수록 웃고 덤벼드는 뭉클뭉클한 천千의 산맥을 그린

걸레 수묵

후려치는 봉 걸레

빗자루를 타고 달려가는

웃는 웃음

그 웃음의 산맥을 타고 달려가는

꿈틀대는 웃는 웃음

그 웃음

빗자루가 휘갈기는 그 웃음

바보 웃음

- 「빗자루를 타고 달리는 웃음」
『빗자루를 타고 달리는 웃음』 부분


「빗자루를 타고 달리는 웃음」의 첫머리에서 시인은 "웃음이란 상징
적 사과 속에 들어 있는 수많은 씨앗 중의 하나"라는 보들레르의 구절
을 이용하며 '웃음'의 의미에 대해 일종의 화두를 제시한다. 김승희는
운보 김기창 화백의 미수전(米壽展)에서 "자루걸레에 검은 먹을 묻혀
마구 후려친 웃음의 대 폭주(大暴注, 大暴走)를 보았다"[12]고 작품에 대

---

12 비천하고 고단한 자루걸레의 일필휘지에서 참 많은 고통과 환희의 카니발을 느끼
면서 거장이 창조한 <13월 13일> 속을 몽환인 듯 걸어 나왔다. 경복궁 앞에서 허
리가 끊어지도록 웃느라고 한참을 걸어 나가지를 못했다. 많은 인간적 고통을 통
과해 온 거장의 빗발치는 자루걸레 그림(<점과 선 시리즈>)에서 <아름다운 타

한 인상을 유쾌하게 묘사한다. 비천하고 고단한 역할이 걸레의 속성일 진대, 그런 면에서 '인간적 고통을 통과해 온 거장의 빗발치는 자루걸레 그림'을 통해서 김승희 시인이 발견한 "아름다운 타자들의 연대"는 의미가 크다.

한편 '자루걸레 = 김기창 화백 = 비천하고 소외된 여성적 주체들'의 등식이 성립한다. 걸레처럼 비천하고 고달픈 존재로서 일평생 장애를 안고 살아야 했던 화백이 내면에서 분출하는 에너지를 작품화한 것을 감상하는 것만으로도 시적화자는 연대를 확인하는 자리에 선 것과 비등한 것이다. 소외된 여성 주체의 내면에서 봇물처럼 웃음이 쏟아져 나온다는 것은 곧 연대를 통한 치유의 상태임을 말해준다. 웃음이 지닌 막강한 힘, 초월적 의미가 아닌 까마귀처럼 펄럭이는 유쾌한 웃음은 권력자들을 향한 시인의 거침없는 일갈이며, 헤게모니를 전복시키는 웃음인 것이다. 그런 웃음의 힘은 무수한 고통을 뚫고 건너서야 느낄 수 있는 환희의 카니발이며, 곧 김승희 시인이 문학을 통해 궁극적으로 추구하는 "13월 13일"의 세상으로 이끄는 역할을 담당할 것이다.

이상 살펴본 바로는, 김승희는 일상의 경험들을 놀이로 치환하거나 슬픔조차도 놀이판으로 불러내어 한바탕 신명나게 춤을 추고 해학을 풀어놓음으로써 비극성을 초월하는 방식을 보여준다. 또한 그는 현실의 속박에서 벗어나 본래적이고 능동적인 삶을 회복하고자 할 때 '탈주'의 한 방편으로 유목주의적 사유 방식을 취한다. 박제된 화려한 삶을 거부하고 일상성을 부정하며, 부조리한 상황의 폭력을 고발함으로써 비상을 통한 강한 탈주에의 열망을 표출하는 것이다. 그러는 한편

---

자들의 연대>를 느낀 순간 나는 그만 그렇게 검은 까마귀와도같이 펄럭이는 유쾌한 웃음의 홍수를 출산하고 말았던 것이다. 김승희, 『빗자루를 타고 달리는 웃음』 <후기>, 민음사, 2000, 94~95쪽.

김승희는 진지하고 이성적인 것 앞에서나, 가부장적 권위나 질서에 맞서 생채기를 내고 교란시킬 수 있도록 웃음으로부터 강력한 힘을 빌린다. 이를 통해서 '아름다운 타자들의 연대의식'과 여성적 주체로서의 삶에 대한 인식태도를 드러내고 있음을 확인할 수 있다.

## 2. 자유의지와 자기실현의 길

앞에서 언급하였듯이 칼 융의 "개성화 과정"이란 전체성의 중심인 자기에 도달하기 위해 의식과 무의식의 통합을 위한 인간의 정신작용을 일컫는 말이다. 즉 "진정한 개성의 실현"을 지칭하는 용어로서 "자기실현"이라고 표현하는 것과 동일한 의미를 지닌다. 개성화 과정을 통하여 추구하는 것은 인격 전체가 새롭게 균형 잡힌 인격의 무게중심, 즉 전체성의 중심인 자기(自己)에 도달하는 것이다. 자기의 개념은 경험할 수 있는 것과 경험할 수 없는 것, 또는 아직 경험되지 않은 것을 포괄하고 있다.[13]

한편 김승희가 추구하는 자유의지는 궁극적으로는 사랑을 성취하는 데 목적을 둔 것으로써 시인이 창조해낸 초월적 세계에서 가능해진다. 13월 13일의 경우, 시간적 의미로서의 유토피아가 될 것이고, '무릉도원'이나 '그래도'로 지칭되는 세계는 공간적 의미에서의 유토피아라고 할 수 있다. 그 세계는 사실상 욕망의 최종 목표 지점이자, 현실적으로는 절대로 도달할 수 없다. 김승희 시인은 타고난 자유분방한 시정신과 작품을 통해서 자아의 자유의지를 구현하고 자기실현을 위한 부단한

---

13  이부영, 『자기와 자기실현』, 앞의 책, 53~54쪽.

노력을 보여주었다. 그 일환으로 왼손과 오른손 교차함으로써 그림자로서의 '나'와 내적 인격인 아니무스 '나'와의 만남이 성사되어 완벽한 자기실현의 경지에 이르는 길을 모색하는 일이 가능해질 수 있다.

## 1) 초월적 상상력을 통한 사랑과 자유의지 구현

누구나 고통스런 현실을 벗어나 아름답고 평온한 세계에서 살아가기를 꿈꾼다. 이상 세계는 닿을 수 없기에 간절해지고 영원한 그리움의 대상이 되는지도 모른다. 그럼에도 작가는 작품을 통해서 유토피아를 형상화함으로써 비현실을 현실로 만들고, 간접 체험을 하기도 한다. 김승희 또한 현실을 넘어서 이상향의 세계에 도달하려는 의지를 피력하고 있다. 예를 들면 시간적으로는 13월 13일을, 공간적으로는 '무릉도원'이나 '그래島'를 시 속에서 구체화시키는 작업을 통해서이다.

한편 13월 13일은 한 사회의 가부장적이고 제도권적인 관념의 세계라 할 수 있는 상징계, 그 너머의 세계[14]이다. 김승희가 중시하는 13월 13일은 '달력에는 없는 시간'이라는 뜻에서 현실에서는 부재하는 날이다. 동시에 자신들이 사랑할 수 있는 날을 의미하는 마렉 플라스코의 '제8요일'이나 모든 구원이 끝나버린 절망의 시간을 가리키는 게오르규의 '25시'와도 궤를 같이 한다. 그러나 그 세계는 무엇보다도 "환상적이고 장난스럽고 아름다움이 철철 넘치는 초현실의 시간이며, 자유가 펼

---

**14**  라캉의 실재계는 말하는 주체에 대해 상징계가 도입 또는 개입함으로써 현실(reality)로부터 추방되는 것, 간략하게 말하면 상징계에 의해 현실에서 추방되는 것이다. 실재는 언어의 그물을 빠져나가는 것으로서 말로 표현하기 불가능하다. 실재를 라캉은 '불가능'으로 정의한다. 불가능, 그것이 바로 실재계이다. 왜냐하면 실재는 표상(상징계)으로부터 추방된 것이기 때문이다. 임진수, 『상징계－실재계－상상계』, 프로이트 라캉학교 · 파워북, 2012, 201~204쪽 참조.

펄 흐르는 평온한 초원의 시간"15속에 특별히 설정되었음이 분명하다.

> 그런 사랑
> 13월 13일 같은 그런 사랑
> 토끼와 거북이가 뒤로 달리는 경주를 하고
> 싱그러운 초원 위에 뒹굴고 노는 그런 사랑
> 동서남북 어디인지 알 수 없게
> 방향을 지우고 놀다가
> 끝내는 이름도 얼굴도 잃어버리는
> 낙원 같은 그런 사랑
> 토마토 한복판을 가운데로 잘라내
> 똑똑 떨어지는 붉은 태양혈을 배꼽에 칠하고
> 응애 놀이를 하며 다시 태어나는 그런 사랑
>
> …(중략)…
>
> 탈주조차를 잊어버리는 사랑
> 눈보라처럼 부응할 방향 자체가 없는 그런 사랑
> 반대로 달려가면서도 웃을 수 있는
> 즐거운 즐거워서 원기 왕성해지는
> 13월 13일만 같은 그런 사랑
>
> ─「13월 13일의 사랑」『빗자루를 타고 달리는 웃음』부분

'13월 13일'은 이상의 초기소설 제목인 '12월 12일'에 비견16된다. 그

---

15  "사랑의 성숙은 어쩌면 가볍고 비현실적이며 신비한 13월 13일에서 시작하여 현
    실의 면적이 넓어짐에 따라 점점 무거워지는 바윗돌을 가슴에 안고 살아야 하는
    12월 12일 쪽으로 이동해가면서 얻어지는 것인지도 모른다." 김승희, 『김승희 ·
    윤석남의 여성이야기』, 마음산책, 2013, 189~192쪽 참조.

16  이상의 「12월 12일」이라는 소설이 너무 무겁고 끔찍한 이야기를 담고 있는 것처
    럼 보일지라도 그러나 보편적으로 인간에게 있는 업과 의무로서의 사랑이라는 것

런데 소설 「12월 12일」과는 다르게 「13월 13일의 사랑」에서 놀이하는 어린 아이는 천진난만하게 묘사된다. 그 천진함이 우리가 닮아야 할 순수한 모습이며, 기성세대에게 필요한 동심의 세계이다. 니체에 따르면 다른 사람의 욕망을 욕망하는 사람들이 세계의 주인일 수 없으며, 스스로 자기 욕망의 주인인 자만이 자기 세계를 갖는 것인데, 어린아이들은 자기 욕망에 대해 잘 알고 있다는 것이다.[17]

'토끼와 거북이가 뒤로 달리는 경주를' 하는 역발상적 사고를 통해 승패를 가르는 경쟁 대신 '싱그러운 초원 위에 뒹굴고 노는' 자유로움을 추구한다. 또한 시적화자는 '토마토 한복판을 가운데로 잘라'내었을 때 똑똑 떨어지는 붉은 과즙을 비유한 '붉은 태양혈'을 '배꼽'에 칠하면서 '응애 놀이를 하며 다시 태어나는' 그런 사랑을 꿈꾼다. 놀이에 흠뻑 취한 아이와 같은 모습처럼 사랑도 마땅히 그러해야함을 보여준다. 배꼽은 가부장제에 의해 해체된 육체의 근원이며 대립을 넘어선 완전한 생명의 존재로 나아가는 양가적 통로로 작용한다.

놀이하는 아이의 모습, 가장 순수한 사랑을 꿈꾸는 시적화자는 현실에서 존재하지 않는 13월이라는 시간개념을 내세운다. 현실에서 불가능한 사랑을 꿈꾸는 것이라 해도 무방하다. '끝내는 이름도 얼굴도 잃어버리는/낙원'처럼 완전히 무아지경에 이르러 주이상스(희열)[18]을 만

---

을 잘 보여주고 있다는 점에서 현실 시간의 무거움을 상징적으로 보여준다. 김승희, 위의 책, 192쪽.

**17** 고병권, 『니체의 위험한 책, 차라투스트라는 이렇게 말했다』, 그린비, 2003, 292쪽.

**18** 레비나스는 모든 대상적 세계와의 관계, 사물과의 관계를 향유로 설명한다. 프랑스어 향유(jouissance)는 한자어 享有로, 우리말로는 '전신적 기쁨'을 의미한다. jouissance는 원래 자연의 주기적 리듬과 일치하는 여성들의 월경에서 비롯된다. jouissance를 분철하면 'j'-ouïs sens'가 되는데, 이것의 뜻은 '나는 의미를 듣는다'이다. 향유는 존재의 풍요함이나 물질성과의 궁극적 관계, 사물과의 관계를 포함한다. 향유와 행복 안에서 자아의 운동은 자아의 충족성을 나타낸다. 자아는 행복.

끽하는 사랑이다. 이처럼 김승희가 꿈꾸는 사랑은 지상에 없는 신비스
럽고 초연한 13월 13일에 닿아 있다. 또한 시인이 창조한 세계이면서,
상징계적 질서와 제도를 뛰어넘는 순수하고 새로운 세계를 의미하는
것으로 라캉의 실재계와 부합된다고 하겠다. 그런 의미에서 13월 13일
은 욕망의 최종 목표 지점이자 절대로 도달할 수 없는 세계이다.


　　　그 날이 오면
　　　더 이상 나에겐 그리움이 없으리
　　　나의 문턱을 넘어 바다는 밀물을 데리고 들어오고
　　　밀물을 따라 푸른 수초, 해저의 붉은 산호,
　　　수천 마리의 검은 고래, 사랑스런 연분홍 새우와

　　　무지갯빛 진주조개들,
　　　흰 파도 거품이 묻은 빛나는 모래사장
　　　나의 문턱을 넘어 바다는 밀물을 데리고 들어오고
　　　그 날이 오면
　　　더 이상 나에겐 꿈이 없으리
　　　문턱을 넘어 보리밭이 들어오고
　　　보리밭은 황토를 끌고 들어오고
　　　황토는 어디에서 끝나는지 모를 종달새의 하늘을 불러오고
　　　코요테와 늑대들은 부엌 식탁에 걸터앉아
　　　남은 음식들을 은박지 종이에 싸고
　　　욕조에서는 검은 고래가 춤추고

---

자기에게로 돌아와 자기를 유지하는 존재이다. 그러나 자아는 비아 속에 유지된
다. 그것은 "자기 밖의 다른 것"의 향유지 결코 그 자신의 향유가 아니다. 사는 것
에 대한 근본적인 동의는 자아를 소외시키는 것이 아니라 자아를 유지하는 것이
며, 자신의 존재를 구성하는 것이다. 인간존재는 자신의 욕구로 번창한다. 향유하
면서 산다는 것은 행복, 자기만족인 동시에 본질적으로 이기주의에로 전환되는
의존이다. 김연숙, 『레비나스 타자윤리학』, 인간사랑, 2001, 69~77쪽.

눈보라 천장에 가득 차
벽에 걸린 벽시계는 붕대로 두 눈이 감겨지고

그날이 오면
나에겐 더 이상 도주逃走가 없으리
　─「13월 13일, 마지막 축제」『빗자루를 타고 달리는 웃음』 부분


　크리스테바가 제기한 '카니발적 요소'는 무엇보다 획일적인 질서를
강요하는 세력을 우스꽝스럽게 만듦으로써 모든 계층에게 즐거움과
함께 긴장의 해소를 안겨준다[19]는 점에서 「13월 13일, 마지막 축제」와
의 관련성을 찾아볼 수 있다. 특히 '그날'이 바로 카니발이 열리어, 이미
꿈꿀 필요조차 없이, 축제로 하나가 되는 때이기 때문이다. 13월 13일,
그날이 오면 화자를 애달프고 절박하게 했던 '그리움'이나 '꿈'의 순간
들, 그리고 '도주'의 필요성까지 모두 사라지고 평화와 안식과 축제의
장이 펼쳐지는 것이다. '나의 문턱을 넘어'에서 문턱은 이곳과 저곳을
구분하는 경계 지점이며, '문턱을 넘는' 행위는 그러한 경계가 일순 허
물어짐을 의미한다.
　밀물져 온 바다는 '푸른 수초, 해저의 붉은 산호, 수천 마리의 검은 고
래, 사랑스런 연분홍 새우와 무지갯빛 진주조개들, 흰 파도 거품이 묻
은 빛나는 모래사장' 등 신비롭고 아름다운 광경을 눈앞에 곱게 펼쳐
놓는다. 또한 여기와 거기의 경계인 '문턱'을 넘어 들어온 보리밭이, 황
토를 끌고 들어오고, 황토는 종달새의 하늘을 불러들인다. '코요테와
늑대들'이 '부엌 식탁에 걸터앉아 남은 음식들을 은박지 종이에 싸'고

---

19 김인환, 『줄리아 크리스테바의 문학 탐색』, 이화여자대학교출판부, 2003, 71~
72쪽.

있다거나 검은 고래가 욕조에서 춤추는 일, 천장에 눈보라를 가득 채우는 광경을 상상하는 것만으로도 즐거워진다. '벽에 걸린 벽시계는 붕대로 두 눈이 감겨'짐으로써 우리가 분주한 일상에 치이고 늘 시간에 쫓기느라 누리지 못했던 여유를 마음껏 누릴 수 있게 되었음을 말해 준다. 그리고 '그날', 즉 13월 13일이 오면 더 이상 도주(逃走)할 필요조차 없다. 탈주가 필요 없는 세상이 도래하는 것이다. 이는 13월 13일이 지향하는 좌망(坐忘), 즉 무아의 경지에 다다르는 것을 의미한다.

마음이 세상에 나오면 노래가 된다는
장사익의 말……
그래서 아리랑이 나왔지,
하얀 꽃 찔레꽃 찔러 찔려가며
그래서 나왔지, 찔리다 못해 그만 둥그래진 아리랑이
둥그래진, 멍그래진,
찔렸지 울었지 그래 목놓아 울면서 흘러가노라

장사익의 <찔레꽃>이나
이애주의 <부용산>이나
그렇게 한번 세상을 산 위로 들었다 놓는 마음
13월의 태양 아래
찔레꽃 장미꽃 호랑가시 꽃나무가
연한 호박손이 되고 꽃순이 되고
흩어지는 민들레 홀씨로 날아갈 때까지
마음이 마구 세상에 흘러나오고 싶은 그 순간까지
숨을 참고 기다리다
하늘만 푸르러 푸르러
그런 아리랑

― 「천의 아리랑―2.부용산」 『희망이 외롭다』 부분

「천의 아리랑—2」에서 노래꾼 장사익의 "마음이 세상에 나오면 노래가 된다"는 말은 곧, 아리랑[20]이 함의한 치유의 기능에 닿아 있음을 의미한다. 그가 부르는 찔레꽃의 한 소절처럼, 찔레의 하얀 꽃빛이 우리 민족의 한을 담고 있어서 목 놓아 울게 한다. 그 울음은 아리랑이 담고 있는 한의 정서와 동일한 '찔리다 못해 그만 둥그래진' 결과로서의 아리랑이다. 찔레꽃에서 연상된 '찌르다'란 말이 '둥그렇다'로 변환하여 회환의 심정에서 애도의 심경으로 진행되는 것을 보여준다. 그리고 다시 '둥그래지다'에서 파생된 '멍그래지다'는 상실감에서 비롯된 회환과 애도의 심정이 둔화되는 상태, 혹은 멍해지다(?)로 전이된다.

시인 특유의 말장난이 가미된 '둥그래(지다) 멍그래(지다)'는 얼마간의 음상을 달리하는 반복합성의 부사 '아리랑 쓰리랑'을 연상케 한다. '아리랑'이 둥근 형체를 띤다는 의미에서 '둥글고 멩(맹)글고'로도 변주가 가능하다. 그런 과정을 거쳐 결국엔, '찔렸지 울었지 그래 목놓아 울면서 흘러가노라'에서 '찔리다—울다—(목 놓아)울다—흘러가다'의 과정을 거치는 사이 둥그래진 마음이 아리랑을 낳는다. 그냥 우는 것이 아니라 목 놓아 옮으로써 마음 속 맺힌 슬픔과 고통과 한이 다 씻겨 내려가는 카타르시스를 경험하게 된다. 이때 비로소 자기치유의 기능이 발휘되는 것이다.

시적화자는 장사익의 '찔레꽃'이나 이애주의 '부용산'으로 인하여 '그

---

[20] "아리랑을 한(恨)의 노래이자 님에 대한 양면 감정의 노래로 볼 때는 상실에 대한 태도 중 우울증의 국면을 더 초점화한 것이고 아리랑을 힘의 노래라고 볼 때는 상실에 대한 태도 중 애도의 초월적 치유적 국면을 더 초점화하여 읽은 것이 되며, 아리랑을 여성 섹슈얼리티가 과감하게 드러나는 젠더 해체의 노래라고 볼 때는 이드의 명령에 따라 당대 상징 질서의 이전으로 가고자 하는 리비도적 열락의 노래가 된다." 김승희, 「아리랑의 정신분석—상실에 맞서는 애도, 우울증, 열락(jouissance)의 언어」, 앞의 글, 86쪽.

렇게 한번 세상을 산 위로 들었다 놓는 마음'의 감동을 경험한다. 노래가 되어 밖으로 분출하려는 지점이 곧 '마음이 마구 세상에 흘러나오고 싶은 그 순간'이며 그때까지 '숨을 참고 기다리다/하늘만 푸르러 푸르러' 슬픔과 애도의 '아리랑'으로 된 것이다. 김승희가 다시 불러들인 '13월의 태양' 아래에서는 '찔레꽃 장미꽃 호랑가시 꽃나무'의 가시들이 변해서 '연한 호박손'이나 '꽃순'이 된다. 또한 마음을 다 놓아버리고, 홀홀 털어버려 홀가분하게 '흩어지는 민들레 홀씨로 날아갈 때'에는 마음 속 슬픔을 목 놓아 울음으로써, 즉 그 한(恨)을 표출함으로써 카타르시스를 경험할 수 있는 것이다. 아리랑의 이러한 치유의 기능의 바탕에는 밝게 비추는 '13월의 태양'이 존재한다.

> 왼편에서 오른편으로 비켜 올라가며 보았을 때
> 산은 날아가고
> 계곡은 아득하고
> 수정처럼 맑은 물은 흘러내리는데
> 오른편엔 복숭아밭이 가득하더라
> 봉우리 봉우리마다 향그리움
> 봉우리 복숭아들의 향그리움
> 도원―
> 낮은 산은 부드럽고
> 복숭아밭은 높은데
> 낮은 봉우리와 계곡엔 선녀의 소맷자락 같은 향기 가득하고
> 사랑하는 사람들은 늙지도 않고 죽지도 않고
> 사랑하는 사람들끼리
>
> ―「몽유도원도」『희망이 외롭다』부분

유토피아에 대해 김승희가 그의 작품에서 시간적 의미로 13월 13일을 거론했다면, 공간적 의미로 몽유도원, 즉 무릉도원의 세계를 펼쳐 보인다. 위의 시에 나오는 '몽유도원도'는 안평대군이 꿈속에서 본 도원의 풍경을 안견이 그림으로 형상화하였으며, 전란으로 피폐한 현실을 벗어나 평화롭고 아름다운 이상향의 세계에 대한 동경을 담고 있다.

안견은 일반적인 두루마리 그림과는 상반되게 화면의 좌측 아래쪽에서 우측 위로 대각선을 따라 현실세계와 꿈속의 세계를 효율적이고도 치밀하게 배치하였다. '왼편에서 오른편으로 비켜 올라가며 보았을 때'에서 알 수 있듯이, 왼편, 중간, 오른편 이렇게 세 부분으로 나누어 현실, 도원의 입구, 도원의 순으로 작품은 보는 사람으로 하여금 시선을 쫓아오게 만든 점이 눈에 띤다. 또한 평원과 고원의 대조를 통해 산세의 웅장함과 환상적인 느낌을 더욱 고조시키고, 넓게 펼쳐진 도원을 강조하기 위해 다른 부분과는 달리 이곳만 조감도를 사용하여 묘사한 점이 특이하다. 그리고 동양 산수화의 원근법은 이야기가 전개되듯이 실제로 파노라마처럼 그림을 보는 우리가 직접 걸어서 산을 오르는 감흥을 불러일으키게 한다.

한편 봉우리와 더불어 복숭아가 풍기는 '향그리움'은 '향기(향긋함)'와 '그리움'의 조합으로, 쉽사리 손에 닿지 않을 유토피아에 대한 향수를 자아내는 작용을 하고 있다. 김승희는 그러한 이상향의 세계, '도원'에서 '사랑하는 사람들은 늙지도 않고 죽지도 않'는 불로불사의 상태를 꿈꾸며, 사랑하는 사람들끼리는 영원히 함께 할 수 있기를 바라는 심정을 드러내고 있다.

> 그래도 사랑의 불은 꺼뜨리지 않는 사람들
> 세상에서 가장 아름다운 섬, 그래도

어떤 일이 있더라도
목숨을 끊지 말고 살아야 한다고
천사 같은 김종삼, 박재삼,
그런 착한 마음을 버려선 못쓴다고

부도가 나서 길거리로 쫓겨나고
인기 여배우가 골방에서 목을 매고
뇌출혈로 쓰러져
말 한마디 못 해도 가족을 만나면 반가운 마음,
중환자실 환자 옆에서도
힘을 내어 웃으면서 살아가는 가족들의 마음속

그런 사람들이 모여 사는 섬, 그래도
그런 사람들이 모여 사는 섬, 그래도
그 가장 아름다운 것 속에
더 아름다운 피 묻은 이름,
그 가장 서러운 것 속에 더 타오르는 찬란한 꿈
누구나 다 그런 섬에 살면서도
세상의 어느 지도에도 알려지지 않은 섬,
그래서 더 신비한 섬,
그래서 더 가꾸고 싶은 섬, 그래도
그대 가슴속의 따스한 미소와 장밋빛 체온
이글이글 사랑에 눈이 부신 영광의 함성
그래도라는 섬에서
그래도 부둥켜안고
그래도 손만 놓지 않는다면
언젠가 강을 다 건너 빛의 뗏목에 올라서리라,
어디엔가 걱정 근심 다 내려놓은 평화로운
그래도, 거기에서 만날 수 있으리라

　　　　　―「그래도라는 섬이 있다」『희망이 외롭다』전문

「그래도라는 섬이 있다」에서 그려내는 '그래도'라는 섬 또한 무릉도 원처럼 '세상의 어느 지도에도 알려지지 않은 섬'이자 시적화자가 만들어낸 상상 속의 공간이다. '그럼에도'의 의미로 쓰인 '그래도' 혹은 '그렇지만'의 양보의 의미를 내포한 접속부사 '그래도'의 마지막 음절을 섬을 뜻하는 '도(섬＝島)'와 관련시켜 섬의 고유명사처럼 사용한 일종의 언어유희 전략이다. '그래도'는 절망에 찬 현실에서 희미한 희망의 끈을 놓지 않으려는 안간힘, 혹은 간절한 바람으로 분석된다.

세상을 사는 우리들은 지금 비록 암울한 상황에 처해 있지만, 어딘가 그럼에도 가닿을 수 있는 일말의 희망이 넘쳐나는 장소로서 상기되는 곳이다. 부도가 나서 길거리로 쫓겨난 가장, 골방에서 목을 매는 여배우, 뇌출혈로 쓰러진 중환자 옆에서 차마 울지도 못하는 가족 등 절박한 사태에 내몰리거나 생사의 기로에 선 사람들의 마음속에 자리한 섬이 바로 '그래도'이다. 시적 화자는 어떤 상황 속에서도 목숨 끊지 말아야 하며, 사랑의 불씨를 꺼뜨리지 않고 살다보면, 언젠가 험난한 강을 건너는 '은빛 뗏목'에 올라서서 평화로운 그 섬에 닿을 수 있다는 구원에의 메시지를 전하고 있다.

그런데 위 시는 따스한 전망을 제시해 주고 있음에도 순조롭게 낭송이 되지 않는 요소가 있다. 예를 들면 '말 한마디 못 해도 가족을 만나면 반가운 마음'이나 '힘을 내어 웃으면서 살아가는 가족들의 마음속'처럼 지나치게 자세하고 구구절절하게 설명하고 제시한 구절들이 빈번히 눈에 띄기 때문이다. 그것은 시가 지닌 음악성과 회화성은 염두에 두지 않더라도 김승희의 시에서 함축성과 모호성이 결여되었다는 것을 의미한다. 따라서 김승희는 독자들에게 과잉친절을 베풀어주기보다는 긴장감을 부여하고 상상할 수 있는 여지를 남겨주기 위해 진술에 의존하려는 자세는 지양해야 할 것이다.

## 2) 교차의 미학을 통한 자기실현

김승희가 지향하는 이른바 "교차의 시학"은 수직적 광기의 세계와 삶을 미완성인 채로 바라보는 수평적 일상의 세계와의 만남이며, 완성과 미완성이 서로 만나는 교차점을 통해서 그것이 가능해진다.[21] 왼손이 수직적 광기를 표상한다면 오른손은 수평적 슬픔의 세계를 표상한다. 김승희는 이런 시학을 판소리의 구조와 관련지어 해명하고 있다. 절제되고 압축된 운문으로 비장미를 지닌 창과, 창 부분의 긴장을 풀고 그 비장미를 완화시키는 이완의 구조로 된 아니리의 조화가 최적화된 상태의 시를 가리켜 '왼손의 창과 오른손의 아니리가 있는 시'라고 정의한다. 수직적 광기의 세계란 인간의 지상적 한계를 극복하여, 신이 되려는 노력으로 이해할 수 있는데 그것은 삶에 대한 비극적 인식을 환기시키는 것이다. 반면 수평적 일상의 세계는 자신의 삶에 있는 그대로, 미완성인 채로 보려는 노력을 뜻한다.

> 아리랑이 있었고 아리랑은 명사가 아니라
> 동사요
> 서로 가시를 내미어 부비며 쑤시며 마구 떨렸어도
> 다만 흘러내리는 피가 더웠기 때문이다
>
> 사랑이란 그런 것이다
> 너의 가슴 안에 있는 아리랑이
> 나의 가슴 안에 있는 아리랑을 만났을 때
> 모든 피아노에 흰건반과 검은 건반이 있듯
> 생소하지 않아서, 혈연처럼 참회처럼
> 온갖 독극물과 피와 쥐와 정액에 시체 방부제까지 섞인

---

21  이승훈, 『한국현대시론사』, 고려원, 1993, 395~396쪽 참조.

더러운 한강 물속으로 뛰어들려다가
잠시 멈춰
네 가슴의 녹슨 피아노를 손으로 어루만지듯
미친 아리랑을 피아간에 아득하게 들어주는 것이다
　　　－「천의 아리랑－1.가슴속의 피아노」『희망이 외롭다』부분

　「천의 아리랑－1」에서 '아리랑은 명사가 아니라/동사'라는 구절은 '아리랑'의 품사는 그저 한국인의 한의 정서를 담은 백성의 노래(민요)라는 명사에 머물지 않음을 의미한다. 대신에 '아리게 쓰리게' 삶 속에서 끊임없이 변주되기 때문에 동사로 규정할 수 있다. 우리는 해소되지 않을 삶의 중압감으로, 내면의 가시를 내밀어 서로를 찔러댄다. 그럼에도 '너의 가슴 안에 있는 아리랑이/나의 가슴 안에 있는 아리랑을 만났을 때' 그 두 아리랑의 만남을 통해 비로소 사랑이라는 기적이 일어난다. 죽음의 의지도 멈추게 하고, 타자의 가슴 속 녹슨 피아노를 손으로 어루만지듯 삶에 새로운 호흡을 불어 넣어준다. 피아노의 흰 건반과 검은 건반이 있음으로 해서 화음을 창출해 내고, 너와 내가 가슴에 품은 아리랑(=녹슨 피아노)이 서로 만나는 자리에서야 마침내 화해와 용서, 그리고 치유가 가능해진다. 서로의 아픔을 이해하고 보듬기 위해서는 만남이 전제되어야 한다. 그렇지만 앞서 언급했듯이 '사랑이란 그런 것이다'와 '온갖 독극물과 피와 쥐와 정액에 시체 방부제까지 섞인'이라는 구절이 장황한 진술 혹은 나열의 방식을 취하고 있어서 자연스러운 시의 흐름을 방해한다. 이로 인해 시적 긴장감은 상실되고 독자가 시를 읽으면서 느끼는 청량감과 호쾌함은 반감되는 결과를 초래하였다.

그 뜨거운 홀연
순간

그 미끄러운 순간
날씨처럼 항상 변하고 있는
천연,
어디에도 밑줄을 그을 수 없는
그 순간
아낌없는 순간
죽어도 좋은 순간

           — 「물이 수증기로 바뀌는 순간」 『냄비는 둥둥』 전문

　「물이 수증기로 바뀌는 순간」의 경우, 시적화자는 액체인 물이 기체인 수증기로 변화는 찰나의, 그 접점에서 느끼는 감동을 드러내었다. 기화(氣化)는 액체와 기체가 극적으로 교차하는 순간이면서 매혹적이다. 물질의 상태는 변해도 본질은 그대로 간직하기 때문이다. 이에 대하여 시적화자는 '홀연'이고 '미끄러운'이자 '천연'이며 '아낌없는' 그리고 '죽어도 좋은' 상태라고 변화의 순간이 지니는 속성들을 병치시킨다. 순간의 감동이기에 '어디에도 밑줄을 그을 수 없는' 상황에 도달하는 것이다. 시인은 이러한 기화(氣化)의 순간을 지상에서 천상으로 수직 상승하는 감각의 치환으로 숨 가쁘게 그려낸다.

　그렇지만 전문이 9행의 시에서 '순간'이라는 관념적인 시어가 연거푸 5회, 제목을 포함하면 총 6회 등장한다. 그렇기 때문에 반복적 사용으로 인해 '순간'이 긴박감을 내포한 시어임에도 시적 긴장을 와해시키는 작용을 한다. 그러한 점에서 김승희 시인은 가능한 관념어의 사용을 지양하고 구체성을 띠는 시어로, 시적 긴장감을 확보하는 글쓰기가 필요하다고 본다.

열한 살 예쁜 딸이 두 손으로 치는
피아노 콘체르토를 들어본 적이 있는가?
두 손으로, 아아
그 아름다운 두 손으로,
빛을 꿈꾸며, 빛을 부르며, 불 없는 세상을
탄하기보다, 태초의 심한 원시림에서 나무와
나무가 바람에 흔들려 서로 마찰되어
불이 일어나는 일이 있었던 것처럼,
두 손으로 베토벤의 피아노 5번 콘체르토를,

…(중략)…

추위와 어둠 속에서 홀로 기도하고 있는
늙고 주름진 한 여인을 만났네
왼손과 오른손을 맞잡고
그 늙고 누추한, 이 천년쯤 늙어 보이는 쭈글쭈글한
두 손으로 신을 부르며,

…(중략)…

왼손과 오른손이 만난다면
왼손과 오른손이 만난다면
음악이 되고 헤엄이 되고 기도가 되고
성냥불이 켜지고
아아, 또 떠오름이 되고
떠오름이 되어 하늘을 가르고

—「왼손과 오른손이 만났을 때」
『세상에서 가장 무거운 싸움』 부분

「왼손과 오른손이 만났을 때」에서 두 손이 의미하는 것은 왼손이 지
닌 수직적 광기와 오른손이 내포한 수평적 슬픔이며 그 두 손이 만나는

것은 순수한 열정과의 결합을 뜻한다. 그것은 '어둠 속에서 성냥불이 켜지'는 일이며, 열한 살 예쁜 딸아이가 '두 손으로 베토벤의 피아노 5번 콘체르토'를 연주하는 일이며, '추위와 어둠 속에서 홀로 기도하고 있는 늙고 주름진 한 여인을 만'나는 것이기도 하다. 즉 왼손과 오른손이 만남으로써 음악이며, 기도며, 불을 밝혀 하늘을 가르는 것이 가능해지고, 지극한 아름다움의 순간이 실현된다.

시인이 시의 말미를 종결형으로 끝내는 대신 '고'라는 연결어미로 마친 의도는 그 아름답고 고결한 순간의 의미들이 지속적이고 무궁하게 이어졌으면 하는 바람이 반영된 것으로 볼 수 있다. 왼손과 오른손이 교차함으로써 그림자로서의 '나'와 내적 인격인 아니무스인 '나'와의 만남이 성사되는 것을 의미한다. 이것은 또한 칼 융이 말하는 자기완성의 과정, 즉 '개성화 과정'으로 내 안의 모순되고 양면적인 인격의 요소들을 하나로 통합하여 어떤 완성된 상태에 다다르는 것이다.

사랑한다는 것
미워한다는 것
같이 살자는 것
같이 죽자는 것

손금이요
지문이다
같이 사는 동안
손금과 지문이 닮아졌네

배와 배가 만나야만 잉걸불이 탈 수 있는
배밀이 불새

　　　　　　　　　　　　　—「여보」『냄비는 둥둥』 전문

그간의 김승희 시에서는 결혼이라는 제도가 여성의 권리를 억압하고 여성에게 불리한 입장에 처하도록 한 부정적 측면을 드러낸 것이 압도적이었다. 그런데 이 시 「여보」에서는 결혼을 통해 만난 남녀 두 사람은 사랑과 미움으로 손금과 지문이 닮도록 함께 사는 일은 지극히 평범한 일상이면서도 귀하고 소중한 일임을 보여준다.

　　'배와 배가 만나 배밀이를 하는 일'은 관능적인 이미지의 묘사로 운우지정을 나누는 부부의 합일된 모습을 보여준다. 여보와 당신의 만남이 잉걸불을 지펴 생명을 점화시킴으로써 '불새'의 탄생이 가능해진다. 불새는 영원불멸, 즉 존재의 영속성을 나타내는데, 이는 불사조와 동일한 것으로 영원불멸의 사랑, 그 자체가 된다. 한편 '오, 불새를 본 사랑하는 사람들에게/運命은 좀더 견디기 쉬운 것인가?'(「태양미사」)에서처럼 '불새'는 사랑으로 힘든 운명을 견디게 하는 긍정적 역할을 수행한다. 이처럼 결혼이라는 제도의 긍정적 측면, 사랑과 미움의 교차, 삶과 죽음을 아우르는 건강한 아니마와 아니무스와 만남이 자기완성(불새의 탄생)으로의 길을 열어준 것이다.


　　　　그렇게 당신은 파도를 뿜는다
　　　　그렇게 당신은 꺼졌다 살아난다
　　　　그렇게 당신은 달빛 아래 둥근 꽃봉오리의 속삭임이다
　　　　은환의 질주다

　　　　그대가 하는 일에 나도 참가하게 해다오
　　　　이 사업은 하느님과의 동업이다
　　　　그 속에서 나는 사랑을 발견하겠다
　　　　　　　　　　—「신이 감춰둔 사랑」『냄비는 둥둥』부분

작가 이상은 시 「거울」에서 '외로된 사업에 골몰'하겠다면서 자기분열의 상태에서 자신의 계획을 수립하고자 하였다. 그런데 김승희의 「신이 감춰둔 사랑」에서는 '그대가 하는 일에 나도 참가하게 해다오'라며 동일의 의미를 지닌 보조사인 '도'에 방점을 찍어 적극적인 관계맺음을 희구한다. 또한 '이 사업은 하느님과의 동업'이라고 막중한 의미를 부여하고 있는데, 시적화자는 그 속에서 진정한 '사랑의 발견'을 바라는 심정을 노래한 것으로 분석된다. 「거울」 속의 화자가 자기 안에 갇혀 분열증을 보이는 반면 김승희의 시에서는 밀접한 상관성에 주목하여 타자와의 관계맺음에 초점을 맞춘다. 시인이 말하는 '사랑'은 곧 '하느님과의 동업'일 정도로 중요하고 의미 있는 사업임이 분명하다.

한편 '파도를 뿜'으면서 '꺼졌다 살아'나는 부분에서 '당신'이 시적화자에게 있어 얼마나 절박한 존재인지를 드러낸다. '달빛 아래 둥근 꽃봉오리의 속삭임'에서는 시각과 청각의 공감각적 표현을 통해 은밀하고 아름다운 성적 구애의 작업을 묘사하고 있다. 또한 '은환의 질주'라는 관능적인 행위를 은유적 표현으로 구사하고 있는 것도 눈에 띤다. 이것은 바로 생명 탄생의 사전준비 작업으로서 남녀 간의 사랑을 나누는 행위를 섬세한 터치로 묘사한 것이다. 그러한 일련의 과정을 통해 새로운 생명[22]의 탄생으로까지 연결 짓는데, 이것은 사랑의 결정체의 '출산은 곧 인간의 유한성으로부터 미래를 지속할 수 있도록 구원받는

---

22 레비나스는 감추어진 것, 전적으로 타자적인 것의 발견은 아이의 출산을 통해서 실현된다고 본다. 그리고 아이의 출산으로 나와 타자 사이에 일어난 분리와 결합의 끊임없는 운동이 멈추게 되는데, 아이는 〈타자가 된 나(moi ètranger à soi')〉라는 것이다. '나'는 아버지가 됨으로써 나의 이기주의, 나에게로의 영원한 회귀로부터 해방되어 자아는 이제 타자와 타자의 미래 속에서 자신의 한계를 초월한다. 레비나스는 이러한 미래와의 관계를 '출산성'이라 부르며, 이로써 인간은 자기 자신의 유한성으로부터 구원받는다고 주장한다. 강영안, 『타인의 얼굴—레비나스의 철학』, 문학과지성사, 2005, 158~159쪽 참조.

거룩한 행위로 파악할 수 있다.

> 하나를 이루기 위하여
> 그 하나에 닿기 위하여
> 나는, 하나하나, 소등 연습을 해야 할는지도
> 모른다.
> 가로등이 다 꺼진 어둠 속으로
> 솜처럼 착하게 다 적셔져서
> 세상에서 가장 아름답게 타오르는
> 하나의 봉화가 되고 싶은지도 모른다
>
> ─「하나를 위하여」『달걀 속의 생(生)』 부분

「하나를 위하여」에는 수많은 겹을 다 걷어내고 고갱이만 남도록, 거추장스럽게 걸쳐야만 했던 일상적 삶의 무수한 페르조나를 벗어던지고 진정 본연의 모습을 회복하고 싶은 화자의 간절함이 나타나 있다. '하나'라는 시어에는 순결하고 욕심 없는 화자의 진정함이 담겨 있으며 그 외에도 수많은 것이 함축되어 있다. 우선 내적인격과 외적인격이 합일하여 온전한 '나'가 되는 일에서 출발한다. 그 다음으로는 타자와 자아가 하나가 되는 일, 분단된 조국이 통일되는 일, 나아가 현실과 이상의 합일에 이르기까지 그 예도 다양하다.

시적화자는 그 '하나'를 이루고 하나에 닿기 위한 우선순위로 소등 작업을 들고 있다. 그것은 '가로등이 다 꺼진 어둠'으로 자신의 욕망과 허울을 다 벗어던지는 일이며, 연소가 잘 이루어지도록 도와주는 연료가 '솜처럼 착하게 다 적셔'진 후에야 '하나의 봉화'가 되어 세상에서 가장 아름답게 타오를 수 있기 때문이다.

그런데 시인은 위의 시에서 '나는 ~ 할는지도 모른다'라거나 '~싶은 지도 모른다'처럼 자기 확신이 서지 않는 종결어 처리로 인해서 시적 긴장감을 떨어뜨린 결과를 초래하고 있다. 하나가 되고 싶은 시적화자의 절실함과는 상반되는 소극적인 자신의 의지 표명은 아쉬움으로 남는다.

종합해 보면, 자기실현의 마지막 단계로서 김승희 시인이 꿈꾸는 사랑은 13월 13일이 상징하는 초월적인 세계에 닿아 있다. 시인은 그 속에서 물아일체를 넘어서 좌망(坐忘), 즉 무아지경의 주이상스(jouissance)를 만끽하는 사랑을 추구한다. 한편 '교차의 미학'에서는 그림자로서의 '나'와 내적 인격인 아니무스 '나'와의 만남을 기반으로 하여, 타자의 아니마와 시인의 아니무스가 성숙한 만남으로 이어지는 것이 가능함을 피력하였다. 이것은 수직적 광기의 세계인 오른손과 수평적 슬픔의 세계인 왼손과의 만남, 즉 교차를 통해서 온전한 하나로 거듭나는 과정을 보여주는 것이다. 또한 타자와의 관계맺음에서 새로운 생명 탄생의 결실로까지 나아가며, 일상적 삶의 무수한 페르조나를 벗고 주체적 여성의식을 지닌 자아의 모습에 가 닿음으로써 자기실현의 길을 열어주고 있음을 알 수 있다.

## 제 5 부

## 신명이 이끈 자기실현의 길

그 가장 서러운 것 속에 더 타오르는 찬란한 꿈
누구나 다 그런 섬에 살면서도
세상의 어느 지도에도 알려지지 않은 섬,
그래서 더 신비한 섬,
그래서 더 가꾸고 싶은 섬, 그래도
그대 가슴속의 따스한 미소와 장밋빛 채온
이글이글 사랑에 눈이 부신 영광의 함성
그래도라는 섬에서
그래도 부둥켜안고
그래도 손만 놓지 않는다면
언젠가 강을 다 건너 빛의 뗏목에 올라서리라,
어디엔가 걱정 근심 다 내려놓은 평화로운
그래도, 거기에서 만날 수 있으리라
― 「그래도라는 섬이 있다」 중에서

시인은 끊임없이 자신을 치열한 상황 속으로 밀어 넣는 존재이다. 마치 천형을 견디는 순교자 혹은 불굴의 전사처럼, 상처투성이 만신창이가 되도록 극도의 투쟁의지를 불태운다. 그러므로 싸움을 멈추지 않는 한 시인은 늙지도 죽지도 않는 불로의 불사조이다. 여기 가부장제, 남성 중심주의에서 소외된 여성의 억압체계를 극복하여 양성성의 획득을 꿈꾸고, 탈식민주의의 관점에서 주체적 사명의 필요성을 역설한 시인이 있다. 김승희 시인! 부조리한 현실에 대항하여 가장 선봉에 서서 고민하고 부당함에 맞서 제 목소리를 낸 주역이다. 섣불리 자신을 대놓고 투사를 자처하지 않더라도 풍자와 해학의 기지로써 시대의 불편한 진실을 폭로하고 첨예한 비판의 칼날을 겨눈다.

김승희는 시인이면서 소설가이고 이론을 파고드는 지식인이면서 지성인의 풍모를 지녔다. 그래서 표면적으로는 그의 시가 저돌적이고 도발적인 강렬한 인상을 풍기기 일쑤다. 그렇지만 조금만 더 면밀히 들여다보면 그가 부단히 지금, 여기를 기점으로 시대를 해석하고 현실을 분석하고 있음을 확인할 수 있다. 이를 바탕으로 자신에 대한 깊은 성찰과 내면의 실존적 고뇌가 문학적 표출로 이어진다. 물론 김승희가 역사를 노래하고 엄혹한 세태를 비판하는 극단적 현실 참여의 시인은 아니다. 그렇지만 한곳에 고정되거나 고인 채 부패되는 것을 거부하고 늘 새로운 변화와 발전을 모색하는 작가로서의 면모를 가감 없이 보여준다.

이제까지 김승희 시인의 초기시집, 『태양미사』로부터 최근에 발표된 시집, 『희망이 외롭다』에 이르기까지 주제에 따라 시를 선별하고 칼 융의 이론과 여성주의 이론가들의 이론을 접목하여 분석해 보았다. 2부에서 김승희는 자신의 시에서 주제를 분명하게 인식하며, 그것을 가장 효과적으로 표현할 수 있는 방법을 다양하게 실험하고 시도하고 있음을 발견할 수 있다. 그런 연유로 김승희의 시에서 광기, 난폭, 괴물 등 부정적 아니무스 양상을 띤 시어도 어렵지 않게 발견된다. 그렇지만 태양이나 호랑이, 늑대 등의 강인한 남성성을 함유한 소재를 사용하여 주체적이고 건강한 자유의지를 보여주는 것 또한 쉽게 찾아볼 수 있다. 또한 '샤먼'의 이니시에이션의 제의를 통해 자기를 발견하며, 진정한 시인으로 거듭나는 모습을 보여준다. 이를 반영하여 김승희는 온전하고 건강한 여성성(양성성) 회복을 위해서 신명나는 치열한 도전을 멈추지 않는다.

3부에서는 김승희 시인이 차용과 아이러니컬한 풍자의 방식으로 고착화된 가부장적 질서 속에서 소외된 여성의 존재를 부각시키고, 여성을 억압하는 우리 사회의 구조적 모순을 고발한 점에 주목하였다. 또한 자본주의의 일상성에 매몰된 현대인의 모습과 탈식민주의적 관점에서 타자화된 여성의 사회적 현존성에도 강력한 반기를 든 것을 확인할 수 있다. 여성을 주체로 한 김승희의 시는 일상과 억압구조로부터의 탈출과 새롭게 부활하는 열린 삶으로의 도전의식을 부각시킨다. 또한 능동적이고 주체적인 삶을 강조하는 여성의식을 강하게 드러내고 있다. 특히 그의 시에서 '어머니'는 모성성의 결핍된 존재로서 성녀를 거부하는 '마녀'나 때로는 웅녀이길 거부하는 '호랑이' 등으로 변용되는데, 이는 가부장제를 벗어난 새로운 모성을 정립하려는 의도로 파악할 수 있다.

나아가 김승희의 시적 사유는 그것이 여성으로서의 실제적 경험에서 비롯된 것이든 혹은 진정한 가치를 상실한 현존재의 실존적 상황에 근거한 것이든 결국 자아를 에워싸고 있는 현실의 억압된 논리나 제도로부터 탈출하고자 하는 자유와 주체적 여성의식에 집중되어 있다. 이것은 김승희가 1980년대 한국의 시사에서 주체적인 여성의식을 바탕으로 한 여성담론을 적극적으로 펼쳐가며, 여성의 자의식을 시 속에서 구현하고자 부단히 노력해 왔음을 증명해 보여주는 것이다.

4부를 통해서 김승희가 세상을 대하는 방식은 기존의 가부장적이고 남성 권력 중심의 질서 안에서 소외되고 억압받는 여성이 주어진 체제에 순응하기보다는 전적으로 반항과 저항의 자세를 취하는 데 있음을 알 수 있었다. 그는 정신적으로는 안정(정주)을 거부하고 끊임없이 고행의 길을 나서야 하는 노마드적 사유를 이어간다. 체계화되고 제도화된 현실 속에 안주하는 것을 포기한 채 노마드적 삶을 추구하는 일은 참으로 힘겨운 세상과 자기와의 싸움이다. 그런 면에서 김승희 시인은 지금도 여전히 자기와의 싸움을 멈추지 않는 강인함과 노익장을 보여주고 있다.

다만, 필자이면서 동시에 극성스러운 독자의 입장에서 시인의 시작품에 대한 전반적인 아쉬운 점을 언급하는 것은 필요하다고 생각한다. 김승희 시인에게 있어 강인한 아니무스의 발현은 통렬한 비판과 반항의 정신으로 이어진다. 그런데 김승희의 시는 머리로 공감하면서도 정작 심장박동은 지극히 침착하게 현상유지를 하고 있다는 느낌이 들 때가 있다. 시는 이성보다는 감성이 지배하는 영역이라고 할 수 있는데 그런 면에서 김승희는 자신을 온전히 풀어헤치고 망가뜨리면서까지 시적 분위기에 흠뻑 취하는 모습은 거의 보여주지 않는다. 강직한 그의 성정에 비추어볼 때 지적인 면모를 포기하면서까지 미친 척하며 시의 분위기에 함몰할 수는 없는 탓일 것이다. 머리로는 이해되면서 가슴은 냉철함을 유지하는 비법은 김승희 시인이 지닌 장점이면서 반대로 단점으로 작용할 수 있다. 자기를 완고하게 지키려는 틀, 솔직하고 강렬한 첫인상이 끝까지 지속되지 못하고 금세 냉철해져 매무새를 단정하게 추스르고 있는 느낌을 받는다. 시를 쓰면서 감정에 휩쓸리지 않고 냉정함을 유지하는 것은 일정 부분 필요하다고 본다. 그렇지만 그것이 시종일관 관망하려는 자세를 취한다거나 일정한 거리감을 전제로 하는 소극적인 태도라면 비판이 따르기 마련이다. 정작 자신의 이야기를 하면서도 타인의 위치에 서 있기를 고집한다면, '시는 세계의 자아화'라는 명제에도 걸맞지 않기 때문이다. 관조하는 시, 거리감, 장황한 진술로 인해 시적 긴장감을 이완시키고, 자세한 설명조로 인해 독자들에게 고민의 여지를 남겨주지 않는다는 점에서 과잉 친절을 베푸는 작가적 면모는 극복해야 할 점이다.

　김승희의 시를 관통하는 주요 골자는 신명이고, 따라서 그의 시세계를 파악하기 위해서는 신명의 흐름을 좇아가는 것이 왕도이며 지름길이다. 김승희 문학의 큰 줄기는 신명으로 지핀 시인의 자기발견을 출발점 삼아 암울한 현실의 질곡을 깨고 마침내 신명이 이끄는 자기실현의 길에 다다르기 위한 노정으로서, 그 기나긴 여정은 여전히 진행 중이라는 점에 주목할 필요가 있다. 어찌 보면 김승희에 문학 전반에 걸친 연구의 물꼬를 이제야 튼 셈이다. 그간에 김승희 시인이 탄탄하게 쌓아온 업적을 통해서 문학·예술적으로 큰 가치를 발견하는 일은 어렵지 않으며 한국의 여성시사에 큰 획을 그은 시인으로 평가받을 수 있음은 자명하다. 시인은 여전히 활발한 작품 활동을 멈추지 않고 있다. 그러므로 필자의 미약한 연구를 단초로 보다 진지하고 더 깊이 있는 지속가능한 연구가 이루어지기를 소망한다. 새롭고 낯선 길을 마다않고 문학적 영역을 확장시켜 나가는 노마드처럼, 신명나는 더 큰 세상을 향해 무소의 뿔처럼 뚜벅뚜벅 걸어가는 시인의 모습을 떠올려본다. 존경의 마음을 가득 담아서.

# 제 6 부

## 노마드적 삶의 추구와 욕망으로서의 환유

### - 『어떻게 밖으로 나갈까』를 중심으로

# 1. 들어가기

　시인은 언어를 도구 삼아 부조리한 현실에 반발하고 제도의 억압으로부터 벗어나려는 인식을 드러낸다. 인간의 의식에 내재된 욕망의 표출 또한 욕망의 일종이며, 이것을 완벽하게 채울 수 없다는 점에서 욕망은 근본적인 결여를 내포한다. 한편 라캉은 언어의 완전결합은 어렵다는 점을 근거로 "기표가 기의에 닿지 못하고 계속 미끄러진다."고 언급하였다. 즉 우리의 언어행위가 본질에 다다르지 못해 단지 근사치에 불과할 뿐이라는 점에서 환유의 형식을 취한다. 또한 제도의 억압으로부터 소외되지 않기 위해 처절한 자기성찰을 통한 탈주의 노력과 함께 타자의 욕망 추종에서 비롯된 현대인들의 소비욕망과 결부시켜 치열한 접근을 시도하고 있다. 그런 점에서 김승희의 시집 『어떻게 밖으로 나갈까』를 주목할 필요가 있다.

　시인 김승희(金勝熙)는 1973년 『경향신문』 신춘문예에 시 「그림 속의 물」이 당선되어 문단활동을 시작하였다. 그는 1970년대에서 1980년대로 이어지는 한국의 여성문학사에서 현실인식을 바탕으로 한 주체적 여성성을 드러내며 입지를 공고히 했을 뿐만 아니라 현재에 이르기까지 다양한 문학 장르를 아우르며 지속적인 작품 활동을 보여주고 있다. 김승희는 죽음의식, 초월의식 등 관념적 성향이 강하게 나타난 초기 시에서 본격적인 여성경험을 드러내기 시작하면서 점차 일상에 대한 자각과 일탈의 욕망을 선명하게 표출한다. 그 다음은 이전 시기보다 좀 더 강력한 대상으로서의 체제나 제도에 대한 부정과 현실비판이 강하게 드러나는 과정을 거쳐 최근에서 지난한 현실 속에서 처연한 희망과 연민의식을 통해 슬픔을 보듬고 감싸 안으려는 삶의 태도를 드러낸다. 김승희 시의 특징이라 할 수 있는 강인한 여성성은 중요한 주제의식으로 작용하며, 가부장적이고 남성중심적인 사회에서 억압받는 여성성과 이 시대 여성들이 처한 부조리한 현실에 대한 풍자와 냉혹한 비판의식 등 여성의식의 변모의 과정[1]을 통해서도 여실히 보여준다.

　김승희는 자신의 시에서 다룰 주제를 확고하게 의식하고 그것을 가장 선명하고 또 효율적인 방식으로 형상화하기 위해 다양한 방법을 시도한다. 그 가운데 중반기 이후의 작품에서 일상에 대한 자각과 일탈의 욕망을 크게 표출하기 시작하는데, 현 체제나 제도에 대한 부정과 현실비판을 강하게 드러내는 과정에서 김승희가 들뢰즈와 가타리의 노마디즘(nomadism)과 라캉의 환유를 주된 시적 사유의 근거로 삼은 점이

---

1　이혜원은 『희망이 외롭다』(2012)가 출간되기 이전까지의 김승희의 시세계를 4단계로 구분하고 각각의 전개양상을 살펴보았다. 시집 『태양 미사』와 『왼손을 위한 협주곡』은 1기에 해당하며 죽음의식, 초월의식 등 관념적 성향이 강하게 나타난다. 2기는 『미완성을 위한 연가』와 『달걀 속의 생』이 포함되는데 본격적인 여성경험이 드러나기 시작하며 이전 시기에 두드러지던 의식의 수직적 지향이 수평적 지향으로 크게 변모하는 양상을 보인다. 일상에 대한 자각과 일탈의 욕망이 크게 표출되는 시기이다. 『어떻게 밖으로 나갈까』와 『세상에서 가장 무거운 싸움』을 쓴 3기에서는 이전 시기보다 좀 더 큰 대상인 체제나 제도에 대한 부정과 현실비판이 강하게 드러난다. 『빗자루를 타고 달리는 웃음』, 『냄비는 둥둥』의 4기에는 탈식민주의적 관점에서 제국주의에 대한 부정이 드러나고 여성을 재인식하는 양상이 나타난다. 이혜원, 『자유를 향한 자유의 시학─김승희론』, 소명출판, 2012, 22~23쪽 참조.

눈에 띈다.

노마디즘은 기존의 가치와 특정한 삶의 방식에 얽매이지 않으며, 새롭게 거처할 곳을 찾아서 끊임없이 이동하는 노마드(Nomad, 유목민)에 기원한다. 나아가 노마드는 부단히 자신을 변모시키며 새로운 자아를 찾아 가려는 사고방식과 창조적인 행위를 의미하는데, 이러한 측면에서 김승희의 「유목을 위하여」 연작시들은 노마드적 인식에 바탕을 두고 있음은 지당하다.

한편 라캉은 '은유'를 증상의 메커니즘으로, '환유'를 욕망의 메커니즘으로 정의하는데 "환유의 의의는 의미화보다는 언어를 지속시키는 연결 자체이기 때문이다. 또한 욕망이 겨냥하는 자리는 어떤 대상에 의해서도 채워질 수 없고 언어는 늘 그것을 제대로 지시할 수 없는 본질적 한계를 갖"는 특성이 있다.2 뿐만 아니라 시인의 주제의식은 분명하고 확고한 의미를 담아내고자 할지라도 언제나 적중하지 못한 주제의식 언저리를 배회할 뿐이다.

본고에서는 제도에 대한 부정과 현실비판을 부각시킨 시집, 『어떻게 밖으로 나갈까』를 텍스트로 하여 앞에서 언급한 두 가지, 유목주의와 욕망의 메커니즘으로서 환유의 관점에서 분석해 볼 것이다. 제도의 억압받는 파시즘적 현실로부터 탈주와 소비욕망을 통해 현실인식에 기인한 김승희의 시세계를 보다 깊이 이해하는 데 목적을 둔다. 2장에서는 「유목을 위하여」 연작시들을 텍스트로 하여 유목적 삶의 추구와 탈주를 통한 현대인들의 자유의지를, 3장에서는 「떠도는 환유」를 중심으로 '임대'와 '연기'로서의 환유와 현대인들의 소비욕망, 그 욕망의 메커니즘에 초점을 맞추어 분석하고자 한다.

---

2  자크 라캉, 김석 옮김, 『에크리』, 살림, 2007, 143쪽.

## 2. 노마드적 인식과 탈주의 방식

들뢰즈와 가타리가 표방하는 노마디즘은 고정되고 붙박인 삶을 거부하며 자유로운 삶을 영위하기를 바라는 생의 탈영토화를 추구한다. 더불어 체제와 제도에의 순응을 요구하는 정착민적 방식으로부터 탈주를 꿈꾼다는 점에서 김승희의 시적 지향점과 부합한다. 특히 김승희는 "자신의 존재를 소외시키고 유폐시키는 현실의 속박에서 벗어나 본래적이고 능동적인 삶을 회복하고자" 주력한다.3 이때 정주(定住)의 욕망을 버리고 새로운 가치를 찾아 끊임없이 떠도는 방식으로서의 탈주는 김승희의 시적 사유의 방식을 가장 잘 드러내주고 있다고 할 수 있다.

지금부터 김승희의 「유목을 위하여」 연작시들을 중심으로 '파시즘으로부터의 탈피'와 '자유를 위한 탈주'에 초점을 맞추어 김승희 시에 나타난 노마드적 삶의 추구와 양상에 대해 살펴보겠다.

### 1) 파시즘으로부터의 탈피

파시즘(fascism)은 제1차 세계대전 이후 이탈리아의 무솔리니가 조직한 파시스트당(Fascist黨)을 중심으로 형성된 정치적 이념으로서, 일반적으로 모든 국가주의적 전체주의의 운동, 또는 그 정부를 지칭하는 용어이다. 그런데 파시즘의 가장 중요한 특징은 국가가 절대적 우위를 지니며, 이러한 국가를 상징하는 카리스마적인 지도자에게 개인은 완전히 복종한다는 데 있다. 즉 국가가 명시한 대로 절대 권력으로서 국가를 상징하는 지도자와 달리 개인적 의사나 권한은 그 효용성을 상실한

---

3  김혜경, 「김승희 시 연구」, 한남대학교 대학원, 박사학위논문, 2015, 92쪽.

다. 이처럼 파시즘은 자유주의적 민주주의와 합리주의, 자본주의 등의 가치관을 간과한다. 김승희 시인이 시에서 파시즘을 부각시킨 것이 이러한 점에 기인한다. 현실에서 전체주의적 제도의 강요를 견뎌야 하는 주체로서의 개인은 존재가치를 부여받지 못하는, 즉 소외될 수밖에 없는 존재이기 때문이다.

> 내가 길을 가는 것이 아니라
> 길이 나를 가고 있다,
> 배차시간이 촉박하여
> 사람을 치어죽여도 모르고 질주한다는
>
> …(중략)…
>
> 유리관 속의 탈지면 위에 표본된
> 아름다운 나비의 가슴에 꽂힌
> 제도의 황금핀을 뽑고서……
>
> 　　　　　　　－「유목을 위하여2 －길의 파시즘」 부분

위 시「유목을 위하여2」는 "내가 길을 가는 것이 아니라/길이 나를 가고 있다"라는 시내버스 운전자의 말을 인용하여, '지금'만이 용납된 일상을 살아가는 처지와 주객이 전도된 무자비한 자본주의의 실상을 보여준다. 뿐만 아니라 "배차시간이 촉박하여/사람을 치어죽여도 모르고 질주"하는 것을 통해 황금만능주의의 폐해와 부조리한 제도의 문제성을 부각시킨다. 이로 인해 인간의 존엄성이 무시되고 생명 경시풍조가 만연된 사회의 단면을 드러내는 것이다. 주체적이어야 할 인간이 제도의 권력과 억압으로부터 자유롭지 못한 채 오히려 소외되고 있다.

3연 2행의 '온점' 이외에는 각 행이나 연의 끝에 '반점'을 배치함으로

써 시인은 문장부호를 통해 숨 가쁘게 돌진하는 질주에 대한 본능의 표출을 의도하고 있다. 동시에 억압하는 제도로부터 탈주하고자 하는 강한 의지를 드러낸다. 한편 "유리관 속의 탈지면 위에 표본된/아름다운 나비"의 경우 "유리관"이나 "탈지면"은 언뜻 보기에는 세상 속 위험의 노출로부터 안전한 장치처럼 여겨진다. 그렇지만 "표본된 나비"의 존재는 고작 유리관 속에 잘 보관된 아름다운 사체에 불과한 것이다. "아름다운 나비의 가슴"을 보면서 시적화자는 그와 같은 파시즘의 체제에서 외형만 화려한 박제된 삶을 거부한다. 그리고 "제도의 황금핀"이 꽂힌 나비의 가슴으로부터 "황금핀"으로 치환된 자본의 욕망이 뒤엉킨 불온한 파시즘의 제도적 메커니즘을 과감하게 뽑아내는 역할은 곧 현시대를 살아가는 우리들의 몫임을 역설한다.

> 외줄의 끈 위에 올라 있는
> 곡예사와도 같이
> 너는 산다,
> 아침일찍 나갔다 저녁늦게 돌아오는
> 지평 위의 너의 보행이라 해도
> 공중곡예의 외줄과도 같은
>
> …(중략)…
>
> 어떤 금일지라도
> 금을 위반한다는 것은 배제되고 밀려나고
> 추방되고 벗어나는 것이니
>
> …(중략)…
>
> 무엇이 이 괄호 안에

나를 유폐시키고 있는가
이 괄호 안에 내가 있어야만
안전한 사람들은 누구인가?
괄호에 의해 전적으로 유지되는
이 낡은 지평선
밑에 있는
그것, 그이, 그분의 욕망의 파시즘은
무엇인가?

　　　　　　　　　－「유목을 위하여4 －괄호 안의 삶」 부분

　니체는 삶 자체를 외줄타기에 비유하였다. 그에 따르면 인간은 "초인
으로 건너가는 밧줄이자 줄타기하는 곡예사(어릿광대)"이며 그 지상과
천상의 중간을 외줄에 의지해서 주체적으로 건너가는 것이 인생이라
는 것이다. 그와 맞물려 위 시 「유목을 위하여4」의 도입부에서도 시적
화자는 우리들의 일상 속 모습을 "외줄의 끈 위에 올라 있는 곡예사"에
빗대고 있다. 그런 일상은 매 순간이 아슬아슬하고 위태로움의 연속일
수밖에 없으며, "공중곡예의 외줄"이라는 제도적 규제와 통제의 영역
으로부터 결코 자유로울 수도 없음을 암시한다. 주지하다시피 "파시즘
은 정치성향의 스펙트럼 상에서 극단적인 권위주의, 민족주의를 내세
우는 이념이며 광기의 형태를 띤다. 금기의 선, 즉 '금'을 함부로 벗어날
경우 그것이 곧 위반행위로 규정되며, 중심(주류)로부터 배제되거나 추
방됨을 의미"하기 때문이다.[4]
　어떤 면에서는 체제나 제도에 대해 개개인들의 일탈이나 저항을 가
장 두려워할 뿐만 아니라 원천봉쇄하려고 획책하는 일 또한 파시스트
가 지닌 욕망이라는 점은 간과할 수 없는 사실이다. 시적화자는 "이 괄

---

**4** 김혜경, 앞의 논문, 93~94쪽.

호 안에 내가 있어야만/안전한 사람들은 누구인가?"라는 질문을 통해서 "괄호에 의해 전적으로 유지"되는 것이 바로 "이 낡은 지평선" 즉 관습화되고 고착화된 소위 사회질서 유지, 공공의 안녕임을 피력한다. 곧, 각각의 존재들을 "괄호" 안에 가두고 통제를 가하는 방식으로 파시즘 체제가 유지되고 있음을 폭로하는 것이다. 따라서 "그이" 혹은 "그분"으로 지칭되는 권력자의 "욕망의 파시즘" 아래 저항할 의지조차 없이 무기력한 존재로 살아간다거나, 혹은 수많은 괄호 속 안전을 지향하는 삶을 선택하는 것은 바람직하지 않음을 강조한다. 깨어 있는 주체가 되어 유폐되고 억압받는 현실로부터 벗어나려는 노력이 얼마나 우선되어야 하는지 질문을 던지고 있다.

## 2) 자유를 위한 탈주

우리나라는 정치 · 사회적으로 억압에 대한 극복의 의지가 강하게 표출되었던 1980년대의 시대적 분위기에 비해 1990년대는 저항의 투지가 약화되고 제도적으로 안착되기 시작한다. 이러한 시대의 변화와 맞물려 김승희 시인도 점차 현상에 안주하기 시작하는 자신을 발견하게 된다. 그럼에도 냉철하기 그지없는 자성의 태도는 변함이 없어, 시인은 "혹시, 우리의 마음속엔 안(나의 안, 사회의 안, 권력이 만들어 놓은 제도의 안)에 눌러 붙으려는 남들의 욕망과 발맞추어 살고 싶어 하는 치열한 정주(定住)적 욕망이 있는 것은 아닐까?"5 라고 「자서」에서 밝힌 바 있다. 그런 면에서 그가 자신의 존재를 소외시키고 유폐시키는 현실의 속박에서 벗어나 본래적이고 능동적인 삶을 회복하고자 할 때 '탈주'로 대표되는 유목주의는 시인의 사유를 가장 적절하게 대변하는

---

5 김승희, 「자서」,『어떻게 밖으로 나갈까』, 세계사, 5쪽.

개념으로 여겨졌을 것이다.6 자유를 표방한 "나비"를 제재로 한 두 편의 시를 살펴보도록 하겠다.

하얀 배추흰나비 한 마리가 날아간다,
이런 아름다운 나비가
우리의 생 속에 있는 것은
가두어진 담을 허물고
바깥으로 나가는 길이 어디엔가 있음을
암시하는 것이다,
신이 너를 바깥에서
무한히 들어올려주려고
기다리고 있는 것이다,

하루 속에
하늘을 누각하는 나비,
막힌 창호를 뚫고
나를 구명하려고
번쩍이는 깜박이는
조용한 대형나비들

―「유목을 위하여6―상복을 입은 나비」부분

나비의 가벼운 몸짓은 한없이 유약한 존재가 무거운 압박 속에서 갖는 의미를 암시하는 동시에 "무상의 무용"에 자신을 내맡겨 "아름다운 무한"에 닿을 수 있다는 깨달음을 준다. 또한 "신"조차도 제도의 바깥에서 넘어설 수 있도록 "무한히 들어올려주려고" 기다려 주고 있다는 기대감과, 우리를 가두는 두터운 담 너머로 나가는 길이 있으리라는 희

<hr />

6  김혜경, 앞의 논문, 92쪽.

망을 불러온다. "막힌 창호"는 강제하고 억압하는 제도를 의미하는데 이를 타파하고 시적 자아인, "나"를 구명하기 위해 "번쩍이는 깜박이는/ 조용한 대형나비들"은 곧 들뢰즈와 가타리가 말하는 '탈주선' 즉, '존재론적 욕망'을 가리킨다. 시적 화자는 이러한 나비를 탈주의 의지를 촉발시키는 존재이자 또한 이를 가능케 하는 원동력으로 삼고자 함이다. 마치 상복을 입은 듯한, 비록 연약해 보이는 한 마리 배추흰나비이지만 날개의 힘을 빌려 제도의 압력을 뚫고 자유롭게 질주하는 삶을 꿈꿀 수 있게 한다.

> 바깥으로 나가려는 격렬한 욕망과
> 안으로 가두어두려는
> 지평의 마수적 욕망 사이에서도
> 라파라파는 절름거리지 않지,
> 라파라파는 나처럼 질질 끌려다니지도 않아,
> 라파라파는
> 부드러운 탈주이면서
> 물과 풀만 있으면 행복한 채로
> 어디로든 떠돌아다니는
> 그런 유목의 무상한 숨결을
> 지녔네,
>
> …(중략)…
>
> 능·동·태·로·숨·쉬·기!
>
> ─「유목을 위하여7 ─ 라파라파」 부분

앞서 언급한 나비의 존재가 변신을 거듭하고 진일보한 모습을 「유목을 위하여7」에서는 보다 구체적으로 드러낸다. 시적 화자는 가벼운 나비의 날갯짓을 연상케 하는 단어, '라파라파'를 연거푸 호명함으로써 부드럽고 행복한 탈주에의 욕망을 표출한다. 여기서 '라파라파'는 말레이 사람들이 부르는 나비를 일컫는데, 본시 나비가 상징하는 것이 자유로운 영혼(프시케)이다. 그런데 시적 화자는 "안과 밖", "감금과 탈출"이라는 대립은 불가피한 것임을 간파한다. 즉 "안으로 가두어두려는" 가부장적 이데올로기와 금기의 기제가 드리운 "지평의 마수적 욕망"과 "바깥으로 나가려는 격렬한 욕망'을 지닌 여성들의 사유가 억압당함으로써 충돌의 초래는 불가피할 것이다. 반면에 '라파라파'는 어느 한 곳에 구속된다거나 강제성이 요구되지 않는 존재로서 "부드러운 탈주"이면서 "어디로든 떠돌아다니는/유목의 무상한 숨결을/지"닌 존재이다. '절름거리지도 않'고 '나처럼 질질 끌려다니지도 않'는 자유롭고 생기로운 모습을 지닌 나비의 생태를 통해 갇힌 존재이자 불구의 모습을 지닌 자신의 처지를 성찰한다.

한편 마지막 연을 단행으로, '능·동·태·로·숨·쉬·기!'라고 끊어 읽도록 강조함으로써 수동태적 일상성을 부정하고, 현실의 억압으로부터 탈주하려는 열망을 강하게 표출하고 있다.


## 3. 현대인의 욕망의 환유

욕망이란 인간의 의식과 삶의 기저에 깔린 존재의 근원적 조건이다. 그런데 욕망의 본질은 결코 온전히 실현된다거나 충족될 수 없다는 데 있다. 특히 현대 자본주의 사회에서 인간은 기호를 욕망하고 타인의 욕망을 욕망하는 가운데 자신들이 진정 욕망하는 것의 실체가 무엇인지 모른다. 욕망의 실체에는 관심조차 없다. 부단히 욕망을 생산하고 부추

기도록 선전하는 자본주의 사회의 문명, 대중문화에 함몰되어 부지불
식간에 소비에 길들여지고 가짜 행복의 추구와 가짜 욕망의 실현이라
는 착각의 악순환은 당연한 결과이다.

이 장에서는 김승희가 주목한 현대인의 욕망과 그것이 표출되는 방
식으로서의 환유에 초점을 맞추어 살펴볼 것이다.

## 1) '임대'와 '연기'로서의 환유

앞서 환유를 "욕망의 메커니즘"이라 언급했듯이, 현대인의 욕망 표
현 방식으로서 환유의 역할은 크다. 일반적으로 환유(換喩, metonymy)
는 사물이나 개념의 명칭 대신 그것과 밀접한 관련이 있거나 가까운 다
른 낱말을 대신 사용하는 수사법이다. 또한 욕망이란 늘 어떤 대상, 즉
타자의 욕망으로서 사실상 현실에 존재하지 않는 대상이자 불가능한
무언가를 욕망하는 것이다. 주체는 하나의 대상이 주어지자마자 곧바
로 또 다른 대상으로 욕망을 이동시킨다. 인간은 언어의 질서를 받아들
인 세계(상징계)에서 살아가므로 자신의 욕망을 언어적 질서 속에서 실
현시킬 수밖에 없다.

그런데 김승희의 「떠도는 환유」 연작은 현대인들의 욕망과 관련하
여 환유의 의미를 반추한다는 면에서 유의미하다. 부연하자면, 환유는
그 자체가 되지 못하고 원래 대상으로부터 빌려 쓰거나 역할 대행하기,
즉 김승희가 시에서 언급한 임대나 대출, 혹은 연기 놀음의 방식과 맥
을 같이한다.

> 새벽엔 벽이 되려는 창과 싸우는 사람과
> 창이 되려는 벽과 싸우는 사람,
> 그렇게 두 진영의 사람이 있다,

그런 사람들은 모두 세상을 자택인 듯이
살고 있는 것 같다,
나, 나, 나라는 나가비는
영구 임대주택인 듯이, 아니, 아니,
임시 임대주택인 듯이 生을 대하며
조만간 흘러가 버리고 말 것 같다,
너무 쉽게 흘러가 주는 것은 아닐까?
가끔씩 조명이 너무 어둡다고
투덜대기나 하면서……
위조여권 같은 말을 따라서
출렁출렁…… ……글썽글썽……

―「떠도는 환유 1」 부분

시적 화자는 스스로를 자기 고장을 떠나 다른 곳에 머물거나 떠도는 사람, 즉 '나가비(규범표기는 "나그네")'로 지칭한다. 그와 관련지어 삶의 공간뿐만 아니라 세상에 대한 존재방식을 "자택"이라는 주거와 관련된 단어로 환유한다. 특히 "영구 임대주택인 듯이, 아니, 아니,/임시 임대주택인 듯이"라며 生에 대해 소극적이고 무기력한 태도를 취한다. 왜냐하면 "영구"든지 "임시"든지 기간 한정 혹은 정도의 차이로만 변별될 뿐이며 결코 "자택"의 주체가 되지 못하고 "임대주택"에 불과하기 때문이다. 즉 빌려 쓰는 방식으로, 시적 화자는 결코 그 집의 주인이 될 수 없는 구조라서 임시적이고 유동적(때가 되면 되돌려 주어야 하므로)일 수밖에 없다.

따라서 시적 화자도 삶을 영위하는 데 있어 수동적인 태도로 인하여 자신의 삶이 "조만간 흘러가 버리고 말 것 같"은 두려움과 "너무 쉽게 흘러가 주는 것은 아닐까?"라는 우려를 나타낸다. 그렇지만 현대인들은 그 어떤 대안도 없이 "가끔씩 조명이 너무 어둡다고/투덜대기나 하면서" 살아갈 뿐이다. 한편 시적 화자에게 자신의 존재를 명확하게 증명해 줄 장치조차 없음을 "위조여권"으로 환유한다. 그래서 "위조여권 같은 말"이 지시하는 대로 가식적이고 작위적인 모습으로 살아가고 있음을 "출렁출렁……"이라고 형용하면서, "……글썽글썽……"을 통해 시적 화자의 서러운 심경과 동시에 자괴감을 표현한다.

여보세요, 385의 2053입니다, 지금 전화를 받을 수 없어 대단히 죄송합니다, 전화거신 분의 성함과 연락처를 말씀하시면 제가 곧 연락 드리겠어요, 그럼 삐ㅡㅡ하는 소리가 난후 말씀을 시작해 주세요……

…(중략)…

인사동 그 영원한 거리를 걷는다
천년의 시간을 뚫고
오직 뭉치려는 힘 하나로 자신을 지켜온
자그만 고분 출토 토우들이
유리창 안에서 조용히 날 바라보고 있다,

…(중략)…

나에게 그만한 힘이 아직 있을까.
나에게 나라는 것이 여직 남아 있을까.
나 비슷한 것
그런 것들이 잠시 만나 삐걱대며
술렁거리는
이 입 속 가득한 먼지, 먼지, 먼지의
삐긋거리는 가장행렬 속에서
한없이 연기된 나.
한없이 미루어지기만 했던 나는

(이미 없어진 지 오래이기에)
나 비슷한 것들만 끝없이 술렁술렁
이렇게 연기의 놀음을 하고 있는지도 모른다.

우우——하고 도시의 지붕 가득히
걸린 노을이
엎질러진 머큐롬 통처럼

나에게 달려들어
전신에 빨간 약을 칠해 줄 것 같은
황혼.

―「떠도는 환유 2」 부분


　주지하다시피 라캉의 상징계는 언어의 질서를 받아들인 인간의 세계이다[7] 아버지의 이름으로 대표되는 질서를 받아들임으로써 일종의 포기한 욕구(어머니의 사랑)를 대신하여 은유적으로 다른 대상(라캉은 이것을 대상a라고 부른다)을 통해 그 욕망을 채우려고 한다. 한편 언어의 질서 속에서 욕망은 환유로 탈바꿈하는데 대상이 된 기표와 비슷한 기표로 욕망은 끊임없이 이동한다. 즉 욕망은 대상a에 고정되지 못하고 미끄러짐으로써 욕망은 결코 만족에 이르지 못한다.
　유선전화기의 자동응답기는 현재 자신이 부재한 상황임을 알리는 동시에 상대방의 목소리를 녹음해두는 기능을 수행한다. 따라서 자동응답기를 통한 대화는 불가능하며 소통은 당연히 일방적일 수밖에 없

---

7　주체는 분열된 주체이다. 왜냐하면 언어가 분열되어 있기 때문이다. 하지만 인간은 자신을 분열된 주체가 아닌 통일적인 주체, 자신의 행위를 판단하고, 자신의 의도를 분명히 알고, 안정되어 있으며, 통합된 주체라고 착각하는데, 라캉은 이를 상상계라고 말한다. 자크 라캉, 앞의 책, 150~151쪽 참조.

다. 즉 용건의 전달기능만 있을 뿐, 위 시의 자동응답기에 남겨진 멘트들은 본질(기의)에 가 닿지 못하고 자꾸 미끄러지는 기표이다.

한편 시적화자는 인사동 거리에서 "천년의 시간"을 견디며, "죽음의 세계에서조차" 자신을 지켜온 "고분 출토 토우"를 보면서 "삐긋거리는 가장행렬 속에서/한없이 연기된 나"에 대해 성찰하게 된다. 나 아닌 다른 존재를 대신하는 일종의 코스프레(costume play), 가장행렬 속에서 대역이 아닌 주체성을 띤 온전한 '나됨'을 갈망하는 것이다. "한없이 미루어지기만 했던" '나'이면서 "(이미 없어진 지 오래이기에)" 즉 데리다가 말하는 차연(差延)에서처럼 '나'는 '나'라는 궁극적인 욕망의 대상으로부터 멀어진다. 그러므로 "나 비슷한 것들만 끝없이" 무성의하고 어설픈 삶을 "연기의 놀음"으로 환유하고 있다. 마지막 연에서는 "우우ㅡㅡ"하며 달려들 것만 같은 도시의 지붕 가득히 걸린 노을로 시선을 이동한다. 마치 "엎질러진 머큐롬 통" 같은 황혼이 빨간약이 되어 좌절하고 상처 입은 시적화자의 마음을 치료해 줄 것이라 기대하고 있는 것은 아닐까.

　　　　　ㅡ선생님, 어서 돌아오세요, 모든 일이
　　　　잘 되었어요, 그리고 도서관에서 1989년
　　　　여름에 대출해 간 라캉책 반납하라는
　　　　최후 경고문이 붙었어요.

　　　　어디서 본 듯한 저 얼굴……
　　　　어디서 만난 듯한 저 얼굴……
　　　　어디서 잃어버린 듯한
　　　　저 얼굴……

　　　　…(중략)…

박꽃처럼 뿌우옇게 꽃피어 오르며

희미한 벽보 속에서

나를 찾는

몽타주된 전생의 소리를

듣는다

―이 몽유병 환자의 나들이

―왜 나는 평생 환자복을 입고

다녀야만 하는지

―「떠도는 환유 4 ―몽유병의 나들이」 부분

라캉은 언어학자 소쉬르의 이론을 토대로 언어의 의미작용을 강조하였는데, 기의에 대한 기표의 우위를 주장한다. 그에 따르면 환유는 근본적으로 기표적이다. 환유에서 기표가 자신과 인접 관계에 있는 다른 기표를 표현한다. 즉 은유가 두 사물의 유사성에 기인한다면, 환유는 인접성에 근거하여 일치시키기 때문이다. 위 시에서 "대출해 간 라캉책 반납하라는/최후의 경고문"에서도 화자가 라캉(의 책)을 언급한 것은 이런 언어의 의미작용을 염두에 둔 것으로 보인다. 빌리는 행위, 즉 대출 또한 온전한 자신의 것이 아니라 잠시 주인행세를 하다가 종래에는 돌려줄 것을 전제로 한 거래 형식이다. "반납하라"는 최후통첩 같은 경고문이 그것을 분명히 확인시킨다.

한편 "어디서 본 듯한", "어디서 만난 듯한", "어디서 잃어버린 듯한"이 모두 수식하고 있는 '그 얼굴'은 정작 "나"가 아니다. 짐작이나 추측함을 나타내는 "듯한"을 통해 거의 흡사하지만 동일한 존재가 아님을 강조한다. 꿈속에서 이리저리 헤맨다는 뜻으로 몽유병을 "몽중방황(夢中彷徨)"이라고도 한다. 꿈은 일상을 모방하며, 몽타주 또한 파편화된 장면이나 내용을 모아 근사치를 완성해내는 기법이다. 따라서 "희미한

벽보 속에서/나를 찾는" "몽타주"된 전생의 소리를/듣는"다거나 흐릿한 의식 속을 배회하는 시적화자는 평생 환자복을 입고 꿈속을 나들이 (방황)하는 몽유병 환자와 다르지 않다고 인식한다.

죽음 비슷한 生이 있어
살지도 죽지도 못하고
엄마 비슷한
아내 비슷한
자식 비슷한
교수 비슷한
시인 비슷한 것들을
배우 비슷하게
은막 비슷한 곳에서

…(중략)…

아무데도 걸 수 없는 걸, 걸 것이 없는, 파쇄된
나를, 아니 나 비슷한 것들을 데리고,
사전꾼처럼 사기꾼, 아니 무한히 높은 곳에서
밀어버려 무한낙하로 산산이 엎어지고 있는
사닥다리의 해방처럼……

　　　　　　 ―「떠도는 환유 5 ― 무어라고 불러야 좋을까」 부분


　　라캉의 말처럼 언어는 사물을 지시하는 것이 아니라 또 다른 의미작용을 만들어낼 뿐이다. 그런 측면에서 「떠도는 환유 4」와 대동소이한 「떠도는 환유 5」에서는 무수히 언급되는 "비슷한 것들"로서 명명의 난해함을 보여주는 동시에 본질의 의미인 기의에 자꾸 미끄러지는 기표를 드러낸다.

"살지도 죽지도 못하"는 처지에서 깨닫는 "죽음 비슷한 生"이 그러하고 "엄마 비슷한/아내 비슷한/자식 비슷한/교수 비슷한/시인 비슷한 것들을"은 자아의 중심을 어디에 세울 것인가에 혼선을 빚을 뿐만 아니라 시적화자에게 부여된 많은 역할들이 온전히 자신의 존재를 대변해 줄 수 없음을 알게 한다. 또한 "배우 비슷하게/은막 비슷한 곳에서" 우리의 일상은 각본 없는 한 편의 영화처럼 어설픈 화면에서 어설픈 연기를 하고 있는 아류배우인 셈이다. 시적화자는 "아무데도 걸 수 없"도록 "파쇄된" 나 혹은 사전꾼같은 사기꾼"을 포함한 "나 비슷한 것들"을 떨쳐 버림으로써 "무한낙하로 산산이 엎어지고 있는/사닥다리" 같은 해방감을 만끽하고 싶은 욕망을 표출하고 있다.

앞서 살펴보았듯이 현실 속에서 자신의 존재는 자아의 본질에 다다르지 못한 채, 시적 화자를 대변하는 것은 무수한 역할들과 유사한 의미가 되어 부유하는 환유로 채워지고 있다.

## 2) 소비 사회에서의 욕망의 환유

1960년대 프랑스의 급진적 사회 비평집단인 상황주의자들의 논리를 따르고 있는 보드리야르는『소비사회론』에서 이제 오늘의 사회에서는 소비가 생활의 중심이 되었다고 역설한다. 소비가 전 생활을 통어하게 되었다는 것이다. 소비의 조합된 양식에 의해 인간의 활동이 연쇄됨은 물론 욕망의 충족에 이르는 확실한 통로를 발견하게 된다고 주장한다. 그는 오늘의 소비 자본주의 상황에서 가장 중요한 것은 인간이 예전처럼 생산물을 소비하는 것이 아니라 아이러니컬하게도 '기호' 그 자체를 소비하게 되었다고 진단한다. 시니피앙과 시니피에의 자의적 연관성이라는 소쉬르적 전통에서 비켜서서 지시 대상의 우위성을 부정한다.

기호가 다만 그 자체로서 가치를 지니는 것이기에, 이제 소비의 대상물 또한 기호로서 가치를 가지고 기호로서 소비된다는 논법을 펼치는 것이다.

사실상 우리 시대는 환유적 사고가 이전 시대에 비해 훨씬 더 발달하고 진화한 것으로 볼 수 있다. 이를테면 명품을 살 때 우리가 사는 것은 그 제품의 필요에 따른 사용의 목적으로서 즉, 기의가 아니라 그 제품의 기표, 상징을 사고, 제품의 브랜드를 소유하는 것이다.

> 지금은 벽을 부수는 시대가 아니다
> 벽을 부수는 시대가 아니다
> 기울어진 벽을 부수고
> 새벽을 짓는 그런 시대가 아니다
> 벽을 부수려는 시대는
> 지나갔다
>
> …(중략)…
>
> 지금은 새로운 벽지를 바꾸려고
> 도배집 앞에서 줄지어 서서
> 새로운 무늬 벽지를 고르는 시대
> 어떤 아름다운 무늬의 벽지가
> 벽의 결함을
> 감춰줄 것인가
> (벽의 파손을 막아줄 것인가)
> 그런 것을 꿈꾸는
> 넋 나간 시대
>
> …(중략)…

충치로 구멍 숭숭 뚫린 썩은 이빨과
풍치로 화농 흘러 뭉그러진
검은 잇몸(구강의 총체적 난국)
위에
아침 낮 저녁으로
치석 방지 치약
니코틴 제거 치약
딸기향을 첨가한 향긋한 후르츠 향의
온갖 치약거품들을
쓰러질 듯 갸우뚱 걸린 벽거울 앞에 서서
황홀하게 황홀하게 도배하고 있는 너는?

—「벽지 바꾸는 시대」 부분

　보드리야르에 따르면 "소비는 향유의 기능이 아니라 생산의 기능이며, 따라서 물질의 생산과 마찬가지로 개인적 기능이 아니라 직접적으로 또 전면적으로 집단적인 기능이라고 생각하는 것이 소비에 대한 올바른 견해라는 입장이다. 즉 소비는 기호의 배열과 집단의 통합을 보증하는 체계로서 소비는 도덕(이데올로기적) 체계, 교환의 체계[8]"인 것이다.

　그런데 「벽지 바꾸는 시대」에서는 현실의 문제점들을 화려한 겉치장으로 무마시키려는 현대인들의 집단적 기능으로서의 소비욕망을 폭로한다. 시적화자는 "지금은 벽을 부수는 시대가 아니다"라고 단언하는데, 여기서 벽은 단순히 방이나 집 등의 둘레를 막아주는 건조물로서의 벽을 지칭하지 않는다. 단지 현실을 강압하고 통제하는 권력 혹은 불합리한 체제나 사회제도를 의미할 뿐이다. 그러한 벽을 부수고 무너

---

8　장 보드리야르, 이상률 옮김, 『소비의 사회』, 문예출판사, 1991, 101쪽.

뜨려야만 진정한 "새 벽" 혹은 "새벽을 짓는" 그런 시대가 도래하기 때문이다. 그러나 작금의 시대는 벽의 결함이나 파손을 막아 줄 근본적인 대책보다는 "새로운 벽지를 바꾸려고/도배집 앞에서 줄지어 서서/새로운 무늬 벽지를 고르"느라 혈안이다.

또한 시적화자는 "충치로 구멍 숭숭 뚫린 썩은 이빨과/풍치로 화농 흘러 뭉그러진/검은 잇몸" 등의 묘사를 통해 "구강의 총체적 난국"임을 깨닫는다. 그럼에도 불구하고 난국을 정면 돌파하기보다는 "치석 방지 치약/니코틴 제거 치약/딸기향을 첨가한 향긋한 후르츠 향의/온갖 치약 거품들"을 동원해서 은폐시키기 위해 몰두할 뿐이다. "쓰러질 듯 갸우뚱 걸린 벽거울 앞에서/황홀하게 황홀하게 도배하고 있는 너는?"이라는 시구를 통해 '너'로 대변되는 시적화자를 포함한 우리들을 향해 뼈아프게 질책하고 있다. 벽의 결함들을 현란한 색깔과 무늬의 벽지로 가리기에 급급해하는 저급한 소비실태를 폭로한다. 더불어 심각한 구강질환조차도 이러저러한 치약거품으로 은폐하려는 위선적 소비욕망의 실상에 대해 기울어진 "벽 거울" 앞에서 성찰의 필요성을 역설한다.

> 엄청난 인명의 살상이라는
> 대학살의 느낌은 없고
> 불꽃놀이 생방송과 주가의 폭등과
> 앵커맨이 영웅이 되는
> 찬란한 쇼가 있을 뿐이었다.
>
> 나는 인간의 모습을 딱 두 번 보았다.
> 방독 마스크를 쓴 엄마가
> 우주인 같은 모습으로
> 병원의 비닐보호막 속에 누워 있는 환자 아기를
> 들여다보는 장면이었다.

슬퍼하는 여인과 아픈 아기의 눈동자는
서로 부딪치며 이런 최후의 암호를
주고받는 듯했다.
─인간은 이제 이 세계의 중심명제가 아니지요,
그렇지요? 호모 사피엔스 여러분?
그리고 쇼핑을 하려고 세계각국의
백화점마다 슈퍼마켓마다 벼룩시장마다
현찰을 든 손들이
달려가고 있었다.
비싸게 팔리고자 하는 욕망과
값싸게 사들이고자 하는 욕망 사이에서
헐리우드 쇼보다 더 재미있는 쇼는
시시각각 진행되고
비닐 위에 사진 실크스크린 된 것 같은
인간의 형체 비슷한 뭉그러진 모습들이
이리저리
나는 쇼핑한다 고로 나는 존재한다고
욕망의 질주로 부유하게 떠오르고 있는
몽중보행이여.

─「나는 쇼핑한다 고로 나는 존재한다」 부분

김승희 시인이 제기한 "나는 쇼핑한다 고로 존재한다"는 소비 사회
의 정언 명제적 화두로서 소비 사회에서의 욕망의 풍경을 단적으로 드
러낸다. 들뢰즈와 가타리는 "자본주의 특히 소비자본주의 사회의 비가
시적 억압, 우리가 평소에 의식하지 못하는 억압, 기분 좋게 해놓고 주
머니를 털어 가고 혼까지 빼가는 전례 없이 독특한 억압을 문제 삼고
있다."9 그러면서 이것은 교묘한 술수로서 점점 체구를 키우는 자본의

---

9 들뢰즈와 가타리는 진정한 욕망을 억압하고 헛된 욕망만을 부추기는 자본의 생리

욕망과 그 덫에 순순히 걸려들고 마는 인간의 욕망과 결부시켰다.

앵커가 "엄청난 인명의 살상"이 벌어지는 전쟁터의 상황을 생중계하면서도 무슨 축제처럼 즐기고 그에 따라 시청률과 광고비가 다투듯 상승하는 기현상이 펼쳐진다. 즉 대학살의 잔혹함이 인간의 생명이 현실의 타락한 소비 논리와 상징적으로 교환되는 "찬란한 쇼"로 변질된다. 한편 방독 마스크를 쓴 엄마가 병원의 비닐 보호막 속에 누워 있는 환자 아기를 바라보는 모습에서 시적화자는 "인간은 이제 이 세계의 중심 명제가 아니지요,"라는 아픈 질문을 던진다. 그런데 시적화자는 쇼핑하지 못하는 존재를 "인간의 형체 비슷한" 유사존재에 비유하며, 소비적 인간으로서 "뭉그러진 모습"으로 묘사한다. "이제 인간이 '세상의 중심 명제'가 아니며 소비가 그 자리를 차지하고 있다는 비극적 세계 인식은 단지 시적화자만의 것이 아닐 터이기에 더욱 불길하다."[10] 그와는 대조적으로 세계를 소비하는 "욕망의 질주" 그 "몽중보행"은 다름 아닌 이 욕망의 투쟁 상태에서 소비가 그 승리를 보증해준다고 믿는 인간들은 "나는 쇼핑한다 고로 나는 존재한다!"고 외친다. 또한 "비싸게 팔리고자 하는 욕망"과 "값싸게 사들이고자 하는 욕망" 사이의 길항을 "헐리우드 쇼"보다 더 우스꽝스러운 광경으로 묘사한다. 그럼으로써 만족할 줄 모르면서 세속적 자본주의에 길들여진 인간들의 천박한 욕망을 더욱 부각시킨다.

한편 언어의 질서 속에서 욕망은 환유로 탈바꿈한다. 결코 채워질 수

---

와 자본의 욕망에 포획된 현대의 암울한 시대 상황을 파시스트적 억압이라고까지 개탄한 바 있다. 이러한 통제와 억압의 질곡에서 벗어날 수 있는 가능성을 탐색하는 데 주안점을 두었다. 전경갑, 「유물론적 욕망이론」, 『욕망의 통제와 탈주』, 한길사, 1999, 226쪽.

**10** 우찬제, 「그토록 불길한 욕망」, 『욕망의 시학』, 문학과지성사, 1993, 49~50쪽.

없는 결핍을 전제로 하는 욕망은 대상이 된 기표와 유사한 기표로 끊임없이 이동을 반복할 뿐이다.

> 최대다수의 최대행복
> 이런 말을 난 우울하게 바라보았다.
> 그렇지, 현대적인 너무나도 현대적인
> H백화점에 가면
> 지하 2층 음악분수 광장에서부터
> 지상 6층에 이르기까지
> 최대다수의 최대행복을 위해
> 없는 것이 없이 다 있었다.
> 행복의 합리성을 완벽하게(상업적으로)
> 증거하고 있는
> 그 숨막히는 공간이 나는 싫었지만
>
> …(중략)…
>
> 모피가게와 벨지움산 양탄자, 첨단 테크노피아,
> 악기상점 옆에 문학 코너가 있고
> (문학 코너라니? 문학이 코너로 될 일이야?)
>
> …(중략)…
>
> 젊은 여자들이
> 소유와 소비 사이로 유유히 지나가고
> 아, 이 도시에선
> 문학조차도 애완용 문학으로 보인다.
> 아니아니, 애완용 문학이 되어야 할 것 같다.
> 애완용 문학이 안되면 안될 것 같다.

…(중략)…

나에게로 가는 귀향.
오오, 이토록 파산을 닮은
나에게로 가는 귀향.

아, 이런 곳에서
어떻게 병자의 문학을 안할 수 있단 말인가?

—「울부짖음」 부분

　"최대 다수의 최대 행복"에서 최대 다수는 모두가 아닌 가능한 많은
사람을 대상으로 한다. 또한 최대 행복은 가능한 가장 좋은 쾌락이나
행복을 누리도록 2 최대치에 미치게 노력함을 염두에 둔 말이다. 개인
보다는 공공의 행복을 먼저 생각하는 측면에서 긍정적으로 이해할 수
있으나, 시적화자는 현대인들의 소비와 관련하여 심한 우울감을 표출
한다. "행복의 합리성을 완벽하게(상업적으로)/증거하고 있는/그 숨막
히는 공간"으로 표상되는 "H백화점"에서 맞닥뜨린 "부글부글 끓어넘
치는/행복의 거품들"을 향한 시선은 곱지 않다. "자동 에스컬레이터에
자꾸 떠밀려/지상 6층으로 자연 올라가게" 되었다며 자신의 의지와 무
관하게 욕망을 강요하는 현대소비사회의 실상을 "울부짖음"으로 폭로
하고 있다.

　갈브레이스는 "욕구는 완성된 사물과의 관계에 있어서 미리 좁게 특
수화되어 있으며, 이러저러한 사물에 대한 욕구만 존재하고 소비자의
심리는 결국 쇼윈도나 카탈로그에 불과하다."고 하였다.[11] "모피가게와
벨지움산 양탄자, 첨단 테크노피아" 등 사물에 대한 강렬한 욕구만을

---

11 장 보드리야르, 앞의 책, 94쪽.

드러내는 과정에서 소비자의 심리는 소외당하는 것이다. 게다가 시적 화자가 가장 가치 있게 생각했던 "문학"은 소위 '코너'로 밀려나 버렸다. 타인의 욕망에 따른 소비욕망에 찌든 현대인들에게 있어 문학은 이른바 "병자의 문학"으로 전락한 것이다. "고급 패션과 최첨단 헤어아트로 꾸민/초현실 미래파 같은/젊은 여자들이/소유와 소비 사이로 유유히 지나가"듯이 현대를 사는 대부분의 사람들은 결국 자신의 욕망은 타인의 욕망이었음을 깨닫게 될 것이다. 이처럼 시적화자는 실족사를 하듯이 지하 3층 주차장으로 떠밀려나고 그것은 일종의 "나에게로 가는 귀향"이며 "파산을 닮은 나에게로 가는 귀향"이었음을 알게 된다.

## 4. 나가며

이제까지 유목주의와 현대인의 소비욕망의 관점에서 제도에 대한 부정과 현실비판을 부각시킨 시집,『어떻게 밖으로 나갈까』를 통해 김승희의 시세계를 살펴보았다. 주지하다시피 김승희 시인의 인식의 지향점은 노마드처럼 한 곳에 머무르지 않는다. 그것은 현실에 안주하지 않으려는 태도로서 그것을 여과 없이 시세계에 투영시키고자 하였음을 알 수 있다.

2장에서는「유목을 위하여」연작시들을 텍스트로 하여 유목민적 삶의 추구와 탈주를 바탕으로 자유의지를 조명하였다. 특히「유목을 위하여7－라파라파」에서 "안과 밖", "감금과 탈출"의 대립 양상을 "안으로 가두어두려는(부장적 이데올로기와 금기의 기제)" 욕망 ↔ "바깥으로 나가려는 격렬한(억압당한 여성들)" 욕망'으로 여실히 보여준다. 이러한 김승희의 노마드적 사유가 부조리한 현실에 저항하고 억압적인 체제로부터 탈주함으로써 참 자유를 얻기 위한 열망으로 이어짐을 알 수 있다.

한편 3장에서는 「떠도는 환유」를 중심으로 '임대'와 '연기'로서의 환유와 현대인들의 소비욕망, 그 욕망의 메커니즘에 초점을 맞추어 분석하였다. 「떠도는 환유」 연작시들은 환유의 레토릭을 통해 현대인의 욕망을 극명하게 보여준다. 자본주의 체제에서 현대인들의 소비욕망을 자극하고 부추기는 것은 현대 소비사회가 지향하는 바다. "나는 쇼핑한다 고로 존재한다"는 명제처럼 김승희는 시를 통해서 현대인들의 욕망, 특히 소비욕망을 내포한 환유를 매개로 현실비판 의식을 우회적으로 표출함으로써 독자로 하여금 성찰의 계기를 마련하고 있다.

김승희의 시가 추구하는 실험성과 도전적인 정신은 문학의 다른 측면에서 볼 때 부조리한 현실에 대하여 치열한 저항과 신랄한 비판정신을 반영한 것이다. 또한 남성중심적 권위주의나 구태의연한 체제에 대한 강인한 여성의식을 피력하는 것으로, 권력에 순응하거나 안주하지 않으면서 부단히 변화의 모색을 근거로 새로운 관점을 수용하는 태도는 문학적 건강성을 확보하는 데에도 충분하다고 본다. 그런 면에서 김승희의 시집 『어떻게 밖으로 나갈까』는 "바깥으로 나가려는 격렬한 욕망"과 "안으로 가두어두려는 지평의 마수적 욕망"으로부터의 해방과 자유를 위한 가열한 투쟁이자 선언이라는 점에서 의미가 크다.

## 〈참고문헌〉

### 1. 기본 자료

김승희,『태양미사』, 고려원, 1979.

＿＿＿＿,『왼손을 위한 협주곡』, 문학사상사, 1983.

＿＿＿＿,『미완성을 위한 연가』, 나남, 1987.

＿＿＿＿,『달걀 속의 생(生)』, 문학사상사, 1989.

＿＿＿＿,『어떻게 밖으로 나갈까』, 세계사, 1993.

＿＿＿＿,『세상에서 가장 무거운 싸움』, 세계사, 1995.

＿＿＿＿,『빗자루를 타고 달리는 웃음』, 민음사, 2000.

＿＿＿＿,『냄비는 둥둥』, 창비, 2006.

＿＿＿＿,『희망이 외롭다』, 문학동네, 2012.

＿＿＿＿,『산타페로 가는 사람』, 창비, 1997.

### 2. 국내 저서

강영안,『타인의 얼굴 - 레비나스의 철학』, 문학과지성사, 2005.

고병권,『니체의 위험한 책, 차라투스트라는 이렇게 말했다』, 그린비, 2003.

김경수,『문학의 편견』, 세계사, 1994.

김성례,『여자로 말하기, 몸으로 글쓰기』, 또 하나의 문화, 1992.

김수이,『서정은 진화한다』, 창비, 2006.

김승희,『한국여성문학비평론』, 개문사, 1995.

＿＿＿＿,『남자들은 모른다』, 마음산책, 2001.

＿＿＿＿, 윤석남 그림,『김승희·윤석남의 여성이야기』, 마음산책, 2013.

김연숙,『레비나스 타자윤리학』, 인간사랑, 2001.

김열규,『韓國의 神話』, 一潮閣, 1976.

_____, 『동북아시아 샤머니즘과 신화론』, 아카넷, 2003.

김윤식, 『한국근대문학의 이해』, 일지사, 1980.

김인환, 『줄리아 크리스테바의 문학 탐색』, 이화여자대학교출판부, 2003.

김현, 『젊은 시인들의 상상세계/말들의 풍경』, 문학과지성사, 1992.

김현자 외, 『한국여성시학』, 깊은샘, 1997.

김혜순, 『여성이 글을 쓴다는 것은』, 문학동네, 2002.

류종영, 『웃음의 미학』, 유로, 2005.

민혜숙, 『융분석비평사전』, 동문선, 2000.

박정오, 『페미니즘— 차이와 사이』, 문학동네, 2011.

박종성, 『탈식민주의에 대한 성찰』, 살림, 2006.

박지환, 『재미있게 배우는 의학용어』, 현문사, 2012.

서강여성문학연구회 편, 『한국문학과 모성성』, 태학사, 1998.

신경아, 『모성의 담론과 현실』, 나남출판, 1999.

신익호, 『현대문학과 패러디』, 제이앤씨, 2008.

신철원 편저, 『논어 · 대학 · 중용』, 은광사, 1987.

심영희 · 정진성 · 윤정로 공편, 『모성의 담론과 현실—어머니의 성 · 삶 · 정
      체성』, 나남출판, 1999.

안숙원 외 공저, 『한국여성문학비평론』, 개문사, 1995.

여성문화이론연구소 정신분석세미나팀, 『페미니즘과 정신분석』, 여이연, 2003.

오세정, 『신화, 제의, 문학—한국 문학의 제의적 기호작용』, 제이엔씨, 2007.

우찬제, 『욕망의 시학』, 문학과지성사, 1993.

윤종수, 『욕망과 혁명』, 서강대학교 출판부, 2009.

이부영, 『분석심리학—C. G. Jung의 인간심성론』, 일조각, 1998.

_____, 『그림자』, 한길사, 1999.

_____, 『아니마와 아니무스』, 한길사, 2001.

_____, 『자기와 자기실현』, 한길사, 2002.

이승훈, 『한국현대시론사』, 고려원, 1993.

이연정, 『모성의 담론과 현실』, 나남출판, 1999.

이은정, 『한국여성시학』, 깊은샘, 1997.

이혜원, 『자유를 위한 시학 — 김승희론』, 소명출판, 2012.

이희원 · 이명호 · 윤조원, 『페미니즘— 차이와 사이』, 문학동네, 2011.

_____, 『삼국유사』, 이민수 역, 을유문화사, 2013.

임진수, 상징계—실재계—상상계, 프로이트 라캉학교 · 파워북, 2012.

정영자, 『한국 여성시인 연구』, 평민사, 1996.

조용훈, 『에로스와 타나토스』, 살림, 2005.

진순애, 『아니무스를 위한 변명』, 새미, 2001.

최동호, 『平定의 詩學을 위하여』, 민음사, 1991.

허창운 외, 『프로이트의 문학예술이론』, 민음사, 1997.

## 3. 국내 논문 및 기타 자료

강영안, 「엠마누엘 레비나스 : 타자성의 철학」, 철학과 현실, 철학문화연구소, 1995년 여름호, 147~166쪽.

구명숙, 「김승희 시에 나타난 여성의식」, 『아시아여성연구』 제36집, 아시아여성연구소, 1997, 33~56쪽.

금동철, 「일상성의 감옥과 날개의 꿈」, 『현대시』 제6집, 한국문연, 1995. 6.

김미정, 「김승희 시 연구」, 인제대학교 교육대학원 석사학위논문, 2006.

김승희, 「상징 질서에 도전하는 여성시의 목소리, 그 전복의 전략들」, 『여성문학연구』제2권, 한국여성문학학회, 1999, 135~166쪽.

_____, 「아리랑의 정신분석—상실에 맞서는 애도, 우울증, 열락(jouissance)의 언어」, Comparative Korean Studies 제20권 2호, 국제비교한국학회, 2012, 81~102쪽.

김은희, 「강은교, 김승희 시의 여성 신화적 이미지 연구」, 이화여자대학교 대학원 석사학위논문, 2007.

김준오, 「탈승화전략과 해체주의」, 『서평문화』, 한국간행물윤리위원회, 1995. 9.

김현자 · 이은정, 「한국현대여성문학사—시」, 『한국시학연구』 제5집, 한국시학회, 2001, 65~91쪽.

김혜경, 「김승희 시 연구」, 한남대학교 대학원, 박사학위논문, 2015.

류성민, 「희생제의 폭력의 종교윤리적 의미에 대한 연구: 성서종교 전통을 중심으로」, 서울대학교 대학원 박사학위논문, 1991.

류지연, 「김승희 시 연구」, 『한국시문학』 제11집, 한국시문학회, 2001, 281~296쪽.

서진영, 「김승희 시에 나타난 수직적 상상력 연구」, 여성문학연구 제26호, 한국여성문학학회, 2011, 195~224쪽.

양애경, 「달걀 속의 悲鳴－金勝熙論」, 木園語文學 제12집, 1993, 79~98쪽.

이명희, 「한국 현대시에 나타난 탈식민주의적 모성 신화」, 국제어문학회 가을 정기학 술대회 발표집, 건국대학교, 2011, 72~93쪽.

_____, 「현대 여성시에 나타난 고전 속 여성신화의 전복적 양상」, 온지논총 제32권, 온지학회, 2012, 201~231쪽.

이부영, 「입무과정의 몇 가지 특징에 관한 분석심리학적 고찰 」, 문화인류학 제2집, 한국문화인류학회, 1969, 111~122쪽.

이연정, 「모성론에 관한 비판적 고찰」, 서울대학교 대학원 석사학위논문, 1994.

이지원, 「김승희 시에 나타난 유목의식」, 개신어문연구 제23집, 개신어문학회, 2005, 269~288쪽.

이현정, 「김승희 시 연구」, 성신어문학 제9집, 1997, 195~226쪽.

임옥희, 『페미니즘과 정신분석』, 여이연, 2003.

전경갑, 『욕망의 통제와 탈주』, 한길사, 1999.

정명희, 「모성의 시학: 버지니아 울프와 줄리아 크리스테바」, 어문학논총 제21집, 국민대학교 어문학연구소, 2002, 347~366쪽.


## 4. 번역서 및 국외 논저

낸시 초도로우, 김민예숙·강문순 옮김, 『모성(母性)의 재생산』, 한국심리치료연구소, 2008.

로즈마리 퍼트남 통, 이소영 옮김, 『페미니즘 사상』, 한신문화사, 2000.

미셸 푸코, 이규현 옮김, 『광기의 역사』, 나남출판, 2003.

뱅자맹 주아노, 신혜연 옮김, 『얼굴, 감출 수 없는 내면의 지도』, 21세기북스 2014.

세라 블래퍼 허디, 황희선 옮김, 『*MOTHER NATURE*』, 사이언스북스, 2010.

스티븐 나흐마노비치, 이상원 옮김, 『놀이, 마르지 않는 창조의 샘』, 에코의서

재, 2008.

아드리엔느 리치, 김인성 옮김, 『더 이상 어머니는 없다』, 평민사, 1995.

A. 아들러/H. 오글러 지음, 설영환 옮김, 『아들러 심리학 해설』, 선영사, 1996.

앙리 르페브르, 박정자 옮김, 『현대세계의 일상성』, 기파랑, 2005.

엘렌 식수, 박혜영 옮김, 『메두사의 웃음/출구』, 동문선, 2004.

에마뉘엘 레비나스, 서동욱 옮김, 『존재에서 존재자로』, 민음사, 2003.

엠마누엘 레비나스, 강영안 옮김, 『시간과 타자』, 문예출판사, 1996.

오비디우스, 이윤기 옮김, 『변신이야기 1』, 민음사, 1998.

요한 하위징아, 이종인 옮김, 『호모 루덴스』, 연암서가, 2010.

일레인 쇼월터 엮음, 신경숙 외 옮김, 『페미니스트 비평과 여성 문학』, 이화여
    자대학교출판부, 2004.

자크 라캉, 김석 옮김, 『에크리』, 살림, 2007.

장 보드리야르, 이상률 옮김, 『소비의 사회』, 문예출판사, 1991.

쟝 벨맹 노엘, 최애영 옮김, 『충격과 교감』, 문학과지성사, 2010.

조너선 컬러, 이종인 옮김, 『바르트』, 시공사, 1999.

조지프 캠벨, 이진구 옮김, 『신의 가면 1』, 까치, 2003.

佐佐木宏幹, 김영민 역, 『샤머니즘의 이해』, 박이정, 1999.

줄리아 크리스테바, 박선영 옮김, 『정신병, 모친살해, 그리고 창조성: 멜라니
    클라인』, 아난케, 2006.

Julia Kristeva, 유복렬 옮김, 『반항의 의미와 무의미』, 푸른숲, 1998.

질 들뢰즈 · 가타리, 김재인 역, 『천 개의 고원』, 새물결, 2003.

칼 구스타프 융, 한국융연구원 C. G 융 저작 번역위원회 옮김, 『꿈에 나타난
    개성화 과정의 상징』, 솔, 2002.

클라리사 에스테스, 손영미 옮김, 『늑대와 함께 달리는 여인들 Women Who
    Run With the Wolves』, 이루, 2013.

Toril Moi, 임옥희 외 공역, 『성과 텍스트의 정치학』, 한신문화사, 1994.

Marianne Hirsch, *The Mother/Daughter Plot*, Indiana Univ. Press, 1989.

# 신명이 이끈 자기실현의 길

– 김승희 시 연구

| | |
|---|---|
| 초판 1쇄 인쇄일 | 2022년 5월 25일 |
| 초판 1쇄 발행일 | 2022년 5월 31일 |

| | |
|---|---|
| 지은이 | 김채운 |
| 펴낸이 | 한선희 |
| 편집/디자인 | 우정민 김보선 남지호 |
| 마케팅 | 정찬용 정구형 |
| 영업관리 | 한선희 |
| 책임편집 | 남지호 |
| 펴낸곳 | 국학자료원 새미 (주) |
| | 등록일 2005 03 15 제25100−2005−000008호 |
| | 경기도 고양시 일산동구 중앙로 1261번길 79 하이베라스 405호 |
| | Tel 442−4623 Fax 6499−3082 |
| | www.kookhak.co.kr |
| | kookhak2001@hanmail.net |

| | |
|---|---|
| ISBN | 979-11-6797-053-4 *93800 |
| 가격 | 22,000원 |